长安月下红袖香

江湖夜雨 著

重庆出版集团 重庆出版社

图书在版编目（CIP）数据

长安月下红袖香 / 江湖夜雨著. —重庆：重庆出版社，2016.4

ISBN 978-7-229-10108-4

Ⅰ.①长… Ⅱ.①江… Ⅲ.①唐诗－诗歌研究②女性－人物形象－文学研究－中国－唐代 Ⅳ.①I207.22

中国版本图书馆CIP数据核字(2015)第137103号

长安月下红袖香
CHANG'AN YUEXIA HONGXIU XIANG
江湖夜雨 著

责任编辑：罗玉平 李 雯
责任校对：杨 婧

重庆出版集团 出版
重庆出版社

重庆市南岸区南滨路162号1幢 邮政编码：400061 http://www.cqph.com
重庆国丰印务有限公司印刷
重庆出版集团图书发行有限公司发行
E-MAIL:fxchu@cqph.com 邮购电话：023-61520646
重庆出版社天猫旗舰店
cqcbs.tmall.com

全国新华书店经销

开本：890mm×1240mm 1/32 印张：8.5 字数：230千
2016年4月第1版 2016年4月第1版第1次印刷
ISBN 978-7-229-10108-4

定价：32.00元

如有印装质量问题，请向本集团图书发行有限公司调换：023-61520678

版权所有 侵权必究

国色朝酣酒，天香夜染衣（代序）

一千多年前照在长安的那轮明月，应该和如今的月亮没有多大的分别。然而，明月依旧，人世间却烟尘飞散，历尽沧桑。那美轮美奂、面积相当于北京故宫三倍的大明宫，平坦如砥、可以让四十五辆车齐行并进的朱雀大街，莲叶接天、荷花映日的太液池，弦乐喧天、丝竹匝地的华清宫，这充满大唐神采的种种华光胜景，都已在无情的岁月车轮碾压下，零落成尘，不复存在，更不消说那些素有"大都好物不坚牢，彩云易散琉璃碎"之称的薄命红颜。

"长安春色谁为主，古来尽属红楼女。"一千年前的流水、清风、春花、秋月是属于唐代红颜的。如果说后世的古代女子往往更像是脆弱易伤、多愁善感的瘦梅、幽兰，那么唐代的女子则恰似国色天香的盛世牡丹，雍容中带着自信，华贵中时显激情，更带着略显跋扈与张扬的野性。这都是后世的古代女子身上所看不到的。"泪光点点、娇喘微微"，整天吐血吃药的"病西施"在唐代绝少得见，相反，"想唱就唱"、"铿锵玫瑰"型的豪放女却数不胜数：红线女可以一夜千里，于戒备森严的郡衙中盗出金盒；十七八岁的"车中女子"可以深入大内禁宫中盗宝，又轻而易举地在天牢中救人；脑后藏隐形神剑的聂隐娘更是剑仙级的高手。唐代传奇中有众多的女侠，她们可以"逾墙越舍，身如飞鸟"，更时常有"右手持匕首，左手携一人头"的令人咋舌之举。

或许，有些人觉得上面所列的女子多为小说家言，不足为凭。然而，小说是反映现实的一面镜子，正是因为唐代现实中有这一类女子，才会有这些令人神往的佳话。我们且不提小说，来看正史。唐太宗李世民的妹妹平阳公主，在李渊晋阳起兵、自己的老公柴绍逃往太原，将她独留在家的情况下，不但没有像寻常弱女子一样哭哭啼啼彷徨无措，反而自己扯旗举事，招兵买马，四处攻城略地，统率的人马也像滚雪球一样越来越大，最终达到七万之众，隋朝名将屈突通也屡屡败在她的手下。要知道，平阳公主纠集起来的人马，多是些兵痞、悍匪之类的猛恶汉子，但平阳公主却能让他们俯首帖耳地听从调遣，何等不简单！又有一个姓王的女子，本是魏衡之妻，被贼将房企地抢去作了姬妾，寻常女人到这个地步常常是自己抹脖子上吊，但唐朝女子不然，这个王氏趁此贼醉卧，一刀砍了他的头，并带着他的首级献给官兵，贼众也惊骇四散。唐高祖李渊大悦，封她为崇义夫人。"西门秦氏女，秀色如琼花。手挥白杨刀，清昼杀仇家。罗袖洒赤血，英声凌紫霞。"李白笔下的秦女形象，正是唐代女子的风采写照。

不得不承认，唐代的女子，绝对比明清时的女子们强健得多。唐代的女子，没有后世中因缠足而致的畸形小脚，她们像男子一样打马球、蹴鞠，甚至骑马打猎。杜甫诗中就曾说"辇前才人带弓箭"，唐武宗宠爱的妃子王才人常着男装在郊原游猎，和皇帝并马而行，以至于来奏事的大臣误以为王才人是皇帝。曾在长安市中耍把式卖药一身腱子肉的薛怀义，居然被太平公主指使一群宫中壮妇按倒在地，一顿棍棒活活打死。反观明朝，数名宫女合力，居然连个昏睡中的嘉靖皇帝都搞不定！

唐代女子的强势，不单单是体现在体力上。大唐的政治舞台，尤其是初唐、盛唐时期，一双双纤纤素手，不时伸向那可以"号令天下，莫敢不从"的最高权力。这个绵延万里，威震八方的大帝国，其神经中枢有不少时间是被这些红颜女子们左右着的。她们在政治上的冷静、沉着和狠辣,为很多的男性帝王所不及。当然,这其中最为有名的就是"慈氏越古金轮圣神皇帝"——武则天,她堂而皇之地登上那至高无上的帝王宝座,让千万男人在自己的脚下战栗臣服。她是女皇,在中国的历史上独一无二,空前绝后。其他如韦后、太平公主、上官婉儿等也是权倾一时。所以在唐传奇的故事中,常有太阴夫人、后土夫人等非常高贵的女性形象,男人们常因为她们的恩赐而发达。

美人如花花似梦,自古以来,"美丽"一词几乎被女性独占。作为女儿家,唐代女人不单单有强悍的一面,也有娇艳妩媚的亮色。唐代的女子没有后世所谓"珍重芳姿昼掩门"的矜持和娇情,她们热情、奔放、张扬、浪漫,她们追求美丽和时尚的激情丝毫不亚于现代的时尚美女。花颜云鬓,有反绾髻、半翻髻、三角髻、双环望仙髻、回鹘髻、乌蛮髻多般名目,真可谓"宝髻高梳金翡翠";黛眉轻挑,有鸳鸯眉、小山眉、五岳眉、三峰眉、垂珠眉、月棱眉、拂云眉万千花样,不时问"画眉深浅入时无?"她们时而浓妆艳抹,披金戴银,华服霓裳溢彩流芳中透出高贵而典雅的气质;时而酥胸半露,粉颈如蝤,轻纱罗裙下的雪肤玉肌间透着火热而性感的诱惑。"日高邻女笑相逢,慢束罗裙半露胸。莫向秋池照绿水,参差羞杀白芙蓉。"这样的情景在其他的朝代是看不到的,唐代女子衣着之大胆,几乎只有现代身着露脐装低腰裤的摩登女孩们才差堪相比。

唐代女子的才情也是斐然可观的。辛文房在《唐才子传》中曾说:"唐以雅道奖士类,而闺阁英秀,亦能熏染,锦心绣口,蕙情兰性,中可尚矣",上官婉儿、李冶、薛涛、鱼玄机……,唐人诗集中时常可见她们留下的芳痕倩影,女诗人口角噙香的诗句,为美不胜收的唐代诗歌宝库,平添了一缕悠远的红袖馨香。

唐代女子的感情炽热真挚,大胆直率,她们敢爱敢恨,敢于将自己的爱恨放声表白:"春日游,杏花吹满头。陌上谁家年少、足风流。妾拟将身嫁与,一生休。纵被无情弃,不能羞。"这是何等狂热灼人的爱,那样的痴，那样的狂，那样的无可抵挡，那样的直白无碍，直到今天，还有不少人被它的炽烈所打动。然而对于唐代女子，这却是经常可以看到的情形。身为家妓的"李节度使姬"也说过："囊里真香谁见窃，鲛绡滴泪染成红。殷勤遗下轻绡意，好与情郎怀袖中。"唐代女子的爱，绝不是遮遮掩掩，"让我们的心上人自己去猜想"的那种，倒很像今天"80后""90后"流行的做派："Ring a ling~ 叮咚，请你快点把门打开，Ring a ling~ 叮咚，Be my hero be my knight，Ring a ling~ 叮咚，请你听听我的表白，Ring a ling~ 叮咚，我想和你谈恋爱……"

可惜的是，如同帝王家史一般的史书中，有关女子们的记载少之又少，尤其是那些并非金枝玉叶的平凡女子，更是难以留下什么踪迹。随着时光的流逝，后世的人们对于唐代女子真正的神韵，愈发遥远和隔膜。于是在后世文人的笔下和当代的影视剧中，就出现了小绵羊版武则天、薄命情种版的太平公主、有胸无脑版的杨玉环，她们或被理想化，或被简单化，甚至庸俗化，但这并不是她们的真实的生活、真实的思想和情感。

所以，江湖夜雨力求从浩瀚的《全唐诗》中钩沉出她们的身影，搜寻千年前她们的喜怒哀乐。"少女情怀总是诗"，也许唐朝女子的情丝恰恰是织在这些尘封已久，变脆发黄的诗页中吧。真实的历史往往不像刻意编出来的故事一样唯美、浪漫，让人感觉如梦如幻，如痴如醉，但是却更加真实、质朴、耐人寻味，发人深思。正像一首歌中唱的那样："为什么就是找不到无邪的玫瑰花，为什么遇见的王子都不够王子啊，我并不期盼他会有玻璃鞋和白马，我惊讶的是情话竟然会变成谎话……"

不要只期盼"人生若只如初见"，其实人间正道是沧桑。然而繁华剥落之后，未必尽是苍凉的底色。激情不变，真爱可寻，看遍千余年的悲欢爱恨，读尽历史中的喜乐缠绵，我们会更加明达睿智，平静坦然，真正地把握好自己的人生。

目录

国色朝酣酒，天香夜染衣（代序） /1

卷一 金轮垂照掩日光——女帝卷 /1

武曌 /2

一、望仙驾，仰恩徽——当年的武才人 /4
二、看朱成碧思纷纷——在人生低谷中忐忑不安的武媚娘 /6
三、风枝不可静，泣血竟何追——追思怀念母亲的武后 /9
四、花须连夜发，莫待晓风吹——号令百花，叱咤山河的女皇 /14
五、天下光宅，海内雍熙——大周朝穆穆重光中的女帝 /18

卷二 西宫夜静百花香——后妃卷 /22

一、盛世牡丹——长孙皇后 /23
二、兰心蕙性——徐贤妃 /25
三、日边红杏——上官婉儿 /32
四、名花倾国——杨贵妃 /41
五、梅花一梦——江采萍 /53

卷三 秦楼鲁馆沐恩光——公主卷 /58

一、权倾天下——太平公主 /59
二、死于安乐——安乐公主 /68
三、侬本多情——玉真公主 /72

目录

卷四 公主琵琶幽怨多——和亲公主卷 /79

一、金城公主 /81
二、宜芳公主 /84
三、太和公主 /87

卷五 月过金阶冷露多——宫女卷 /92

一、开元宫人 /98
二、天宝宫人 /100
三、德宗宫人 /102
四、宣宗宫人 /103
五、僖宗宫人 /104

卷六 凤钗金作缕，鸾镜玉为台——名媛卷 /106

一、王韫秀 /107
二、崔莺莺 /112
三、裴淑 /122
四、晁采 /125
五、宋氏五女 /133
六、光、威、裒三姐妹 /138
七、鲍君徽 /140
八、赵氏（一作刘氏）/142
九、乔氏 /144
十、杨容华 /145

目录

十二、蒋氏 /146

卷七 静拂桐阴上玉坛——女冠卷 /147

一、吴兴宝贝李季兰 /150

二、风情万种鱼玄机 /162

卷八 绿珠垂泪滴罗巾——家姬卷 /175

一、樊素、小蛮 /177

二、关盼盼 /183

三、红绡妓 /188

四、李节度姬 /192

五、步飞烟 /194

六、碧玉(一作窈娘) /200

七、杜秋娘 /202

八、柳氏 /206

卷九 秋月春风等闲度——名妓卷 /209

一、王福娘 /213

二、颜令宾 /215

三、太原妓 /218

四、楚儿 /222

五、扫眉才子是薛涛 /225

目录

卷十　那作商人妇，愁水复愁风——商妇卷　/ 241

卷十一　蓬门未识绮罗香——贫女卷　/ 248
　　程长文　/ 256

跋：/ 260

卷一

金轮垂照掩日光
——女帝卷

武　曌

如果按传统思想中的高低贵贱来说的话，武则天这位我国历史上独一无二的女皇帝理所当然地要占第一位。她以女子之身，却拥有整个天下，正式登上帝王的宝座，这是中国历史上的一个异数。她那雍容华贵、君临天下的气势也成为几千年来让女人们感到骄傲的神话。

一般的女子，能嫁给皇帝就算是相当尊贵了，而武则天居然嫁过两个皇帝（唐太宗和唐高宗）。这其中，能成为皇帝的生母的当然就更少，但武则天却又生下过两个皇帝（中宗和睿宗）。然而，这还都不算最牛的事情，最绝的是她本人也是皇帝，就这一点，堪称一锤定音，不仅仅是在唐代的女子中无人可比，算起来我国历史上任何女人都望尘莫及。

武则天这一生，给后世留下了无穷的话题。她的墓前立了一块由完整的巨石雕成，绕有八条螭龙的巨碑。然而这块雄浑庄重，巍峨壮观的石碑上却一字不写，因此称为"无字碑"。虽然武则天只树其碑，不书其颂，但对于她的一生后人众说纷纭，关于武则天的文字又何止千万！

武则天是如何一步步迈向自古以来女子就从未坐过的紫殿玉座，又是如何一步步拆掉重重叠叠的障碍，制伏形形色色的对手，最终让大唐帝国中的所有人都因她的一举一动，一喜一怒而战栗。这似乎是个永远难解的谜团。关于这些，虽然不少的书上已经说了很多，但是这些书的作者未必就能有武则天那超人的智慧，所以对于武则天的介绍，不免有些类似于业余围棋爱好者来讲棋圣聂卫平下的棋，只略解其一二罢了。

这里，我们不想从头到尾地叙述女皇的一生。我们仅仅从《全唐诗》里找一下和武则天相关的诗句，遥想一下女皇当年的人生片断。这些诗句，都是来自那个遥远的年代，那个八水围绕的长安和满城牡丹的洛阳。九重金阙中，御苑桃花前，这些字句出自女皇的口中和笔下，或许当时，她还不是令人生畏的女皇，她还只是那个活泼娇柔的武媚……

一、望仙驾，仰恩徽——当年的武才人

卷5 4【唐享昊天乐·第二】
瞻紫极，望玄穹。翘至恩，罄深衷。
听虽远，诚必通。垂厚泽，降云宫。

卷5 14【唐享昊天乐·第十二】
式乾路，辟天扉。回日驭，动云衣。
登金阙，入紫微。望仙驾，仰恩徽。

武则天所作的诗篇，在《全唐诗》卷五中收录了四十六首之多，但是其中像《唐享昊天乐》就占了12首，《唐明堂乐章》又有11首，《唐大飨拜洛乐章》有14首。这些诗都是朝廷典仪中所唱的歌词，所以套话空话居多，并无多少个人的情感在其中。我们选看的这两首诗，三个字一句，非常像电影《满城尽带黄金甲》上唱的那个："风昭祥，日月光；四海升，开城疆，仁智信，礼义忠；敦厚德，利圣王……"呵呵，其实是说反了，应该说那电影上面是借鉴模仿了和这两首相类似的古诗才是。

据说这《唐享昊天乐》十二首是武则天尚为太宗宫里的才人时，唐太宗命她做的。依我看，倒也很有可能。因为这一组诗中有很多的谦卑恭颂的词句，透着一种小心翼翼的感觉，绝没有武则天后来诗作中那种不可一世的霸气。同样是此类题材的诗，后来武则天在大权在

握，百官慑服时所写的就大不一样。永昌元年，即将正式称帝的武则天写的《唐大飨拜洛乐章》就是这个味道了："神功不测兮运阴阳，包藏万宇兮孕八荒……"这里面一副踌躇满志的语气，大有八荒六合，唯我独尊的气势。

武则天当年初入宫时，是唐太宗李世民的才人。唐朝后宫中的编制是这样的：皇后一人，下立四妃——贵妃、淑妃、德妃、贤妃各一人；以下有九嫔——昭仪、昭容、昭媛、修仪、修容、修媛、充仪、充容、充媛各一人；再下就是婕妤九人，美人九人，才人九人，宝林二十七人，御女二十七人，采女二十七人。诸女各有品位，共一百一十二人。所以武则天当时在后宫的地位，只是一个中等偏下的角色。

武则天初进宫时，才十四岁。虽然她没有像一般性格懦弱的女子那样哭哭啼啼，反而比较高兴地说"见天子庸知非福"（见到天子怎么不可能是一种福气），但恐怕谁也不会认同她一开始就是奔着当女皇帝这个"崇高的理想"去的。她当时也就是一个普通的女孩。不过，在很多的事情上，还是反映出了她豪迈果敢的一面，武则天后来当了女皇后，亲口说了这样一段旧事："当年太宗有马名狮子骢，无人能制。朕言于太宗曰：'妾能制之，然须三物，一铁鞭，二铁挝，三匕首。铁鞭击之不服，则以铁挝其首，又不服，则以匕首断其喉。'太宗壮朕之志。"意思是说，唐太宗有匹烈马名"狮子骢"，没有人能驯服，但武则天说她能制服，只需要三件东西：铁鞭，铁棍和匕首。先用铁鞭打，如果不服就用铁棍打它的头，再不服，干脆一刀割断它的喉咙！武则天说太宗当时很赞赏她。

然而，也许是需要性格互补，一向英武勇猛的唐太宗并没有太宠爱野蛮女孩武媚娘，相比之下，他更喜欢体态娇柔，心性玲珑的才女徐惠，徐惠一开始也是一个才人，但不久就升为正二品的充容，而武媚娘，从14岁到26岁这十二年间，却始终原地踏步，依然是个正五品的才人。或许她已经认识到自己刚猛有余而柔韧不足的性格缺陷，这十二年间，她应该或有意或无意地从太宗和徐惠那里学到了不少的东西。因为按新唐书的记载，她的性格后来被锤炼成："城宇深，痛柔屈不耻，以就大事。"她已经修成了刚柔并济的境界，这也为她最终登上那尊霞光万丈的女皇宝座垫上了一条石阶。

"望仙驾，仰恩徽"，这时的武媚娘和一般的嫔妃们并没有太大的不同。都是可怜兮兮地盼着皇帝的宠幸，一直没有子息的她，想必也是极少能得到太宗的临幸。然而，她却抓住了另一根稻草，那就是皇子李治——即将登上皇位的储君。

二、看朱成碧思纷纷——在人生低谷中忐忑不安的武媚娘

卷5 47【如意娘】武则天

看朱成碧思纷纷，憔悴支离为忆君。
不信比来长下泪，开箱验取石榴裙。

这首题名为《如意娘》的诗，应该是武则天被迫在感业寺出家时写的。当时，唐太宗驾崩，作为太宗的嫔妃，既无高贵的名分又无子女的她，面临的不是青灯黄卷的古寺，就是寒雨秋窗的冷宫。有些学者考证，武则天并未真正落发出家，而是以出家为名，李治将她另置别所，好方便两人偷欢幽会。

然而，无论是身在佛寺，或是幽居别院，这在武媚娘的一生中应该是她最忐忑不安的时刻。虽然李治当时当上了皇帝，或许李治也曾信誓旦旦地给她以许诺。然而此时的李治，不知有多少大事要办，更为可怕的是，他现在身边美女环绕，春色无边。按唐朝制度，除太子妃外，太子的姬妾编制应该有这么多："良娣二人，正三品；良媛六人，正五品；承徽十人，正六品；昭训十六人，正七品；奉仪二十四人，正九品。"大家可以加一下，足有55人之多，可以组成两个美女排。而现在他又成了皇帝，粉黛三千就算暂时没有配齐，也够李小九眼花的了。

而且，又有一个可怕的消息是，曾经以美貌和智慧著称的徐惠的妹妹，也被李治收入后宫，封为婕妤。李治虽然不大喜欢王皇后，也没有和她生育过子女。但是在李治未登基前就是良娣名分的萧淑妃，早就生下了两女一男。那个叫李素节的男孩子，长得相貌清秀，又聪明过人，李治非常喜欢，将来的太子位十有八九会是他的。在这种情况下，无名无分身份尴尬的武媚，被李治想起来的机会又有多少？

而这时候的武媚，已经有26岁了，26岁，对于现代社会的女子来说，并不算太大的年龄。但是在寿命短暂，十四五岁就成婚生子的古代，已经算比较"老"了。她没有时间再等了，"晓镜但愁云鬓改"，正是她此时的心情。虽然当时李商隐和这句诗并没有问世，但是女儿家担心青春不再的情怀却自古以来就约略相同。一代女强人武则天，此时和天下普普通通的众女儿一样，担忧自己的手中已没有多少青春岁月可以把握，只有把渺茫的希望寄托在那个曾和她缠绵缱绻过的男人身上。她的命运，只在他的一念之间。所以这首缠绵凄婉的诗写得非常出色，此诗也让我们知道，后来杀人如麻，凌驾于万众之上的武则天也曾有过这样一段柔情。

然而，旧时的文人囿于陈腐偏见，对武则天这首诗中的真情却不能理解。钟惺《名媛诗归》中，虽然称此诗好，但随即就骂武则天

"老狐媚甚，不媚不恶"。另一个腐儒周明杰也说："恐可忆者不少，那得许多憔悴！"他是讥笑武则天一生中泡过的男人太多。其实当时的武则天，心思肯定是只放在李治身上的。因为那是她唯一的希望。

当然旧时经过"正统教育"洗过脑的人，坚决不信这首颇有情意的诗是写给李治的，他们诬为武则天写给男宠的。明代杨慎的《升庵诗话》中曾引宋代张君房《脞说》中的话说："千金公主进洛阳男子，淫毒异常，武后爱幸之，改明年为如意元年。是年，淫毒男子亦以情殚疾死，后思之作此曲，被于管弦。呜呼，武后之淫虐极矣！杀唐子孙殆尽。……使其不入宫闱，恣其情欲于北里教坊，岂不为才色一名妓，与刘采春薛洪度相辉映乎？"

姓杨姓张的这两人，满脑子后世的迂腐思想。他们虽然也不得不承认武则天这首诗中表现出来的才情（岂不为才色一名妓），但诬蔑为是给男宠薛怀义所作。并觉得武则天淫荡至极，情欲旺盛，去当妓女倒是得其所哉。这里且不用和他们理论对武则天的评价问题，只是辩明一件事，这首《如意娘》绝对不是武则天写给男宠的，且不说薛怀义是武则天厌憎之后，派太平公主将其打死的，就算像姓张的所说的那样是被武则天"玩死"的，那诗中"不信比来长下泪，开箱验取石榴裙"作何解，这个"淫毒男子"都死翘翘了，鬼魂来"验取石榴裙"吗？所以，这首诗必然是青年时代的武则天所写，诗中透着前途莫测，怅惘无依之感，分明就是个幽怨女子，哪里像后来傲视天下的圣神皇帝。

但是，在武则天的诗里面，似乎这首诗写得最为出色。因为诗中最贵有真情，正是因为当时的武媚娘有着和普通女子一样的愁绪离情，所以这首诗才最为动人心扉。后来诗仙李白曾写有《长相思》一诗，其中写道"昔日横波目，今成流泪泉。不信妾肠断，归来看取明镜前"。李白的夫人看了说："君不闻武后诗乎？'不信比来常下泪，开箱验取石榴裙'。"李白听了后"爽然若失"。因为他的诗和武则天的诗立意很相似,艺术手法上也并未超过武则天这首,所以心下很不爽。后来有"刿目鉥心、掐擢胃肾"之称的孟郊又写出了"试妾与君泪,两处滴池水。看取芙蓉花,今年为谁死!"这样语出惊人的句子,但溯其本源,还是承袭了武则天的创意。

然而,被命运青睐的武则天,并没有和历史上众多的后宫女子一样成为终老宫中的"上阳白发人",仁厚的高宗没有忘记她,一贯柔弱的高宗可能希望有一个坚强果敢如她的女子在身边,作他的知心人。或许当时的武媚,恰好扮演了这个角色,于是武则天终于爬出这个泥泞难行的人生泥潭,她开始起飞,冲上九天云霄!

三、风枝不可静,泣血竟何追——追思怀念母亲的武后

卷5 44【从驾幸少林寺】武则天

陪銮游禁苑,侍赏出兰闱。云偃攒峰盖,霞低插浪旗。
日宫疏涧户,月殿启岩扉。金轮转金地,香阁曳香衣。
铎吟轻吹发,幡摇薄雾霏。昔遇焚芝火,山红连野飞。
花台无半影,莲塔有全辉。实赖能仁力,攸资善世威。
慈缘兴福绪,于此馨归依。风枝不可静,泣血竟何追。

这首诗,很多书中就当作一首普通的游记诗来讲,认为和武则天所作的《游九龙潭》等诗没有什么大的不同。其实不然,这首诗并

非一般的游记诗，前前后后藏着不少的故事。

《全唐诗》集中，此诗的前面有一篇序："睹先妃营建之所，倍切荼蓼，愈凄远慕。聊题即事，用书悲怀。"这里面说的"先妃"，并不是隋朝或唐朝宫中的妃子，如果是她们，武则天犯不着"倍切荼蓼"地感伤。这个"先妃"，指的是武则天的妈——杨氏。杨氏死后，武则天让皇帝追封其父武士彟为太原王，所以她妈就成了"太原王妃"。

武则天的妈——杨氏和她老爹武士彟乃是半路夫妻，武士彟原配妻子叫相里氏，生有武元庆和武元爽两个儿子。杨氏是43岁时嫁给武士彟的，所以很多人怀疑杨氏从前也嫁过人，此事史料中无可查考，但在那个普遍早婚的年代，很难想象有43岁才考虑嫁人的吧。武则天她妈虽然年事已高，但生起孩子来却丝毫不含糊，短短几年内接连生下了三个女儿。其中第二个女孩就是武则天。

不过，可想而知，武则天降生时，杨氏肯定非常失望，因为接连生的都是女儿，她太需要一个儿子来给自己撑腰壮势了。岂知，这个小小女婴，后来能成为统治整个帝国的皇帝，虽然她没有看到那一天，但杨氏生前就被封为"荣国夫人"，尽享荣华富贵，她也该满意了。

武士彟死得比较早，他前妻的两个儿子武元庆、武元爽当时早已长大成人，对杨氏这个后妈和武则天姐妹等十分凶恶。武则天当上了皇后以后，这哥俩按礼制也沾上了光，虽然没有当大官，但也算得上"中官"：一个是"司卫少卿"，一个当了"宗正少卿"，都是四品官。但是，有一次，杨老太太摆了酒宴和这哥俩一起聚一聚，杨老太太想起旧事，忍不住出语含讥讽说："颇忆畴昔之事乎？今日之荣贵复何如？"——还记得原来那些事吗（当然指这哥俩欺负她们母女的事）？如今你们却当上官享上了荣华富贵，这又怎么看呢？其实，这样的话，苏秦功成名就后当年也问过他嫂子："何前倨而后恭也？"——为什么当初那么横，现在这样恭敬我？当时苏秦的嫂子趴在地上，脸贴着地，说的倒是老实话："见季子位高金多也"——现在见小叔子您权位高又有钱了。然而,武则天这俩后哥哥却不服,全然不知道自己几斤几两,居然大言不惭地说:"俺哥几个当官,是靠功臣子弟的恩荫(武士彟当年算是和李渊有交情的功臣),哪里是皇后(指武则天)的关系。"杨老太太听了很生气,后果很严重,她立马进宫告诉了武则天。

武则天的心肠是非常刚硬的,所谓"一饭之恩必偿,睚眦之怨必报",很快让不知死字怎么写的这哥俩领教了一下她的铁腕。一封诏书颁出,这哥俩立马远远贬走,这还不算完,到了贬所不多久,这哥俩就被人干掉了,武则天和她妈终于出掉十多年来埋在心头的恶气。而且,武则天此举一箭双雕,还在高宗面前赢得了信任,因为皇后乱政,往往从任命自己的娘家人开始,外戚掌权,朝廷是很忌讳的。武则天亲手干掉自己的"哥哥",别人不知其中恩怨,都觉得武后竟然"大义灭亲",很是公正贤良,于是更得高宗宠爱。

然而,后来的一些事情,武则天却不让她妈欢喜了。武则天的姐姐被封为韩国夫人,早年嫁给贺兰越石,生有一子一女,儿子是非常漂亮的帅哥贺兰敏之,女儿封为魏国夫人。韩国夫人早早就死了老公,成了一个风流俏寡妇。她姐姐这个拥有成熟风韵的俏寡妇领着嫩花一般的女儿经常出入宫闱,很快就把高宗给勾搭上了。然而,卧榻之侧,岂容他人酣睡?就算是自己的亲姐姐,武则天一样不能容忍。很快,韩国夫人就不明不白地死去,魏国夫人这只小狐狸很快也喝下了暗中下毒的肉汤,七窍流血而死。武则天又玩一手"一箭双雕"的把戏,嫁祸于自己的两个叔伯哥哥——武怀良和武怀运,将他们全都"咔嚓"了。弄死武怀良什么的不要紧,反正武家这些人对杨老太太一贯不礼貌,但弄死她的大女儿韩国夫人和外孙女魏国夫人,杨老太太心中肯定也非常不乐意。所以,这时候母女间的关系也不像以前那样融洽了。

此时,杨老太太的亲人中,除了武则天这一脉外,就剩下了其姐韩国夫人留下的儿子——贺兰敏之。过去评书里常说:"老儿子,大孙子,老太太的命根子。"贺兰敏之作为杨老太太的头一个外孙,自然是备受宠爱。当然,从道理上来说,杨老太太的外孙不仅仅有贺兰敏之,武则天生的李弘、李贤、李显、李旦也都是她的外孙。然而,这四个外孙是龙子皇孙,常在深宫之中,老太太想疼也见不着面啊。加上贺兰敏之父亲早亡,所以杨老太太对他的宠爱是无以复加的。

贺兰敏之继承了武家的美貌基因,长得"风情外朗,神采内融",是个眉目如画的翩翩美少年。武则天看在自己母亲的面子上一开始并没有为难他,对他非常照顾,让他改姓武,袭位周国公,入弘文馆修史,俨然是武家的唯一继承人。但是这小子属于标准的"有娘生,没爹教"的那种人,早年丧父失教,加上杨老太太如同贾母疼宝玉一般地溺爱,不免性情狂妄乖张,四处胡作非为。

贺兰敏之的母亲和妹妹都死在了武则天的手下,他不可能不明白这一切。《资治通鉴》中曾记载过,高宗提起他妹妹魏国夫人暴死的事情时,贺兰敏之伏地大哭,虽然没有明说是武则天所为,但武则天却早起了警惕之心,她说道:"此儿疑我。"贺兰敏之心中满怀怨恨,但他毕竟年小幼稚,他采取的一系列报复行为,还是类似于顽童的恶作剧,主要就是一个目的——让武则天生气。

当然,说是有点像顽童的恶作剧,但贺兰敏之搞的这些事绝不是砸几块玻璃那么简单。首先,武则天的长子李弘,已和杨思俭的女儿订了婚,杨思俭的女儿出身高贵,又美貌出众,是京城中有名的大美人。正在她即将成为太子妃时,贺兰敏之却找机会将她强奸了(也许是诱奸)。虽是未过门的妻子,但李弘也大丢面子,不得不另选裴氏女为妃。这还算罢了,贺兰敏之居然又将手伸向武则天的心肝宝贝——她最宠爱的小女儿太平公主。虽然事后,武则天公布他的罪状时,只说是他"逼淫太平公主随从宫人",但稍有头脑的人都明白,这只不过是一种委婉的说法,如果只是强奸了太平公主的随从宫女,在那个时代也算不上什么大罪,所以贺兰敏之做得最要命的一件事就是奸污了当时只有八岁的太平公主。

这时武则天再也无法容忍了,她狂怒之下宣布了贺兰敏之的五条大罪,除了上述那两件事外,还有三件是:一、武则天曾从宫里拿出锦缎(当时锦缎一样可以当钱),让贺兰敏之用来造佛像为杨老太太追福,贺兰敏之自己挥霍掉了。二、在杨老太太丧事期间,贺兰敏之不穿孝服,狎妓听乐。三、和自己外祖母杨老太太有苟且之事。我们现在来看,前两条似乎并没有什么大罪,不过在古时最重丧仪孝道的时代,也是相当"违法"的。当然,最为骇人听闻的就是贺兰敏之和自己的姥姥有"奸情"的罪状,这几乎是匪夷所思的事情,实在有点让人难以置信。

杨老太太去世时已九十有二,以八十多岁的高龄还能和自己的小外孙,也太老当益壮了吧。但想想看,武则天也是七八十岁时依旧和二张这两个如花少年左拥右抱,不免也有点相信武则天和她妈在这方面确然天赋神禀,不可以常人之理度之。而且此事是从武则天的口中说出来的,如果没有这件事的话,武则天恐怕也不会故意编造这种事情。这事说来对她母亲以及她自己的声誉都是影响很不好的。之所以将这些丑事全抖出来,我觉得只有一个解释,就是武则天当时太气愤了,一定要将贺兰敏之这个无行浪子置于死地而后快。我们知道,贺兰敏之是她姐姐韩国夫人唯一的儿子,韩国夫人又和高宗有一腿,如果罪行不够分量,高宗肯定要念着旧情,对贺兰敏之网开一面,加上群臣一再劝阻,甚至抬出杨老太太这个大招牌来,那么贺兰敏之很可能就会从宽发落。因此,武则天不惜将这个无行浪子的所有丑事都抖搂出来,尤其说明,他对自己的外祖母根本就不孝。

武则天既然下了如此的决心,那贺兰敏之的下场就没有什么悬念了,他很快被贬到广东去,到了韶州,立刻就被早已得到密旨的人用马缰勒死。此时是咸亨二年的六月份,离杨老太太逝世的日子还不

到一周年。

咸亨三年（672年），唐高宗和武则天驾临少林寺。正像诗中写的那样，武则天来此处，不单单是来游玩，对她来说更重要的是来看一看为亡母杨氏在此建的一座塔。这塔计划建有十层，称为下生弥勒佛塔。有句俗语叫"救人一命，胜造七级浮屠（塔）"。这也说明在佛家中造塔是非常有功德的事情。武则天来了后，见塔依然没有建好，思及母亲生前的种种好处，不免心中悲伤。诗中最后那句"风枝不可静，泣血竟何追"，用的是这样一个典故："树欲静而风不止，子欲养而亲不待也。往而不可追者，年也；去而不可得见者，亲也。"（汉·韩婴《韩诗外传》）

或许在生前，武则天和母亲杨氏因为种种事情也有很多不愉快，但是现在杨氏死了，她生前最疼爱的外孙贺兰敏之也被武则天杀死，虽然贺兰敏之是个恶贯满盈的小坏种，但武则天内心想起来时肯定对死去的母亲有所愧疚。武则天一向心如铁石，但是对于自己的母亲，她此时的心却也像普天下的女儿家一样柔软。

四、花须连夜发，莫待晓风吹——号令百花，叱咤山河的女皇

卷5 46【腊日宣诏幸上苑】

明朝游上苑，火急报春知。花须连夜发，莫待晓风吹。

对此诗,《全唐诗》中有篇小序说:"天授二年,腊,卿相欲诈称花发,请幸上苑,有所谋也,许之。寻疑有异图,乃遣使宣诏云云。于是,凌晨名花布苑。群臣咸服其异。后托术以移唐祚。此皆妖妄,不足信也。"

意思是说,大臣们密谋对武则天采取行动,于是谎称冬天的御花园里开满了鲜花,以此把武则天骗去,在那里发动政变(这事说得倒像后来的"甘露之变"时的情况一样)。但武则天识破了这一点,让人借此诗宣诏(其实是暗中布置),第二天,大臣们同去后花园中,见真的百花争艳,无不大惊,以为武则天能役使天地鬼神,于是尽皆拜服,再无异心。此说属无稽之谈,从历史上看,武则天称帝后,政权一直非常稳固。除了晚年时张柬之策划了"中宗复辟"外,朝野中并无真正的"谋反"活动。

相比之下,另一个版本的故事更可信些:武则天称帝后,一次偶游宫苑,恰逢几枝蜡梅盛开,一时兴起,就乘着酒意写下此诗,下诏让百花一齐开放。此事看来荒唐,但作为一呼百应的皇帝,武则天此时霸气十足,早已自认为是无所不能的。对此可参看《镜花缘》一书所写的:

"武后道:'各花都是一样草木,蜡梅既不畏寒,与朕陶情,别的花卉,自然也都讨朕欢喜。古人云:'圣天子百灵相助。'我以妇人而登大宝,自古能有几人……这些花卉小事,安有不遂朕心所欲?即便朕要挽回造化,命他百花齐放,他又焉能违拗!'"

结果第二天果然百花齐放,唯有牡丹未开。武则天大怒,使出周兴、来俊臣他们惯用的酷刑,用炭火烧烤牡丹花枝,牡丹受不了后也只好纷纷开放,但武则天余怒未消,还是将牡丹贬去洛阳。

所以品味一下这首小诗,我们会感觉和《如意娘》那首诗中的情调天差地别,因为此时的武则天,再不是感业寺中那个忐忑不安的缁衣女尼，她现在是女皇，她可以让山河变色，万众臣服。纵使皇子皇孙、文武大臣，谁敢惹她不高兴，就会到大狱里尝尝"定百脉"、"失魂胆"等听起来就让人发毛的酷刑滋味，再不就直接人头落地，从世界上消失。所以当年扯块红布扎头上就奋勇投军，让吐蕃闻之胆寒的好汉娄师德，也不得不缩起头来大讲"唾面自干"的好处。（娄师德劝其弟遇事要忍耐，他弟弟说"人有唾面，洁之而已"——人家唾我一脸，我自己擦擦就算了。但娄师德说，这样也不行，你一擦，还是表明了自己的不满，你应该连擦也不能擦，让它自己干）。

这首诗，大有"喝令三山五岳开道，我来了"的味道。就这首诗来说，武则天充分表现了帝王那种一言九鼎的霸悍之气，从诗的格调来说确是不同凡俗，气度超常，但这却实非苍生万民之福。但凡最高统治者狂放无忌，自以为能呵神骂鬼、压倒天地万物之时，那危机就悄悄地来临了。秦皇汉武虽然声威赫赫，但在其治下的黎民，却远不如汉文景二帝时幸福。有人夸奖武则天是杰出的女政治家，并说在她的治下，唐代经济也在继续发展，人口也持续增加。平心而论，武则天身为女子，能当上皇帝，在女权主义方面虽然是意义非常，但是她的统治期间给唐朝造成的破坏也是相当大的。

说是破坏，并非是固守传统的迂腐观念，认为武则天牝鸡司晨，乱了纲常等等。"改唐为周"这些所谓的"篡政"，其实倒没有什么。主要弊端在于破坏了唐太宗当年辛辛苦苦建立起来的良好道德风尚和吏治。唐太宗非常注重社会道德风范和吏治的建设，对于残忍暴虐的行为是严厉禁止的。大将丘行恭有一次为了表现自己的忠心，亲手挖出反贼的心肝生吃，结果唐太宗不但没有表扬他，反而痛斥他说："典刑自有常科，何至于此！"（处罚罪人自然有国家的法律，你这样做干什么！）在唐太宗的治下，真是"制度好了，坏人也能办好事"，像裴矩、封德彝等在隋朝时是大奸臣，到了唐太宗这儿也成了良臣，真有隋朝"把人变成鬼"，唐太宗又把"鬼变成人"的感觉。不过到了武则天的时代，武则天又把人变成了鬼。一时期酷吏横行，小人当政，亲人朋友统统都可以出卖。

《资治通鉴》中曾记载过这样一件事：大臣崔宣礼犯了罪，武后想赦免他，而崔宣礼的外甥霍献可却坚决要求判处崔宣礼死刑，并磕头触阶直至流血，以表现他不私其亲。霍献可这人非常无耻，还煞有介事地用绿纱布厚厚地裹了伤口，每次上朝时还特意将官帽向上推，露出一截来给武则天和群臣看，以提醒人们注意到他的"忠心"。这种残忍的做法大大毒化了当时的政治空气，如果是太宗在位，肯定也要呵斥，但武则天却提倡这样的做法。一时间朝堂上乌烟瘴气，流氓无赖之辈纷纷登上天子之堂。社会风气和人一样，都是学坏容易学好难，武则天一朝很快就把太宗当年的成果破坏殆尽。

唐太宗李世民当年非常重视吏治，治国首先在治吏，小人当官，危害极大。他早有明言：" 为官择人，不可造次。用一君子，则君子皆至；用一小人，则小人竞进矣。"而武周时官员任用之滥是非常有名的，有人曾写诗讽刺道："补缺连车载，拾遗平斗量，耙推侍御史，碗脱校书郎。糊心巡抚使，眯目圣神皇。"意思是说，武后乱封的官车载斗量，"侍御史"之类的用耙子都推不过来，"校书郎"一类的多得如拿碗当模子扣出来一样滥。用现在的说法就是，飞来一板砖，就能砸着三四个官。这样的做法，破坏了李世民当时传下的良好制度，也给唐中宗时的"斜封官"等弊端开了先河。与此同时，武则天还将大批忠直之士或杀或贬，像大将程务挺、黑齿常之等都被杀掉，以致边患不断，给后来的唐朝造成无穷的隐患。

所以，在读李太白"我且为君捶碎黄鹤楼，君亦为吾倒却鹦鹉洲"之类的诗句时，我们完全可以会心一笑，因为像太白这样的醉汉，什么"捶碎黄鹤楼"之类的狂言，说多少也没有什么大不了的，无非摔碎几个酒壶酒碗罢了。我们也不妨一起高歌畅饮，疯狂一把。但是武则天这首小诗淡淡语句的背后，却是女皇帝金口一开，百花都要听命的威仪，在这其中，似乎带着从酷吏们黑狱中吹出来的缕缕寒气，让人脊背生凉。

五、天下光宅，海内雍熙——大周朝穆穆重光中的女帝

卷5 2【曳鼎歌】武则天

羲农首出，轩昊膺期。唐虞继踵，汤禹乘时。
天下光宅，海内雍熙。上玄降鉴，方建隆基。

这首《曳鼎歌》在《全唐诗》的集子里，是武则天集子中的第一篇。有些人不明就里，以为第一篇肯定就是武则天早年写的，于是不少写小说编故事的人将此诗当成武则天当才人时写的，其实大谬不然。

武则天写这首诗的时间，倒是史有明载。《全唐诗》说此诗写于万岁通天年间（696年），但《资治通鉴》说此诗写于神功元年（697年），似乎以《通鉴》中所说更准确一些。这首诗是说这样一件事：武则天当了女皇后，大兴土木，让自己的男宠薛怀义来造明堂，用钱靡费万亿。这个装饰华丽，金碧辉煌的宫殿宏大无比，据说高九十一米，周边长九十三米，相比之下，我们现在能见到的北京故宫的太和殿仅高35.5米，和唐代的明堂相比，简直就相当于武大和武松比个头。

这还不算，武则天又让薛男宠在明堂北面造了一座名为"天堂"的宫殿。这个"天堂"比明堂更高，据说登到第三层就可以俯视明堂，

而"天堂"共有五层。这样算来,"天堂"差不多要有151米高,听起来相当令人惊诧。"天堂"里面供了一尊大佛,佛的小指头就能容下十几人。这两样巨大的形象工程,"日役数万人",可谓劳民伤财,武则天却毫不在乎。遥想唐太宗当年,一贯地约束自己,营造宫室时慎之又慎,刻意节俭。《资治通鉴》中曾说:"上(李世民)营玉华宫,务令俭约,惟所居殿覆以瓦,余皆茅茨"——堂堂的大唐皇帝造的宫殿居然连瓦都舍不得用,要用茅草来盖顶,实在俭朴到了极点。到了武则天手里,可谓"崽卖爷田心不疼",尽情挥霍享受,太宗若得知,恐怕要气得吐血。

更可惜的是,这些恢宏壮观的建筑没过几年,就被心中妒火中烧的薛男宠一把火给点了(当时武则天又宠上了御医沈南璆)。好家伙,这把火烧得整个洛阳城内如同白昼一样亮,大火中心形成低气压,卷成旋风,把一个用血画成的大佛像(薛男宠自称自己刺血画像,其实用的是牛血)撕成无数截,史书用凝练简洁的文字记录下这个令人恐怖的场景:"火照城中如昼,比明皆尽,暴风裂血像为数百段。"

然而,武则天满不在乎,烧了再造嘛。女皇的意志之下,何事办不成?天册万岁元年(695年)三月,明堂重建完工,改名为通天宫。宫顶最高处,安置了一个昂首而立的金凤,想后来慈禧太后只不过是将"龙在上,凤在下"的传统小小地改动了一下而已,而堂堂正正地坐在女皇宝座上的武则天,当然比她要大气得多。恐怕只有这只上触云霄、下视四垠的金凤才能象征出她的绝世风采。

四月,为庆祝新明堂的落成,由武则天亲自主持祭祀之礼,大赦天下,改年号为万岁通天元年。和原来明堂相比,又多造了几件物事,那就是用铜铸了九个大鼎,象征着九州之地。最大的是神都鼎,象征洛阳,因为这是"首都"所在地,故高一丈八尺,比其他的鼎要高四尺,别的鼎都是一丈四尺高。名称如下:冀州鼎名武兴,雍州鼎名长安,兖州鼎名日观,青州鼎名少阳,徐州鼎名东原,扬州鼎名江都，荆州鼎名江陵，梁州鼎名成都。共用铜五十六万七百一十二斤。每个鼎上都画着本地的山川名胜，地方特产的图形。武则天为了好上加好，还想用一千两黄金镀在外面，使之更加金光灿灿。但大臣姚璹说"鼎者神器，贵于质朴"——弄得太华丽倒不好，武则天才作罢。

九鼎铸成后，武则天命陈列在通天宫前。当时的情景非常壮观，宰相和诸王亲自率军兵十余万人，加上大白象（南蛮国进贡的）、大黄牛一齐用力，将这九个大家伙从玄武门中拉进宫内，武则天心花怒放之余，不禁写下了这首《曳鼎歌》。当然，从诗歌艺术的角度来看，这首诗全是套话，并无多少精彩之处。这首诗中有"上玄降鉴，方建隆基"的字样，颇有讽刺意味的是，日后毁掉这些东西的人，正是武则天的孙子唐玄宗李隆基——这难道也是一诗成谶？

开元中，李隆基大概是嫌这些带有大周朝痕迹的东西太碍眼，于是下诏将之统统毁掉，重新熔化后铸钱。被称为通天宫的明堂本也想拆，但为了爱惜民力，只是毁去了上面的金凤，并拆去一层。到了唐代宗年间，回纥乱兵闯入东都洛阳，他们四处烧杀抢掠，火势延及明堂，将其化为灰烬，于是华丽壮观的明堂就永远消失了，只留下后人的神往和叹惜。

万事万物，有兴必有衰，有生必有亡，这也算不了什么。武则天的大周朝毕竟在历史上辉煌过，她的千秋功罪，众说纷纭，一时也难以评说。尽管她的大周朝远不像这首《曳鼎歌》中说的那样，是什么"唐虞继踵，汤禹乘时"，但有一点却任何人也无法否认——武则天做了很多其他女人甚至男性帝王们也没有做过的事情，这些事情，从古到今，她是第一人，而且，此后也难以再看到。

神龙元年（705年）时，中宗复辟，武则天被迫让位，徙居上阳宫。辗转反侧于病榻上的武则天足足又挺了十个多月，才终于合上了她的眼睛。这十个多月，她望着宫殿上的空梁在想什么？帝位没有了，如莲花一样貌美的那两个美少年也不在了,她原来似乎以为自己会永远掌控天下,但此刻死亡却离她如此之近。

到了阴间,会见到被她杀掉的人吗?被她杀掉的人实在太多了,她根本记不过来,不过她一定记得,这里面有被她逼死的亲儿子、亲孙子孙女,她会怕吗?不,在阳世她不会怕,阴世里她一样不怕。或许,也会见到太宗和高宗。然而,她可以坦然地说:"我毕竟将江山社稷又交给了你们李家"……

卷二 西宫夜静百花香——后妃卷

一、盛世牡丹——长孙皇后

旧时的人们,往往说"红颜祸水"。历代昏君的罪过,似乎也要有一多半算在后妃的身上。然而,在史册中,也有被称为"坤厚载物,德合无疆"——足以母仪天下的贤后。这其中,长孙皇后当仁不让地要占第一名。当然,长孙皇后能成为天下首屈一指的贤后,和她老公李世民是千古罕见的明君是有很大关系的。有人觉得:"李世民虽然是贞观的核心人物,却不能象征它的灵魂",温厚贤德的长孙皇后才是贞观时代灵魂的载体。我觉得此说法,未免有点夸大了长孙皇后的作用。但是,不能不承认,长孙皇后的行为可圈可点之处甚多,也几乎找不出任何瑕疵,堪称千古皇后楷模。

长孙皇后作为千古贤后,在人们心中自是雍容典雅,恰如一朵光照百代的盛世牡丹。这里,且不去说长孙皇后是如何于十三岁时就嫁给了当时才十五岁的李世民,和李世民相伴二十三年,生育了七个子女;又是如何劝谏李世民,三番五次救下那个倔驴脾气的魏徵;还有一生节俭,不骄不妒,坚决要求薄葬等等,这些"光荣事迹"大家想必早已听过不少,本篇只是想从长孙皇后留在《全唐诗》里的唯一一首诗中,看一下长孙皇后鲜为人知的另一面:

卷5 1【春游曲】

上苑桃花朝日明,兰闺艳妾动春情。
井上新桃偷面色,檐边嫩柳学身轻。
花中来去看舞蝶,树上长短听啼莺。

林下何须远借问，出众风流旧有名。

如果这首诗不写明作者，恐怕很多人不会猜到是长孙皇后所作。在传统印象中，作为贤后榜样的长孙皇后，应该是正襟危坐，手拿《女则》，和庙堂中的泥菩萨一般不食人间烟火，无情无欲，没有半点"人情味"才对。而这首诗中的长孙皇后，居然像个活泼可爱的娇媚少妇一般，而且还挺"开放"的，什么"兰闺艳妾动春情"之类的话，既直白又大胆，不免让旧时的一干老儒看得不时摇头，尴尬万分。

明朝钟惺的《名媛诗归》卷九中就这样说："开国圣母，亦作情艳，恐伤盛德。诗中连用井上、檐边、花中、树上、林下，一气读去，不觉其复。可见诗到入妙处，亦足掩其微疵。休文四声八病之说，至此却用不著。"我们看钟惺虽然也夸长孙皇后这首诗写得不错，但却觉得长孙皇后作为"开国圣母"有失"庄重"，说什么"恐伤盛德"之类的酸腐之语。

就算是今人，也有持这种看法的。并且有人据此来否认这首诗是长孙皇后所作。他最主要的理由就是：此诗和长孙皇后的"身份"不符。他这样说："该诗通篇充斥着'动春情'、'新桃偷面色'、'嫩柳学身轻'、'舞蝶'、'风流'等等词句，显得轻佻、放纵。这种口气和情调不但与长孙皇后的履历、身份不符，也与她的性格不符。"看来现在还是有不少人以为长孙皇后就该是那种呆守礼制的木偶人，殊不知张扬个性、袒露着酥胸的大唐美女们和后世裹了脚的病小姐是大不一样的。

有人觉得长孙皇后这首诗是伪作的另一个理由就是，七律在唐初尚未成熟，且不多见。这一点说得有点道理，但也不能就此断定此诗是伪作。我们看长孙皇后这首诗，表面上似为像模像样的七律，中间两联从词句上看倒也对仗工整，但如果仔细用七律的平仄来套的话，就会发现有好多"失粘"、"失对"等出律之处。其实，这正表明了此诗应是长孙皇后所作。因为初唐时格律并未成熟，故有这种现象。隋唐初期，七言诗少见，但并非没有，且不说庾信的《乌夜啼》，隋炀帝就有一首《江都宫乐歌》："扬州旧处可淹留，台榭高明复好游。风亭芳树迎早夏，长皋麦陇送余秋。渌潭桂楫浮青雀，果下金鞍跃紫骝。绿觞素蚁流霞饮，长袖清歌乐戏州。"另外和长孙皇后同时代的上官仪老儿、许敬宗奸臣都写有这种风格的七言诗。因此，伪作之说，不能成立。

其实恰恰通过这首诗，我们了解到长孙皇后也是有娇艳妩媚的一面，她同样是有笑有歌、有情有欲的女人。大唐的风气，正当如此。长孙皇后本为鲜卑女子，唐朝历来也是胡汉交融，风气开放的时代。其实这样真挚坦诚的感情，比后世那种迂腐虚伪的风气要健康得多，也可爱得多。

中国的历史上，经常喜欢将人，尤其是他们所认为的"贤人"、"圣人"，木偶化，泥塑化，将他们抽离了真实的血肉，按自己希望的形象用泥糊起来，放在香烟缭绕的殿堂里供奉。然而，幸好有这样一首诗，能将我们带回贞观年间，充分了解到长孙皇后真实而又可爱可亲的另一面。

二、兰心蕙性——徐贤妃

最终获得"贤妃"封号的徐惠，是唐太宗的嫔妃之一。徐惠是当时有名的才女，她比武则天还要小三岁，但是她聪明伶俐，深得唐太宗宠爱，不久就将她由才人提升为充容。

徐惠是江南女孩，湖州人。湖州是个才子才女辈出的地方，几十年后，这里又出了一个才女——身为女道士的李季兰。据说徐惠进了宫后，依然手不释卷，好学不厌，因为李世民后来兴兵动武，征伐高丽，劳民伤财，她就写了一篇《谏太宗息兵罢役疏》，文采斐然，甚是可观。其中道：

"……是以卑宫菲食，圣王之所安；金屋瑶台，骄主之为丽。故有道之君，以逸逸人；无道之君，以乐乐身……夫珍玩伎巧，乃丧国之斧斤；珠玉锦绣，实迷心之酖毒。……是知漆器非延叛之方，桀造之而人叛；玉杯岂招亡之术，纣用之而国亡。方验侈丽之源，不可不遏。作法于俭，犹恐其奢，作法于奢，何以制后？"

这其中的文笔和见识实在不下于魏徵老头的那篇《谏太宗十思疏》。可惜大概是重男轻女的原因，魏老头那篇郑重其事地收入了《古文观止》，而徐惠这篇文章知道的人却少之又少。

让我们通过当年徐惠亲笔写下的几首诗，来领略一下她聪慧过人的风姿吧：

《拟小山篇》——八岁女童的诗作

卷5 49【拟小山篇】徐贤妃

仰幽岩而流盼，抚桂枝以凝想。
将千龄兮此遇，荃何为兮独往。

徐惠是有名的女神童，据说她生下来五个月就会说话，四岁即诵《论语》、《毛诗》。这首诗相传就是她只有八岁时写的。当时其父徐孝德想考考她的才情，于是用《拟小山篇》为题让她写首诗。《小山篇》对于现在的我们可能比较陌生，指的这样一回事：汉武帝时淮南王刘安（就是传说中和鸡犬一起升天的那位爷）的一个门客，别号淮南小山，他写过一篇赋，名叫《招隐士》。里面的"隐士"，指的是屈原。该文好长，节录一段如下：

"桂树丛生兮山之幽，偃蹇连蜷兮枝相缭。山气巃嵸兮石嵯峨，溪谷崭岩兮水曾波。猿狖群啸兮虎豹嗥，攀援桂枝兮聊淹留。王孙游兮不归，春草生兮萋萋。……攀援桂枝兮聊淹留。虎豹斗兮熊罴咆，禽兽骇兮亡其曹。王孙兮归来，山中兮不可以久留"。

徐惠的父亲让她学这个"淮南小山"写一首诗，于是小徐惠就写了上面这四句。虽然看起来很有些比着葫芦画瓢的意思，但八岁的女童能"画"成这样，也相当了不起了。寻常的八岁女童，十有八九连这些字都认不全。可见小徐惠天资聪颖，既惠又慧。

《长门怨》——后宫中的寂寞心声

卷5　50【长门怨】徐贤妃

旧爱柏梁台，新宠昭阳殿。守分辞芳辇，含情泣团扇。
一朝歌舞荣，夙昔诗书贱。颓恩诚已矣，覆水难重荐。

徐惠这首诗，说的是汉代的故事。"长门怨"，指的是汉代皇后陈阿娇失宠的故事，当时汉武帝曾许诺，"若得阿娇作妇，当作金屋贮之也"，然而，旧爱难敌新欢，汉武帝有了卫子夫等美女后，就把阿娇晾在金屋里不管不问了。看似华贵的金屋，也不过是座黄金打造的牢笼罢了。

"守分辞芳辇，含情泣团扇。一朝歌舞荣，夙昔诗书贱"，这几句说的又是汉成帝时班婕妤的典故。在《幼学琼林》和《龙文鞭影》里都有"班妃辞辇"一说，指的是这样一件事：

汉成帝在后宫游玩，有次想和班婕妤搂搂抱抱地同乘一辆车，这在一般嫔妃眼中是求之不得的恩赐，但班婕妤却一脸正气地拒绝了，她的理由是："看古代留下的图画，圣贤之君，都有名臣在侧。夏、商、周三代的末主夏桀、商纣、周幽王，才有嬖倖（以邪僻取爱曰"嬖"）的妃子在座，最后落到丧国亡身的境地，我如果和你同车出进，那就跟她们很相似了，能不令人凛然而惊吗？"皇帝给弄得非常扫兴。这位子，班婕妤不想坐，自有别的女人抢着坐。不久，妖艳放浪的赵飞燕和她的妹妹赵合德就取代了班婕妤的地位，班婕妤只好凄凄凉凉地到长信宫去侍奉太后。班婕妤安分守礼反而被嫌弃，赵飞燕风骚放浪倒受宠爱，正所谓"卑鄙是卑鄙者的通行证，高尚是高尚者的墓志铭"，因此自古以来就有无数人感叹不已。

虽然这种题材的诗在后世文人中很常见，但徐惠作为宫中的嫔妃，可谓身临其境，故此诗中所包含的意思就不能泛泛而论了。应该说，这首诗也反映出了徐惠幽居宫中的感慨和心声。徐惠虽然也得到过太宗的喜爱，但是后宫美女如云，唐太宗也不会专宠徐惠一人。说起唐太宗，虽然是一代明君，但是自古英雄好色，名士风流，如果按"不好色"这一项指标来评估的话，那唐太宗的得分恐怕还不如崇祯皇帝呢。李世民后宫的花花草草们也是相当多的，除了长孙皇后外，比较有名的还有这些人：

1. 韦贵妃：她家世显赫，曾祖父是大名鼎鼎的韦孝宽。韦贵妃比李世民还要大两岁，而且以前结过婚，并生过一个女儿。按民间的偏见，只有娶不上老婆的人才可能要这种"拖油瓶"的"二婚头"。

然而，李世民却对她很宠爱，并让她在长孙皇后死后，统领后宫，成为六宫之首。可见韦贵妃决不简单，据墓志中记载说，她"天情简素，禀性矜庄。忧勤缔纮，肃事言容。春椒起咏，艳夺巫岫之莲；秋扇腾文，丽掩蜀江之锦。"虽然墓志中往往过于夸饰，但韦贵妃肯定是美貌出众当无疑问。

2. 阴妃：她的父亲阴世师曾是李家的仇人，杀过李世民的幼弟李智云，并刨了李家的祖坟。后来阴世师被唐军捉住杀死，阴妃被籍没，罚入秦王府为婢，被李世民看上成为后妃之一。

3. 杨妃：李世民皇宫的杨妃共有三个，其中一个据说是他哥哥李建成的妻妾，另一个叫巢刺王妃，乃是弟弟李元吉的妃子。因为这一点，李世民也颇受非议。明代贾凫西《木皮散客鼓词》中就骂道："贪恋着巢刺王的妃子容颜好，难为他兄弟的炕头怎样去扒！纵然有十大功劳遮羞脸，这件事比鳖不如还低一扎！"另外那个杨妃，也大有来头，她是隋炀帝的女儿，也就是电视剧中那个和李世民爱得一塌糊涂的"杨吉儿"。

4. 燕德妃：也是家世显赫的女子，从亲属关系上讲是武则天的表姐。

其他还有韦贵妃的堂妹韦昭容及当时尚为才人的武则天等等，不细说了。大家可想而知，在众多后宫佳丽围绕中的李世民，能有多少时间和精力来陪伴徐惠呢？所以心思细腻敏感的徐惠，不免一样有和班婕妤她们一样的哀怨。虽然李世民并非是昏君，徐惠也不是被打入冷宫的失意宫人，然而，她却得不到像天下平凡夫妻一样朝朝相守，夜夜相伴的幸福，这正是她所渴望的，却是无法实现的。

千金始一笑，一召讵能来——娇媚狡黠的徐惠

卷5 53【进太宗】

朝来临镜台，妆罢暂裴回。

千金始一笑，一召讵能来。

身居宫中的徐惠，作为江南女子，自有她多愁善感的一面。所以才有了像《长门怨》这样的诗篇。然而，她并非是和陈阿娇、班婕妤一样是个失宠的宫人，说来徐惠和太宗之间的关系，还是比较亲密的。

对于戎马一生，从刀光剑影、尸山血海中闯过来的太宗，徐惠的伶俐和柔媚另有一番风情。作为南国女儿，往往有些古灵精怪，正如金庸武侠小说中的黄蓉，能把豆腐削成圆球，当作二十四桥明月。徐惠在感情上也会和太宗玩点小花样，撒撒娇，这首诗就给我们描绘了这生动的一幕：

"朝来临镜台，妆罢暂裴回（即徘徊）"，诗中的徐惠一早起来就对镜梳妆，精心打扮，正所谓"女为悦己者容"，作为后宫的妃子，每天的工作就是妆扮自己的容貌，等待皇帝的临幸。但皇帝嫔妃众多，未必就能召见自己，正像《阿房宫赋》中所说的："一肌一容，尽态极妍，缦立远视，而望幸焉；有不见者，三十六年。"徐惠深得太宗的喜爱，绝不像上面说得那样惨。不过太宗来召她，毕竟也是一件难得的喜事。按理说徐惠应该喜上眉梢，抓紧跑过去吧？可是，聪明灵巧的徐惠偏偏在这个时候耍了一点小脾气，她说："千金始一笑，一召讵能来"——古时对于美人有所谓千金买一笑之说，现在陛下您一声召呼就想让我来吗？

呵呵，女孩子的心事往往就是这样的，有时候明明盼着的事情，却故意装成不情愿的样子，明明喜欢，嘴上却说"讨厌"。琵琶遮面，

欲迎还拒，半推半就，这更是如徐惠一样的江南女子们的拿手好戏。我们现在有一首歌唱道："我不哭不笑不点头也不摇头，看着你的汗像下雨一样的流。要等你说够一百个求婚的理由，量一量我在你心中到底有多重……我不哭不笑不点头也不摇头，假装你的话还不够让我感动。我非要听够一百个求婚的理由，谁教你，你让我，等这天等了那么久。"时间过了一千多年，女儿心事还是依旧啊。不过一般嫔妃和皇帝之间，关系可不等同于现在的女生和自己的男朋友。徐惠既然敢和太宗玩这一手，那么我们可以推断出她和太宗之间还是挺亲密的，不然哪里敢撒这种娇。如果不是皇帝正喜欢她，好嘛，一召不来，你就直接去冷宫，那时候叫破天也不会召你了。

太宗召徐惠不来，本来相当恼火，但看了徐惠这首诗，却转怒为喜，满腔怒火顿时消散。明《情史类略》卷十五中评说徐惠"以娇语解围"，我看不然。此诗并非那种为"解围"而写的急中生智之作，而是早有"预谋"，你看诗的前两句"朝来临镜台，妆罢暂裴回"——并不是没有打扮好，徐惠其实早就在徘徊等待，她是故意逗太宗来着。

徐惠对于太宗的感情是相当真挚和深切的，唐太宗虽然比徐惠大二十多岁，但是太宗英明神勇，文武全才，实在是千古罕遇的奇男子。徐惠对太宗有着深深的感情，这一点也不奇怪。到现在我们沉醉唐风论坛上的好多美女都是唐太宗的铁杆粉丝，对他景仰倾慕不已。前段时间因为电视剧《贞观长歌》上唐国强扮的小李（太宗粉丝对于李世民的昵称）有损她们心目中的形象，于是众美女口诛笔伐，狠狠地攻击了一番。

所以太宗死后，徐惠悲痛欲绝，不久她就生了病。愁病相煎中的徐惠不肯就医服药，决心随太宗而去，她说："吾荷顾实深，志在早殁，魂其有灵，得侍园寝，吾之志也。"——意思是说，我受太宗的恩情太多，我只希望早早地死去，如果魂魄有灵的话，可以到地下继续侍奉太宗,这正是我的愿望。

其实在唐朝那个时代,是没有人逼她去死的,如果徐惠也像武则天一样"另辟蹊径",也不是说没有机会。从唐高宗李治娶了她的妹妹来看,徐惠对李治来说吸引力恐怕决不比武则天小。她也完全可以选择另一条人生道路,那就是像太宗的其他嫔妃如燕德妃等一样,平平淡淡但衣食无忧地终老宫中。然而,深情不移的徐惠却选择了死,对于徐惠的死,并不能完全归结为"愚忠",她的死,与其说是殉节,不如说是殉情,在充满狡诈和贪欲的皇宫中,徐惠应该说是一个异类,正所谓:"人生自是有情痴,此恨不关风与月。"

永徽元年(650年),时年24岁的徐惠永远闭上了眼睛,高宗李治感慨于她的真情,将她追封为贤妃,并将她葬在昭陵石室——这个位置在陵山主体内,应该说在昭陵的墓中除了长孙皇后,徐惠就是离太宗最近的了。即使在长孙皇后去世后,一直统领后宫的韦贵妃也未能有如此待遇。她的一缕香魂就此伴在太宗身边,这正是她的心愿。

三、日边红杏——上官婉儿

上官婉儿这个名字在唐代的才女中应该是有一席之地的,她不仅诗作气度不凡,不让须眉,而且曾像神话中的文魁星一样掌管着天下文宗。当年,她登上高高的彩楼,奉诏评诗,天下才士的文章全都归她评点衡量。沈佺期和宋之问这样的诗坛大腕也不得不恭恭敬敬地

献上诗去，然后乖乖地站在下面等待她的评判。另外，在政治舞台上，上官婉儿堪称"两朝兼美，一日万机，顾问不遗，应接如意"，她在一定程度上影响了大唐的最高权力中枢，以至于现在有人将她称之为"巾帼首相"。

然而，上官婉儿的诗作在《全唐诗》中虽然存有三十二首之多，但多数是一些应制诗，真正表现她自己个人情怀的却非常少。这也难怪，她一生都在险恶的政治旋涡边徘徊，相当于在高空中的钢丝上舞蹈。因此，她是那样的谨小慎微，如履薄冰，所以在她的诗作中，也是小心翼翼地藏起个人的感情，写出那一篇篇四平八稳，无可挑剔的应制诗，这世态人情，婉儿早早就懂得。

彩书怨——十四岁的小才女

卷5 56【彩书怨】上官昭容

叶下洞庭初，思君万里余。露浓香被冷，月落锦屏虚。
欲奏江南曲，贪封蓟北书。书中无别意，惟怅久离居。

梁羽生的小说《女帝奇英传》中，少女时代的上官婉儿一出场念的就是这首诗。历史上也多传说当时十四岁的上官婉儿就是因这首诗引起了武则天的注意。想想也有些道理，上官婉儿现存的诗作中，以这一首最具真情。而婉儿其他的诗作，几乎是清一色的应制诗或者是"关系诗"。应制诗是应皇帝之命而作的，所谓"关系诗"是为了讨好某些人而作的。就像酒席宴上一定要向掌管着你职位升降、工资多少的人敬酒一样，说来也是一种应酬。

我们知道上官婉儿的祖父是上官仪，因鼓动高宗皇帝废武后而被杀。唐朝时，官员如果犯重罪，成年男人被处斩，家中女眷一般是没入宫中为奴婢。当时上官婉儿还是个小小婴儿，就随着母亲郑氏一起被没入宫中的掖庭，那是个专门让受罚宫人干粗活的地方。

娘俩在艰苦的日子里慢慢熬，上官婉儿可能秉承了祖父上官仪的基因，另外其母郑氏也是个知书通文的人，于是十四年后，婉儿不但出落成了一个如花美少女，而且还是个颇富文采的才女。这一首《彩书怨》，满篇写的都是怨妇离情，有人猜测说是写给当时的皇子李贤的，并给上官婉儿安排出一段爱情剧本。但这种情况发生的可能性极少，当时被罚没到掖庭的婉儿恐怕很少有机会能见到皇子李贤，即使能见到也不会接触太多，也许上官婉儿自己暗恋这个仪容俊秀的皇子，但是李贤恐怕不会对她有太深的印象，更难说他们之间会发生点什么事。

所以嘛，这首《彩书怨》，十有八九是婉儿模仿古时那些相思别离之诗而拟作的。当时婉儿尚且"小姑居处独无郎"，根本没有陪伴她的男人。然而，也不能说婉儿此诗就完全是无病呻吟，当时的婉儿已是十四岁了，虽然这个年龄现在的女孩还在上初中，但在唐代，已是谈婚论嫁的年纪，婉儿在宫中为婢，根本没有权利去选婿择夫，念及于此，婉儿自然会觉得古诗里离妇的哀怨和她的心情也是有相通之处的。

从艺术性上来讲，婉儿这首五律写得还是相当不错的，此诗看起来比较平常，也是用了不少典故的。第一句"叶下洞庭初"，似乎是泛泛而论，其实出自屈原《九歌》中的句子："嫋嫋兮秋风，洞庭波兮木叶下"，此句既暗用古人典故，又营造出一种萧瑟惆怅的氛围，也是非常成功的。"露浓香被冷，月落锦屏虚"这一联尤为巧妙，天寒露正浓，虽有香被，无人共寝，未免身寒心更寒；月落天将晓，锦屏华屋，空虚无人，自是室虚梦亦虚。

我们接着看——"欲奏江南曲"，对于《江南曲》，大家可能并不陌生，就是那首："江南可采莲，莲叶何田田。鱼戏莲叶间。鱼戏莲叶东，鱼戏莲叶西……"古人常把男欢女爱称做"鱼水之欢"，

这首民歌在语文课本上出现时，虽然老师不那样讲，但应该承认，民歌本来是有这么个意思在其中的。这里婉儿在诗中说，我想奏一曲比喻男女欢好的《江南曲》，于是匆匆地写了一封寄往蓟北（蓟北——即河北北部，唐代是边境，出征的男人多在此）的书信。"江南曲"和"蓟北书"对仗相当工整巧妙。这蓟北书的内容，不用说大家也知道啦，就是盼他回来和自己"鱼戏莲叶东，鱼戏莲叶西"呗。

诗中最后一句，又将信中的内容点出来，"书中无别意，惟怅久离居"——书信中的意思，只是表达我离居已久的惆怅心情而已。当然，要按后世的眼光，没有这句反而更含蓄有味，但这也是初唐时的特色，初唐及以前的诗句，往往说得比较"透彻"直白。总体说来，这首诗写得是相当不错的。钟惺《名媛诗归》卷九中说："能得如此一气清老，便不必奇思佳句矣！"对此诗倍加夸奖，明朝谢榛在《四溟诗话》中夸得更高："杨升庵（杨慎）所选《五言律祖》六卷，独此一篇平妥匀净，颇异六朝气格"——婉儿这首诗成了这本五律集中最佳的诗作了，可见十四岁的婉儿此时的功力就决非一般了。怪不得当时武后看了后，也惊叹她的才华，命她掌管玉玺，草拟诏书，并且"百司表奏，多令参决"，成为武则天的"贴身秘书"。

然而，武则天是何等人物，婉儿生活在她的威仪之下，也是整天胆战心惊的。武则天称帝后，婉儿虽是宫中才人，但武则天是女皇帝，她这个才人当得有名无实。武则天自己广选美少年入宫来侍候，却根本没有想过为婉儿找个夫婿什么的。在武则天心中，只是视她为自己身边的一把"总钥匙"罢了。此时的婉儿，肯定实实在在地感受到了"露浓香被冷，月落锦屏虚"的滋味。

如花的青春岁月，却是如此的寂寞难耐。当时宫里已经有了二张兄弟，要说二张也是经过全国选美挑出来的超级男生，自然也算是极品帅哥。婉儿也是有情有欲的女儿身，有次不免贪看了张昌宗几眼，不料被武则天瞧见。武则天盛怒之下，扔了一支玉簪刺破了她的额头，差点完全毁容。对此,婉儿当然是不敢怒也不敢言。从此,婉儿眉间落下了个伤疤,聪明的婉儿就剪了个花瓣贴住。后来这反而成为宫中的一种时髦打扮,宫妃们眉间没有伤痕,也贴上个花。其实,这正像婉儿一生的写照,她的一生总是被伤害,但她却默默地忍受,用表面上的鲜艳明媚来掩盖内心的疮疤。

三冬季月景龙年——婉儿的幸福时光

卷5 58【驾幸新丰温泉宫献诗三首】

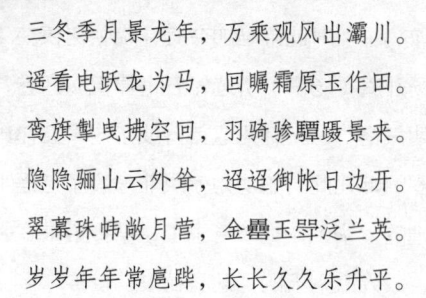

三冬季月景龙年,万乘观风出灞川。
遥看电跃龙为马,回瞩霜原玉作田。
鸾旗掣曳拂空回,羽骑骖驔蹋景来。
隐隐骊山云外耸,迢迢御帐日边开。
翠幕珠帏敞月营,金罍玉斝泛兰英。
岁岁年年常扈跸,长长久久乐升平。

这首诗写于景龙三年(709年),此时的婉儿,终于迎来了她一生中最滋润的时刻。神龙元年(705年),让天下人无不胆战心惊的女皇武则天终于病倒在床,再也无法处理政事。她像一棵被白蚁蛀空的老树,再也没有了当年那旺盛过人的精力。大臣们趁机拥中宗复辟。一向夹着尾巴做人,不敢多说一句话,不敢多行一步路的婉儿终于迎来了好时机。

许多年来,婉儿一直陪伴在武则天的身边,虽未蒙亲授,但整日里耳濡目染,对政治上那些夺权的把戏,以婉儿的聪明恐怕早已学了个八九不离十。武则天在世时,给婉儿一百个胆子,她也不敢在女

皇面前耍花枪。但现在武则天一死，对于少说也有上百个心眼的婉儿来说，对付面团一样怎么捏都成的中宗李显，以及野心大、才智少的韦后，简直就是牛刀小试，轻松得很。或许当年的婉儿曾经是个纯真的少女，但此时已经是四十多岁的婉儿，早已是个充满欲望的女人。她压抑太久，权力和男人，她都想要。当然，她明白，相比起来，更可爱的是权力。

于是，她一方面做了中宗李显的嫔妃，以婉儿的美貌和才情搞定李显还不是小菜一碟，于是中宗很快就将她升为了昭容。另一方面，她为了不让中宗的皇后韦氏吃醋，也特意和韦后套近乎，并将自己的老情人武三思让给韦后"享用"。我们平时常说"做人要厚道"，但说起来唐中宗实在是太厚道了，自己的老婆韦后公开在他面前和武三思调情玩乐，他居然也视如不见，当真是名符其实的"忍者神龟"。婉儿见中宗如此好脾气，于是越发得意，请求在宫外私立宅第。中宗竟也点头同意。婉儿在宫外盖了一座豪宅，其母郑氏也被封为沛国夫人，荣华无限，据说婉儿出生前，其母郑氏曾梦见一个神人给她一杆非常大的秤，并说"持此秤量天下"，郑氏以为肯定要生个男孩儿，岂料却是婉儿这个小丫头。郑氏不禁好生失望，抱着襁褓中的婉儿刮她的鼻子说："称量天下的就是你这个小东西？"襁褓中的小婉儿居然咿咿呀呀仿佛回答："是。"到了这时候婉儿才终于让她母亲明白了神人的话决非虚言。

婉儿手中有权，可以翻云覆雨，自然就有朝臣们来行贿，进行权力寻租。对于钱，婉儿来者不拒，并且明码标价，花三十万钱就可以当官，就算你是杀猪卖肉的，甚至奴婢下人，只要交了钱就有官做，哪怕是一无学历二无才干。当时称之为"斜封官"。于是当时官员暴增，达数千人之多。这其中，也不乏对婉儿进行"性贿赂"的，最有名的就是崔湜。崔湜其人，长得倒也非常帅，也很有才学，但人品却不怎么样，他在政治上见风使舵，哪派强他就依附谁，崔湜不但自己

"卖身"，而且全家总动员，让自己的妻子和女儿也到宫中和太子勾搭。有人讥讽崔湜说："托庸才于主第，进艳妇于春宫。"说来婉儿对崔湜还是挺有情意的，女人毕竟是女人，比起那些和美女们上了床也不给角色的男导演们强多了，绝对是投桃报李，让男人有付出就有回报。上官婉儿在中宗耳边一美言，于是崔湜的官职就像火箭迅速窜升，直到相位。看来唐朝时这"潜规则"也挺厉害的。

此时的婉儿，正沉醉在金钱和男色的享受中，《驾幸新丰温泉宫》这三首诗，就恰恰写于这个时期。像清朝皇帝夏天时常到承德避暑一样，唐朝皇帝每年冬天就要去骊山温泉去休养一下。这里简单地解释一下此诗：

"三冬季月景龙年"，三冬季月指腊月，景龙是中宗的年号，这时候婉儿人逢喜事精神爽，诗也写得颇有气势。冰封大地，雪满郊原，按说是比较凄清的，但一切景语皆情语，在意气风发的婉儿眼中，却是"遥看电跃龙为马，回瞩霜原玉作田"——马如龙般电掣而过，一片洁白的霜雪高原如堆琼砌玉。"鸾旗掣曳拂空回，羽骑骖驔蹑景来"，皇帝出行的队伍旗帜招展，万马奔腾，煞是壮观。"隐隐骊山云外耸，迢迢御帐日边开"这两联也颇为工整，又切合应制诗"颂圣"的要求，婉儿功夫之老到，于此可见一斑。明钟惺《名媛诗归》卷九说："全首皆以猛力震撼出之，可以雄视李峤等二十余人矣。"说得也并非过分。收尾这一联"岁岁年年常扈跸，长长久久乐升平"，意思是说希望年年岁岁都能跟着皇帝出行伴驾，这太太平平的好时光也一直长久下去。这句话恐怕倒并非应景之语，婉儿刚从武则天时代的阴霾中走出来，终于等到了阳光，她当然想一直这样"灿烂"下去。

婉儿此时的心情恐怕就像我们现在在这首歌中唱的："我终于看到，所有梦想都开花；追逐的年轻歌声多嘹亮，我终于翱翔，用心凝望不害怕，哪里会有风就飞多远吧……"然而，她丝毫没有察觉到危险就在眼前，她的生命已经只剩下几个月了，几个月后，她血溅于地，惨死在刀下。

昭容题处犹分明——留在后人记忆中的婉儿

卷371 44【上官昭容书楼歌】吕温

汉家婕妤唐昭容，工诗能赋千载同。
自言才艺是天真，不服丈夫胜妇人。
歌阑舞罢闲无事，纵恣优游弄文字。
玉楼宝架中天居，缄奇秘异万卷余。
水精编帙绿钿轴，云母掺纸黄金书。
风吹花露清旭时，绮窗高挂红绡帷。
香囊盛烟绣结络，翠羽拂案青琉璃。
吟披啸卷终无已，皎皎渊机破研理。
词萦彩翰紫鸾回，思耿寥天碧云起。
碧云起，心悠哉，境深转苦坐自摧。
金梯珠履声一断，瑶阶日夜生青苔。
青苔秘空关，曾比群玉山。
神仙杳何许，遗逸满人间。
君不见洛阳南市卖书肆，有人买得研神记。
纸上香多蠹不成，昭容题处犹分明，令人惆怅难为情。

公元710年，老好人中宗暴死，史书上一般都认定为是韦后和安乐公主毒杀。我却总是怀疑，因为当时中宗已五十五岁，唐朝皇帝有家族遗传病，到了这个年纪，多数有中风之类的疾病。中宗如果是突发脑溢血之类的疾病导致死亡也很正常。总之，中宗死得很是突然，这就给李隆基一个最好的借口——韦后和安乐公主毒杀中宗！

李隆基发动兵变，杀死了韦后、安乐公主，上官婉儿拿出一份伪造的中宗遗诏，为自己辩解，想靠自己的聪明再逃过一劫。然而，她和韦后一伙走得太近了，宫廷争斗，残酷无比，没有人敢说自己永远是赢家。这一次，她失败了，无情的刀剑砍了下去，鲜血溅满了宫前的台阶，一代才女，就此魂消香断。

而此时，当初千方百计给婉儿献媚，多次在床上和婉儿缠绵过的崔湜，却又一头钻到太平公主的裙下。婉儿死后，他躲得远远的，生怕沾上边，更不用说给婉儿料理后事了。后来还是张说比较仗义，给婉儿收尸厚葬。李隆基对于婉儿的才情也是钦佩有加的，只是形势所迫，才不得不杀婉儿。事后他下旨让张说整理了婉儿的文集，于是张说在婉儿集子上作序说：

"敏识聆听，探微镜理，开卷海纳，宛若前闻，摇笔云飞，成同宿构。古者有女史记功书过，复有女尚书决事言阁，昭容两朝兼美，一日万机，顾问不遗，应接如意，虽汉称班媛，晋誉左嫔，文章之道不殊，辅佐之功则异。"

将婉儿和历史上的才女如班昭等作了对比，并说婉儿才学上不弱于古之才女，而在参政方面还强似她们，言下颇有称许之意。看来当时的人也并没有因婉儿身为女人而参与政事进行"批判"。

说来婉儿虽然在滥封官方面有诸多不光彩的地方，但婉儿对于当时的诗歌文化却起了相当好的推动作用。正如《新唐书》中所说："婉儿劝帝侈大书馆，增学士员，引大臣名儒充选。数赐宴赋诗，群臣赓和，婉儿常代帝及后、长宁安乐二主，众篇并作，而采丽益新。又差第群臣所赋，赐金爵，故朝廷靡然成风。当时属辞者，大抵虽浮靡，然所得皆有可观，婉儿力也。"

所以，有唐一代的文人，提起婉儿的名字，都是相当的崇敬。我们看这首中唐诗人吕温的诗作，诗中对婉儿极力地夸赞：像什么"玉楼宝架中天居,缄奇秘异万卷余。水精编帙绿钿轴,云母捣纸黄金书"——居住玉楼中,拥有秘籍奇书万卷,这些书全部是人间罕见的精装本,水精装订,绿钿作轴,云母当纸,黄金印字。将婉儿说得高贵典雅、气质如仙。后面更是直呼婉儿为神仙:"神仙杳何许,遗逸满人间。"诗人最后说从旧书摊上买得一本书,上面尚有婉儿的题诗,于是惆怅叹息不已——"昭容题处犹分明,令人惆怅难为情",此时婉儿离开人世已有了上百年,可婉儿在后人的心中还是那样的令人倾慕神往。

婉儿这一生,始终周旋于最高的权力中心,她一生都在政治的刀尖上舞蹈,像是穿上了施着魔法的红舞鞋,她停不下来了。权力给了她荣光,给了她金宝,给了她豪宅,但她却无法摆脱被政治旋涡吞没的宿命。

有时我曾想,如果婉儿不弄权,把所有的才华都放在写诗和文章上,那有多好!然而,也许婉儿并不这么想,初唐时的女子们可能都不这样想。她或许觉得与其悲悲切切地在萧条冷宫中做些断肠诗句,那还不如这样:生时,让激情绽放艳如夏花,死时,让鲜血染红满地秋叶。她得到过,辉煌过,经历过,于是,当冰冷的刀锋劈进她的身体时,她依然要说——不悔。

四、名花倾国——杨贵妃

"名花倾国两相欢,常得君王带笑看。解释春风无限恨,沉香亭北倚阑干。"这是李白为杨贵妃所写的《清平调三首》中的最后一首。然而，如花美人，有倾国之名，也有倾国之实，虽然当年沉香亭前"解释春风无限恨"，然而最终留给唐玄宗的却是"天长地久有时尽，此恨绵绵无绝期"。

在《全唐诗》的集子里，也有杨玉环所写的一首诗，不过这首诗写的并不是她自己，而是写给她的侍儿张云容的。张云容伶俐善舞，此诗名为《赠张云容舞》：

罗袖动香香不已，红蕖袅袅秋烟里。
轻云岭上乍摇风，嫩柳池边初拂水。

按道理来说，杨贵妃既然能诗，恐怕不仅仅只写过这样一首。可惜其他的诗句却没有传下来，所以，我们只好从《全唐诗》中别人的诗句里来回顾杨贵妃的一生了。

一朝选在君王侧——父夺子妻的丑闻

卷435 19【长恨歌】白居易

汉皇重色思倾国，御宇多年求不得。杨家有女初长成，
养在深闺人未识。天生丽质难自弃，一朝选在君王侧。
……

众所周知，杨玉环入宫的事情，讲起来非常不光彩。其实杨玉环并不像《长恨歌》里说的那样"养在深闺人未识"，她是唐玄宗的儿子寿王李瑁的妃子。正所谓"脏唐臭汉"，唐代皇室中这种事数不胜数，正如焦大骂的那样："扒灰的扒灰，养小叔子的养小叔子"，扒灰当然首属唐玄宗了，养小叔子也有，像安乐公主就是，另外还有李治搞上自己的小妈武则天，李世民抢了自己的弟媳巢刺王妃，同昌公主的母亲郭淑妃居然睡自己的女婿，相比之下，高阳公主的"诱僧"之举倒算是比较"高尚"了，起码没有乱伦。

"汉皇重色"，这一句说得倒是半点不错，唐玄宗虽然早期算得上是英明神武之主，也一手创立了将大唐国力推上顶峰的开元盛世，但他一直非常好色。玄宗宫中嫔妃极多，据《开元天宝遗事》载，在他的后宫中曾经流行过"投金钱赌侍帝寝"的做法，意思是投钱开赌，谁赢了谁就陪玄宗睡觉。颇似金庸小说《鹿鼎记》中韦小宝家的做法。

但不久玄宗就被武惠妃给迷上了，这个规矩恐怕也就作废了。武惠妃也是武则天一族的人，想必武家人对于媚功确有一套家传绝学，李家人一个个都被忽悠得晕晕乎乎的。历史仿佛在重演，唐玄宗的原配正妻，也姓王。这个王皇后和唐高宗的王皇后一样肚子不争气，生不出儿子来。于是一心一意放在武惠妃身上的唐玄宗借机废了这个可怜的王皇后，她完全绝望，不到三个月就孤零零地死于无人过问的冷宫里。

唐玄宗本想立武惠妃为皇后，但大臣们早已警惕起来了，他们感觉似乎武则天的故事在重演，于是极力反对。唐玄宗当时还不算太昏聩，立后之事，暂且作罢。但暗地里武惠妃在宫中的待遇比皇后有过之而无不及。武惠妃所生的儿子就是寿王李瑁。为了让寿王李瑁当太子，在武惠妃和奸相李林甫的唆使下，唐玄宗又杀掉自己三个儿子。没料想武惠妃做了这件坏事后，就突然得了病，病榻上的她常恍惚中看到被害死的三个皇子来索命，不久她就死了。唐玄宗对寿王李瑁没有多少感情，只是因为武惠妃才宠爱他，现在武惠妃一死，人死茶凉，不但没有立他为太子，反而将他的老婆杨玉环抢了过来，说来这寿王实在是窝囊透了。

有人可能会这样想，唐玄宗贵为皇帝，普天下的美女要多少有多少，为什么要这样无耻地去抢自己的儿媳妇？这也许正是男人的贱性儿——"妻不如妾，妾不如嫖，嫖不如偷"，天下任何女人唐玄宗都是唾手可得，只有自己的儿媳妇才是需要偷的"禁脔"。一朋友曾说过这样一事，其友玩脱衣麻将上瘾，费时费力，好不容易才赢上两把，得睹一裸女身姿。他劝道："网上可搜到裸女图无数，想看就看，何苦如此？"此人道："想看就看的，有啥意思？"——这正是男人犯贱之处。

当然，唐玄宗抢自己的儿媳妇，也不好意思明抢，名义上先让杨玉环出家当女道士，道号太真，以掩人耳目。没过几天，就正式将她召入宫中，册为贵妃。据考证杨玉环和寿王至少生活了有三四年的时间，他们当时应该还是有感情的。不过据考证，杨玉环和寿王并没有生过孩子，寿王的两个孩子为其他侍妾所生。当然，这不足以证明寿王和杨玉环关系不好，从后来她和唐玄宗一生没有生育子女来看（当时玄宗才五十来岁，而理论上说男人的生育年龄似乎没有上限），杨贵妃似乎在生育能力上有点问题。

杨玉环不得不离开年少的李瑁，从此夜夜陪伴唐玄宗这个年近花甲的老头子，她的心情恐怕也并不是多好吧。虽然，那时候的女子并不像后世那样，有太多的思想包袱。对于李瑁来说，心里应该更加沉痛。唐代的诗人多数都有意回避这件事，这件事看来在唐朝也是敏感词，所以白居易也只好自欺欺人地说："杨家有女初长成，养在深闺人未识。"然而，到了晚唐时，李商隐就毫不留情地揭露和讽刺了这一切：

卷540 66【骊山有感】李商隐

骊岫飞泉泛暖香，九龙呵护玉莲房。

平明每幸长生殿，不从金舆惟寿王。

卷540 73【龙池】李商隐

龙池赐酒敞云屏，羯鼓声高众乐停。

夜半宴归宫漏永，薛王沉醉寿王醒。

这两首诗中，虽然说得也是相当含蓄。但"不从金舆惟寿王"、"薛王沉醉寿王醒"等句却都表达出来一个意思，那就是寿王的心中一直很不是滋味。唐玄宗这个行为，在自己儿子寿王的心中划出来一道深深的伤痕。虽然寿王李瑁是他曾经最宠爱的女人武惠妃的儿子。帝王们对子女的感情往往平淡，他们不必事事躬亲，一匙稀粥一块尿布地亲手将自己的儿女拉扯大，所以在相当多的时候，父子母子之间，有的只是伦理上的道义，却实在缺乏血浓于水的亲情，甚至有时候，彼此之间是势不两立的敌人。

三千宠爱在一身——炙手可热的娇宠

回眸一笑百媚生，六宫粉黛无颜色。
春寒赐浴华清池，温泉水滑洗凝脂。
侍儿扶起娇无力，始是新承恩泽时。
云鬓花颜金步摇，芙蓉帐暖度春宵。
春宵苦短日高起，从此君王不早朝。
承欢侍宴无闲暇，春从春游夜专夜。
后宫佳丽三千人，三千宠爱在一身。
金屋妆成娇侍夜，玉楼宴罢醉和春。
姊妹弟兄皆列土，可怜光彩生门户。
遂令天下父母心，不重生男重生女。
骊宫高处入青云，仙乐风飘处处闻。
缓歌慢舞凝丝竹，尽日君王看不足。

——白居易《长恨歌》节选

也许杨玉环起初离开寿王进宫时,心中可能有些不情愿。但是,杨玉环后来也并非像息夫人那样整天愁眉苦脸、哭哭啼啼。作为唐代的女子,杨玉环不必像《红楼梦》中的秦可卿一样整天背着精神上的包袱,因为在唐代,对于"乱伦"这等事并不是太在乎。而且,当时的唐玄宗李隆基,也不是有些人想象中的糟老头子,五十多岁的他还是相当有魅力的。

说起唐明皇李隆基,年轻时就是个俊美英武的美少年,现在虽然老了,但"身体倍棒,吃嘛嘛香",浑身上下依然充满活力。唐朝皇帝多数都五十来岁就要挂,而李隆基一直活到七十多岁,和他儿子唐肃宗差不多一块上路去阴间,可见身体不是一般地好。而且,唐明皇多才多艺,他酷爱音乐、舞蹈等艺术,曾广纳乐工、优伶等数百人,像李龟年、雷海青、黄幡绰、公孙大娘、李仙鹤等当时知名的"艺术家"都聚在他身边,可谓是星光灿烂。李隆基本人的音乐素养也极高,甚至远高于某些专业的乐工,《新唐书·礼乐志》载:"玄宗既知音律,又酷爱散曲,选坐部伎子弟三百,教于梨园,声有误者,帝必正之。"他居然能指正乐工们的错误,而能够选拔出来给皇帝演奏的乐工,水平决不会太低。著名乐师李龟年以善击羯鼓闻名天下,他曾夸口说:"臣苦练技艺,单是鼓杖,我就打折了五十只。"玄宗听了哂笑道:"这算什么?我把鼓杖打折了三柜。"所以,同样喜欢音律、歌舞的杨玉环,肯定也会为玄宗的风采所倾倒。江湖夜雨在网上咨询过一些美女,她们都表示让自己选的话,玄宗的吸引力要大于嘴上没毛的寿王李瑁。并觉得李隆基的魅力恐怕丝毫不弱于电影《偷天陷阱》中虽年过花甲却依然风度翩翩的肖恩·康纳利。

当然,比起这些来,更能打动杨玉环之心的是那出格的娇宠和随之而来的泼天富贵。一国之君的李隆基,以大唐的雄厚国力来满足

一个小女人的虚荣心，简直是绰绰有余。一时间"姊妹弟兄皆列土，可怜光彩生门户"——杨玉环有姐三人，皆有才貌，李隆基都毫不吝啬地封为"国夫人"之号：大姨封韩国夫人；三姨封虢国夫人；八姨封秦国夫人。这姐妹仨随意出入禁宫，势倾天下，据说连玄宗妹妹玉真公主都要给她们让座位。当然，据说唐玄宗和这姐妹几个也有非同一般的关系，也是，唐玄宗既然儿媳妇都敢抢，泡上这几个大小姨子更是不在话下。对此，晚唐诗人张祜曾写诗讽刺道："虢国夫人承主恩，平明骑马入宫门。却嫌脂粉污颜色，淡扫峨眉朝至尊。"

杨家这时自然是"烈火烹油，鲜花着锦"之盛：杨玉环的父亲杨玄琰，被封为一品太尉、齐国公；母亲封凉国夫人；叔叔玄珪封光禄卿。堂兄杨铦、杨锜等都做大官，杨钊（后赐名为国忠）后来当上了宰相。杨家人的府第修得富丽堂皇，耗资千万，修成后，如果发现别人家有比自己的宅院更阔气的，马上毁了重新再盖，一定要强过其他人的才罢休。虢国夫人因为和皇帝有一腿，更是骄横，谁家房子好，抢过来就住，倒是更省事。

正如后来元稹《连昌宫词》中所写的："平明大驾发行宫，万人歌舞涂路中。百官队仗避岐薛，杨氏诸姨车斗风。"当时杨家的威风可着实非同一般，据说有一次，正月十五元宵之夜，杨家人夜游时，因与广平公主的随从争道发生了冲突，杨家的奴才居然挥鞭将公主打下马来，驸马程昌裔上去保护，也挨了好几鞭子。杨家的奴才居然连公主都打，可见已骄横到何等地步。所以《旧唐书》曰："开元已来，豪贵雄盛，无如杨氏之比也。"由此也可以看到，杨贵妃本人在政治上的素质不高，她不懂得像长孙皇后一样劝诫皇帝，不要使自己的亲戚荣宠太过。正是这些外戚们的胡作非为，给杨贵妃后来的悲剧埋下了种子。《红楼梦》中薛宝钗说过一句气话："我倒像杨妃，只是没一个好哥哥好兄弟可以作得杨国忠的。"正是说明，杨国忠等人才是真正败坏国家的人。杨贵妃之死，和杨国忠等人干系甚大，假设没有他们，兵变时也不一定非要杀杨贵妃才罢休。

对待杨家人尚且如此，对杨贵妃本人的娇宠就更不用说了，杨贵妃乘马时，高力士亲为执辔拿鞭，大家不要以为这有什么，高力士身为太监，本来就是侍候人的嘛。要知道当时高力士地位极高，诸王公主都称高力士为阿翁。一般人别说让他侍候，想侍候他都不够资格。女人们都喜欢漂亮衣服，于是宫中专门给杨贵妃织锦刺绣的工匠，就达七百多人，给贵妃雕刻熔造诸般金玉宝器的，又达数百人。不单宫中，外边的地方官们，也争先恐后地巴结贵妃，他们各显神通，召集能工巧匠作"奇器异服"，献给杨贵妃，以求得升官。"一骑红尘妃子笑，无人知是荔枝来"，远在南国的荔枝，也有办法弄来新鲜的。只要杨贵妃高兴，唐玄宗总会想方设法地满足她，曾经打造过开元盛世的李隆基，现在把心思都花在她这样一个小女人身上，当然哄得她心花怒放，乐不思寿王瑁。

对于杨贵妃来说，几乎一切都有了，珍馐美味、华服绫罗、金银珠宝在她的眼中早已经不稀罕了。就算是驿马奔驰，不远千里送来的鲜荔枝恐怕也无法让她再有第一次品尝时的惊喜。于是李隆基又有了新花样，不但专宠于她，另外还称呼她为"娘子"，让她称自己为"三郎"，来模拟做一对民间夫妻。这就是所谓的："七月七日长生殿，夜半无人私语时。在天愿作比翼鸟，在地愿为连理枝。"对此《长恨歌传》中说得比较详细："秋七月，牵牛织女相见之夕，……上（李隆基）凭肩而立，因仰天感牛女事，密相誓心，愿世世为夫妇。"好一个动人的浪漫片断。然而，对于这些，天真无知的杨玉环可能信之不疑，但对于李隆基来说，恐怕只是他让小美人高兴的一种手段罢了。马嵬之变时他的表现，就足以证明，他爱杨贵妃是有的，但更爱的是他自己，还有那至高无上的权力。相比这两样，在他心中的天平上，杨贵妃虽说素有丰满之称，但还是轻飘飘的没有半点分量。

最近听伊能静的《念奴娇》一曲中唱："美人如此多娇，英雄连江山都不要,一颦一语如此温柔妖娇。再美的江山都比不上红颜一笑……"这里可要提醒一下那些以容貌自负的美女们,其实历史上真正"不爱江山爱美人"的男人极为罕见,因为有了江山,自然有美人,不要江山的后果,往往是美人也从身边跑掉。

宛转蛾眉马前死——凋落的红颜,苍白的"爱情"

新丰绿树起黄埃,数骑渔阳探使回。
霓裳一曲千峰上,舞破中原始下来。
——杜牧《过华清宫绝句》(其二)

开元之末姚宋死,朝廷渐渐由妃子。
禄山宫里养作儿,虢国门前闹如市。
——元稹《连昌宫词》节选

传统的说法中,经常把杨贵妃当做一个红颜祸水的典型事例,似乎如果没有杨贵妃,那开元盛世就会一直延续下去,其实大谬不然。开元年间的盛世让玄宗早就有点飘飘然,常年的太平无事,也让唐玄宗早就麻痹了一直绷紧着的神经。他开始厌倦了朝政,他曾对高力士说:"我十多年不出长安城了,现在天下太平无事,我想把政事都交给宰相李林甫处理好了,怎么样?"高力士倒远比玄宗清醒得多,说:"天子到地方各处巡视,是古制,而且君王的大权不可以给别人,如果权力都给了李林甫,他的羽翼威势一成,谁还能再动他!"高力士这话按说很在理,但李隆基却因听得不顺耳而发了怒。高力士一看,风头不对,于是只好自己请罪道:"臣狂疾,发妄言,罪当死。"可见,安史之乱的责任,全在玄宗身上,什么杨贵妃红颜祸水,什么高力士奸邪乱国,都是替罪羊而已。正所谓"问题出在前三排,根子就在主席台"。乱自上作,皇帝一昏,很快就满朝文武俱是奸邪。反之,如果皇帝确实英明,那自然满朝忠臣良将。在历史上,杨贵妃弄权的事情其实几乎没有,当然她的娘家人闹得比较不像话,但最主要的责任还是在李隆基的身上。

渔阳鼙鼓动地来,惊破霓裳羽衣曲。
九重城阙烟尘生,千乘万骑西南行。
翠华摇摇行复止,西出都门百余里。
六军不发无奈何,宛转蛾眉马前死。
花钿委地无人收,翠翘金雀玉搔头。
君王掩面救不得,回看血泪相和流。
黄埃散漫风萧索,云栈萦纡登剑阁。
峨嵋山下少人行,旌旗无光日色薄。
蜀江水碧蜀山青,圣主朝朝暮暮情。
行宫见月伤心色,夜雨闻铃肠断声。

——白居易《长恨歌》节选

在张爱玲的《倾城之恋》中,曾经这样写道:"香港的陷落成全了她。但是在这不可理喻的世界里,谁知道什么是因,什么是果?谁知道呢?也许就因为要成全她,一个大都市倾覆了。成千上万的人死去,成千上万的人痛苦着……"然而,与白流苏和范柳原相反,李隆基和杨玉环的"爱情",却恰恰在安史之乱中随着长安城的陷落而终结。我觉得,在安史之乱这个惊天动地的大浩动中,不仅仅硬生生掐断了杨玉环的生命,使他们的"爱情"没有继续下去的可能,而且这段后来被《长恨歌》、《长生殿》等艺术作品讴歌的"爱情",也在此事件中充分暴露出其脆弱和苍白。

"九重城阙烟尘生，千乘万骑西南行"，安禄山的大军势不可挡，汹涌而来，唐玄宗仓皇出逃，只带了杨贵妃姐妹、直系的太子、皇孙、公主、杨国忠等近臣，仓皇出逃。像什么太子妃之类的，好多都没有带。台湾电视连续剧《珍珠传奇》中的沈珍珠，历史上确有其人，她是皇孙广平王李豫（唐代宗）的妃子，而且生有皇太孙李适（后来的唐德宗），但即便如此，也没有带她走。她留在长安，被叛军捉到洛阳，后不知所终。可见唐玄宗出逃时之狼狈。李隆基这一行人，逃出长安后，只见沿路上因战乱各县的县官都逃得干干净净。根本无人来迎驾奉食。这天一直到了中午，玄宗还没有吃上一口饭，杨国忠好不容易买了个"胡饼"（类似烧饼）献给玄宗皇帝吃，而一般的皇子王孙、大臣将军之辈，只有粗米饭，夹以麦豆充饥。就在此时，发生了大家都熟知的"马嵬之变"。

　　"六军不发无奈何，宛转蛾眉马前死"，关于"马嵬之变"，过去正史上常说是当时的兵将们痛恨杨国忠误国，杨贵妃乱政而自发进行的，为此江湖夜雨原来常惊叹于唐朝普通将领和士兵怎么会有这样高的觉悟，现在才知道是太子李亨在作怪。其实马嵬之变正是太子提前抢班夺权的一次兵变。因为太子如果一旦接替了李隆基或在实际中掌握了大权，杨贵妃一家的荣华就要枯萎掉，所以，杨家对太子是相当排斥的。安史之乱刚开始时，玄宗欲御驾亲征，留太子监国，天下平定后即正式传位于太子。听了此消息后，杨国忠深知一朝天子一朝臣的道理，于是像热锅上的蚂蚁一样急得不行，与韩、虢、秦三夫人哭作一团，最后还是由杨贵妃出面"衔土请命于上，事遂寝"。所以太子李亨能不恨杨家人吗？现在兵荒马乱中，正是好机会，御林军的将士们也想找机会升官发财，李隆基那样老了，还能活几年？早点投靠到太子身边，也算有个"建策首义"之功，前程大大的。

　　所以，在大将陈玄礼授意下，军兵们先砍了杨国忠、韩国夫人、秦国夫人等，然后围在李隆基住处鼓噪，要求杀死杨贵妃。李隆基说："杨贵妃深居宫中，就算杨国忠谋反，她也没有什么罪过啊？"高力士说："贵妃真的没有什么罪过，但是将士们已经杀了杨国忠，如果杨贵妃还留在你身边，他们怎么能安心呐，他们不安心，陛下您又怎么能安心呢？"危急时刻，李隆基还是先保自己重要，于是李隆基挥手命高力士将杨贵妃缢死在佛堂边的梨树下。并召大将陈玄礼等进来验看。

什么"在地愿为连理枝"，不过是随便说说。虽然此时李隆基已是七十一岁的老头子，土也快埋到脖子啦，他也决不会陪杨贵妃到地下去做"连理枝"。对此，元代《琅嬛记》中就借已成了鬼魂的杨贵妃之口指责说："以天下之主，不能庇一弱女，何面颜复见妾乎！沉香亭下，月中之誓何在也！"大家不要太相信什么"君王掩面救不得，回看血泪相和流"，白居易这句诗倒是很煽情，但李隆基其实是个心肠很硬的人，他的原配王皇后在他当初还是临淄王的时候就一直相伴，他屡次冒险发动政变时还倾力相助，然而，一旦有了新欢武惠妃后，就毫不留情地将之打入冷宫，让她无助地死去，一点悲悯之心也没有。当然，目送杨贵妃走向死亡，李隆基此时也可能真的哭过，但他的泪绝对不是只为杨贵妃而洒，"行宫见月伤心色，夜雨闻铃肠断声"——这不仅仅是悲悼杨贵妃，更是哀痛他那已经失去了的权力——那至高无上的权力，没有了权力的他，就真的只是个糟老头子罢了。

晚唐诗人李商隐说得很是深刻犀利：

卷539 181【马嵬】李商隐

海外徒闻更九州，他生未卜此生休。

空闻虎旅传宵柝，无复鸡人报晓筹。

此日六军同驻马，当时七夕笑牵牛。

如何四纪为天子，不及卢家有莫愁。

"如何四纪为天子,不及卢家有莫愁",说得好。为什么做了四十多年皇帝的唐玄宗却保不住自己口口声声要与之"世世为夫妇"的女人?正如《唐诗鉴赏词典》中对此首诗解读时说的那样:

玄宗当年七夕和杨妃"密相誓心"的时候,讥笑牵牛、织女一年只能相见一次,而他们两人,则是要"世世为夫妇",永远不分离的。可是当"六军不发"的时候,结果又怎么样呢?保护自己,牺牲杨贵妃成为他必然的选择,两相映衬,杨妃赐死的结局中,就不难于言外得之,而玄宗虚伪、自私的精神面貌,也暴露无遗。

如果这世上真有纯真美好的爱情之花的话,她一定是存在于普普通通的清寒之家,一粥一饭,相濡以沫的夫妻之间,而华美堂皇、纸醉金迷的宫廷中,是不可能盛开爱情之花的。纵然杨玉环和李隆基的"爱情相册"里充斥着水陆八珍、满头珠翠,可谓富贵已极,然而这种"爱情"骨子里却是那样的脆弱和苍白,纵然有《长恨歌》的传唱,我依然觉得,他们之间所谓的"爱情"正应了这句话:一袭华美的袍,上面爬满了虱子。

五、梅花一梦——江采萍

卷5 62【谢赐珍珠】

桂叶双眉久不描,残妆和泪污红绡。
长门尽日无梳洗,何必珍珠慰寂寥。

《全唐诗》第五卷中有这样一首诗,题为江妃所作。相传唐玄宗曾一度娇宠一个被称为"梅妃"的女子,她叫江采萍。据说在唐玄宗宠爱的武惠妃死后,玄宗终日郁郁不乐。太监高力士想排解一下玄宗的烦忧,于是到江南寻访美女。他在福建的莆田县发现了一个兰心蕙质的女孩,她就是江采萍。

唐玄宗一见,极为喜欢,从此专宠她一人,将后宫中的其他妃子都"视如尘土"。江采萍性情孤高,目无下尘,且知书通文,常以东晋时的著名才女谢道韫自比。在穿衣打扮上也是喜欢淡妆素服。她最喜欢品性高洁的梅花,所以她住的宫苑中种了不少梅花,每逢花开之时,常在梅花间苦吟徘徊良久,甚至直到半夜也不忍回室,活脱脱一个唐代林妹妹。唐玄宗因此戏称她为"梅妃"。据说她还写有《萧》、《兰》、《梨园》、《梅花》、《凤笛》、《玻杯》、《剪刀》、《绚窗》八篇文赋。

然而,当杨玉环进宫以后,正所谓"由来只有新人笑,有谁听到旧人哭",梅妃顿时被冷落。在杨贵妃的挑唆下,江采萍被赶到冷清寂寥的上阳东宫里居住。有一次,她听着外面有驿马驰来,便问可是送梅花来的?原来梅妃得宠时,各地争相用驿马传送梅花进献。但如今哪里还有人给她送梅花,都是快马加鞭给杨贵妃送荔枝的。梅妃不禁泪湿罗巾,她想起汉朝时陈阿娇千金买赋的故事,拿出千两黄金来给高力士,想请高力士找个人写赋献于皇上,从而打动玄宗。高力士油滑得很,借口无人写赋,加以推诿。于是江采萍自己写了一篇《楼东赋》给唐玄宗看,文赋如下:

"玉鉴尘生,凤奁香殄。懒蝉鬓之巧梳,闲缕衣之轻练。苦寂寞于蕙宫,但凝思乎兰殿。信摽落之梅花,隔长门而不见。况乃花心飏恨,柳眼弄愁。暖风习习,春鸟啾啾。

楼上黄昏兮，听风吹而回首；碧云日暮兮，对素月而凝眸。温泉不到，忆拾翠之旧游；长门深闭，嗟青鸾之信修。忆太液清波，水光荡浮，笙歌赏宴，陪从宸旒。奏舞鸾之妙曲，乘画鹢之仙舟。君情缱绻，深叙绸缪。誓山海而常在，似日月而亡休。奈何嫉色庸庸，妒气冲冲。夺我之爱幸，斥我乎幽宫。思旧欢之莫得，想梦著乎朦胧。度花朝与月夕，羞懒对乎春风。欲相如之奏赋，奈世才之不工。属愁吟之未尽，已响动乎疏钟。空长叹而掩袂，踌躇步于楼东。"

可这男人的心一旦变了，九头牛也拉不回来。玄宗看了这篇赋后，虽略微有些触动，但他只是派人封了珍珠一斛，悄悄赏给梅妃就算了。梅妃见了，大为失望，于是写下本篇这首诗，和珍珠一起送还给玄宗。梅妃诗中说，在寂寞的冷宫里，她满怀愁绪，无心打扮（唐代流行桂叶状的眉），说来也是，自古就是"女为悦己者容"，她打扮给谁看呢？她要的不是珍珠宝贝，就是再多的珍宝也无法安慰她寂寞伤感的心。

"渔阳鼙鼓动地来，惊破霓裳羽衣曲"。安史之乱中，玄宗顾不上带走失宠的梅妃。于是梅妃落入贼兵手中，有人说她被安禄山的乱兵杀死，有人说她投井自尽了。也有的故事说，多年后，官军收复两京，从一棵梅树下找到了梅妃的尸体。此时垂垂老矣的唐玄宗，看着梅妃的像，往事一幕幕又在他眼前浮过，对着梅妃的画像，他满怀伤痛，写下这样一首诗：

卷3 61【题梅妃画真】李隆基

忆昔娇妃在紫宸，铅华不御得天真。
霜绡虽似当时态，争奈娇波不顾人。

拥有时不珍惜，失去时才怀念。梅妃被他抛弃后死去，辉煌一时的大唐盛世也在他的手中结束,暮年的李隆基,在悔恨和思念中度过,他思念当年被他贬斥的贤相张九龄,思念灵秀过人的梅妃江采萍,思念妩媚如牡丹的杨玉环,更思念那曾经光芒四射的开元盛世。然而,这一切都仿佛是昨天的一场梦。显得那样的不真实,他再也回不去了。

附:关于梅妃实无其人的争论

上面关于梅妃的故事,讲起来非常动人。但对于是否真有梅妃这个人物,多数人却都持怀疑的态度。梅妃的故事最早见于相传为唐末曹邺所作的《梅妃传》。然而,有人考证说这也是伪托,其实大概是南宋人的手笔。鲁迅先生、郑振铎、刘大杰先生,都否认梅妃的存在。他们认为,一切有关梅妃的记载,都出自《梅妃传》,而不见于唐代当时的文献中,于是断定梅妃实无其人。鲁迅认为:"盖见当时图画有把梅美人号梅妃者,泛言唐明皇时人,因造此传。"更有人指出《梅妃传》含有宋代文化特征的多种印记,如爱梅、咏梅的风尚,斗茶的风习,以及以体瘦轻盈为美,将体态丰盈的杨妃蔑称为"肥婢"等,这都是宋代的审美风格。这样的说法,我觉得倒也有几分道理,梅妃那种孤傲清高的形象更像宋代以后的女子。

对于此事,江湖夜雨的看法是,宫中确实曾有过一个甚至多个因被杨贵妃嫉妒而受冷落的女子,白居易《上阳白发人》一诗中就描写过这样一个宫女:"未容君王得见面,已被杨妃遥侧目。妒令潜配上阳宫,一生遂向空房宿"。有道是"后宫佳丽三千人,三千宠爱在一身",杨玉环得意了,那二千九百九十九个"佳丽"谁不是气愤难平,所以她们的泪水和感伤,和故事中的梅妃是相通的。但是,这个"梅妃"可能不是一个人,而是糅合了很多人的故事创造出来的一个文学形象,如果真的有像传奇中描写的"梅妃"的话,作为被"红颜祸水"杨玉环打击欺压的弱者,当时的唐人笔记和诗词中肯定会大书特书的。正像当年班婕妤失宠、赵飞燕姐妹得势一样,多好的题材啊,虢国夫人那种丑事都有人敢写,这事更该理直气壮地写啊。所以梅妃应该实无其人。

然而,关于梅妃的故事,我们还是不妨来看一下。正如这样一句话:"历史都是假的,除了名字;小说都是真的,除了名字。"(英国历史学家卡莱尔语)梅妃也好,江采萍也好,这些名字或许都是虚构的,然而"长门尽日无梳洗,何必珍珠慰寂寥"的泪水却是真实地在流淌,而且并不仅仅是"梅妃"一人,也不仅仅是有唐一代。

卷三 秦楼鲁馆沐恩光——公主卷

一、权倾天下——太平公主

说起来，当公主要比后妃们幸福得多，她们不像后妃们那样只有表面上的荣光，背地里却不但要常常忍受那难耐的冷窗空床，还要提防其他妃子们诡异莫测的机关算计。而公主们，往往得到加倍的宠爱，尽情地享受。有道是，做公主好，做唐朝的公主更好。唐代公主，骄宠无极，吃喝玩乐奢侈排场且不说，玩起男人来也是令后人咂舌地生猛。尤其是初唐时期的几个公主，好多都有成群结队的情夫男宠。

不过说起在政治方面参与得比较多，真正对大唐的国政产生影响的，却只有太平公主一人而已。真实的太平公主，和电视剧《大明宫词》中那个可爱善良、宽容又堪称情痴情种的"太平公主"判若两人。其实，太平公主是个很贪婪的人，无论是情欲方面，还是权欲方面。

《全唐诗》中太平公主自己留下的诗就那么一句，即卷二中那首《景龙四年正月五日，移仗蓬莱宫御大明殿，会吐蕃骑马之戏。因重为柏梁体联句》，在这首联句诗中，太平公主说了句："无心为子辄求郎"，用的是《后汉书》上的典故："馆陶公主为子求郎，明帝不许，而赐钱千万。"意思是说汉朝时馆陶公主请求皇帝给自己的儿子封官（这里"郎"是官的意思），皇帝说赏钱行，给官不行，因为当官关系到一方百姓的安乐。太平公主引用此典故是说，我是公主，但不会像汉朝馆陶公主一样乱干预朝政，为自己儿子求官什么的。但这只是个场面话而已，太平公主是说一套做一套，中宗当政时，太平

公主把持朝政，胡乱封官的事情很多。

太平公主虽然自己就写了这么一句，但在全唐诗中，她的影子还是经常出现的：

鸣珠佩晓衣，镂璧轮开扇——遥想当年，公主初嫁了

卷2 1【太子纳妃太平公主出降】

龙楼光曙景，鲁馆启朝扉。艳日浓妆影，低星降婺辉。
玉庭浮瑞色，银榜藻祥徽。云转花萦盖，霞飘叶缀旗。
雕轩回翠陌，宝驾归丹殿。鸣珠佩晓衣，镂璧轮开扇。
华冠列绮筵，兰醑申芳宴。环阶凤乐陈，玳席珍馐荐。
蝶舞袖香新，歌分落素尘。欢凝欢懿戚，庆叶庆初姻。
暑阑炎气息，凉早吹疏频。方期六合泰，共赏万年春。

——唐高宗李治

这是太平公主的父亲——唐高宗李治亲自为她写的诗。提起唐高宗李治，在人们印象中比较窝囊，然而他倒不失为一个慈爱的好父亲。此时是开耀元年（681年）七月，太平公主已经二十岁了。放在今天来说，二十岁的女子才刚够法定结婚年龄，但在古代已算比较晚的了。原因嘛，是因吐蕃国来求婚之事耽误了一阵子，事情是这样的：

在太平公主十六岁时，吐蕃要求和亲，请求将太平公主下嫁到吐蕃去。然而，太平公主是武则天的爱女，哪里舍得让她远去异国他乡？大概因为武则天掐死过自己的头一个女儿，心中也不免有愧疚之情，故对太平公主那是倍加宠爱。于是宣称太平公主出家修道（"太

平"就是道号），拒绝了吐蕃。说来在早期大唐国力强盛时，从来没有将直系亲女嫁出去进行"和亲"过。太平公主作为高宗和武则天的眼珠子，吐蕃人想娶她，无非是癞蛤蟆想吃天鹅肉罢了。

然而，吐蕃人这么一打岔，太平公主的婚事就耽误下来了，或许武则天也想让她在自己身边多待几年，所以一时就没有考虑她的婚事。然而，春情萌动的太平公主等不及了，于是她在一次宴会上，身穿紫袍，腰束玉带，头戴黑巾，在高宗及武后面前跳舞。这身衣服当时是武官的打扮，逗得高宗和武后大笑之余，不免问她道："你一个女孩儿又不能做武官，怎么扮成这样子？"太平公主趁机说："那就赐给驸马吧。"于是"帝识其意"，高宗和武后这才突然发觉女儿长大了，于是马上开始张罗她的婚事。

最终为太平公主选中的驸马是薛绍，薛绍是名门贵族，其父薛瓘也是驸马，母亲是公主（城阳公主）。现在看来算是近亲结婚，但古时常常是"亲上加亲"，这是惯例。像贾宝玉无论娶林妹妹还是宝姐姐也都是近亲结婚。当时薛绍，并未婚娶，不像电视剧《大明宫词》上说的那样有前妻慧娘这么一个人，倒是后来太平公主嫁的武攸暨，前面有个妻子，被武则天毒死。对于这门亲事，十有八九是高宗拿的主意，武则天却不怎么赞同，她很有可能是想从武家人里选一个。所以她一开始就对薛绍并不是太喜欢，于是鸡蛋里挑骨头，说什么薛家虽然是贵族，但薛绍的两个哥哥娶的媳妇身份寒微，配不上太平公主的身份。但当时高宗主意已定，又有不少大臣为之辩解，武则天也没有再坚持。不过这也为后来发生的一切埋下了祸根。

此时武则天又给继位为太子的李显重新娶了一个妃子，这个太子妃就是后来的韦后。李显原来有过一个太子妃，姓赵。赵妃的母亲，是太宗的女儿常乐长公主，武则天对常乐长公主母女很讨厌，居然找个机会把赵妃关了起来活活饿死了。此时太子公主，双喜临门，尤其太平公主的婚事更是办得隆重无比，一时间到处张灯结彩，鼓乐喧天。唐朝时的婚俗，是在夜间迎亲，当时一路点的灯笼火把将道旁的树木都烤焦了，公主的车驾异常庞大，好多地方门口太窄，过不去。没说的，派人当场拆墙多处，以方便公主车驾经过。

唐高宗李治亲自写下了这一篇《太子纳妃太平公主出降》（出降即公主出嫁）。群臣们见皇帝都赋诗道贺，哪里敢落后，于是纷纷和诗称颂。于是《全唐诗》里有了许多篇《奉和太子纳妃太平公主出降》这样的诗，分别为任希古、刘祎之、郭正一、胡元范等所作。这些诗当然都是大拍马屁之作，其中胡元范说的最为卑下，居然说"小臣同百兽，率舞悦尧年"，把自己和牲畜动物们归于一类，这里就不列举了。李治这首诗，典故倒用了不少，但一味地堆砌词藻，大有"迎风洒狗血"（比喻过于矫饰做作）之感。这类诗堪称"如七宝楼台，炫人眼目。碎拆下来，不成片段"。

然而，这首诗华丽中的苍白却正恰恰如太平公主的这次婚姻，驸马薛绍，只和太平公主生活了七年，就被一直看不惯他的武则天找借口杖打一百，饿毙于狱中。这期间，太平公主和薛绍当然也不能说完全没有感情的，他们共生育了四个孩子。但是，在一贯严厉的母亲面前，太平公主也不敢坚持为自己的丈夫求情。其实在真实的历史中，哪有那么多的情痴情种，哪有那么多的浪漫爱情？在相当多的时候，人们最爱的还是自己。

后来，太平公主又嫁给了武则天的远房侄儿武攸暨，真实的武攸暨应该是个风度翩翩的美男子，和《大明宫词》上傅彪扮的那种猥琐不堪的形象大不相同。因为武家人在历史上的名声很不好，所以小说电视中的武家人一个个獐头鼠目，小丑模样。其实武家人大多数不但不丑，反而挺帅。不然就难以理解，为什么韦后要和武三思私通，安乐公主为什么要将武崇训和武延秀通吃？不过武攸暨性格挺老实，这倒是真的，政治上的事他从来不参与，甚至太平公主大玩男宠，他

也不吱声，非常本分地默默地当"贤内助"驸马。

红绡帐中，遍尝洛阳城中如花少年之际，太平公主还会想起薛绍吗？这我们无从得知。然而，史书中却记载了这样一个事情，那就是太平公主和薛绍所生的儿子薛崇简，经常被太平公主鞭打。由此或可以推想，在太平公主心中，她的第一任丈夫薛绍根本就没有占据重要的位置，或许，受武则天的熏陶，她同样觉得，身边男人嘛，不过是一种玩物。

仙人楼上凤凰飞——踌躇满志，凤仪仙姿的太平公主

卷115 7【奉和初春幸太平公主南庄应制】李峤

传闻银汉支机石，复见金舆出紫微。
织女桥边乌鹊起，仙人楼上凤凰飞。
流风入座飘歌扇，瀑水侵阶溅舞衣。
今日还同犯牛斗，乘槎共逐海潮归。

太平公主在武周时期，虽然深受武则天宠爱，但是在朝政上她的影响力还是颇为有限。有人不理解宫廷中的事情，他们觉得武则天既然不喜欢她的儿子们，为什么不传位给太平公主？这一方面是因为没有这样的制度，更重要的是其实武则天不是不喜欢她的儿子，而是只要有人想夺她手中的权力，她就不答应。任何人只要影响到她执掌大权，都会毫不犹豫地除去，哪怕是自己的亲生儿子。太平公主为什么讨她喜欢，正是因为她不会抢自己手中的皇权。所以才有"公主方额广颐，多权略，太后以为类己，宠爱特厚，常与密议天下事"的情况出现。当然也正是因为如此，太平公主在政治上也

越来越成熟。

神龙元年，中宗被大臣们拥立复辟时，太平公主也参与其事。或许她也看到自己的母亲已经没有多少日子了，所以她站在支持政变这一边，她亲自向母亲武则天陈说利害，劝武则天正式下诏传位，因此堪称功不可没。中宗当了皇帝后，加封太平公主为镇国太平公主。这就是《新唐书》中所说的"预诛二张功，增号镇国，与相王均封五千"，太平公主本来食邑就有五千多，现在又添了五千，加起来就有一万户了。太平公主当时的权势那是气焰熏天，中宗是个老好人，韦后虽然嚣张，但对于朝政大事所知甚浅，安乐公主虽然骄横，但她一个小丫头知道什么，就知道浮华排场和奢侈享受。所以实际上的大权，一多半还是在太平公主的手中。

所以，这时到太平公主府上逢迎巴结的可是不少，唐中宗虽然比较昏庸，但还是比较注重亲情的，不时到自己的妹妹家去串个门。当时的太平公主山庄之中，羽节高临，霓旌摇曳，歌管声吹，美酒华宴，好不热闹。同时也在《全唐诗》中留下了《奉和初春幸太平公主南庄应制》、《太平公主山亭侍宴应制》等几十篇同题诗作。这些诗的作者可都是当年一等一的名流学士，他们是：有"一时沈宋"之称的沈佺期、宋之问，燕许大手笔之一的苏颋，"文章四友"之一的李峤等。但作为应制诗，依然无一例外地带有辞藻华丽，内容空洞的通病。我们尝一脔知一鼎之味，看一下李邕这首诗。李邕是谁？也是一时的名士，他死后，李白为之感叹："君不见李北海。英风豪气今何在"，所以这里选看一下李邕这首诗。

做应制诗，也是一门学问，对于应制诗来说，不怕铺陈空乏，言之无物。什么天河仙宫、华日祥云一通胡诌，看来不是很着边，但也不会出大错。此乃第一要诀。第二，多用典故，显得华丽高雅。当然，还有一点，就是多说吉利话，讨个口彩，用典故可以，一定不要用上不祥的典故。像《红楼梦》中元春娘娘让大观园众女儿们做诗时，林黛玉那首就有点问题,她的"香融金谷酒,花媚玉堂人"这一联,虽然小巧精致,但"金谷"这个典故说的是石崇的金谷园,石崇后来可是被杀了,所以说这个典故用得很不好。而反观人家薛宝钗的诗,就老辣得很,中规中矩,一点毛病也没有。怪不得后来娘娘似乎比较喜欢宝钗。

　　好了,有点扯远了,回过头来看李邕这首诗,也不出这个模子。由诗中可见,这个太平公主的南庄是依山傍水而建,高楼飞桥,蔚为壮观。当时群臣泛舟水上,尽兴游玩,于是李邕就搬来一堆典故:第一句中的"支机石"是说相传汉朝张骞寻河源时得到一块石头,拿给东方朔看。东方朔说:"此是天上织女的支机石。"此处用来比喻到了人间仙境。最后这句"今日还同犯牛斗,乘槎共逐海潮归",也是差不多的意思,用的是张华《博物志》上所说的,相传天上的银河和海相通,因此有人乘木筏(槎)到了天上,见到了牛郎和织女。中间"复见金舆出紫微"只不过是说皇帝出宫啦,"织女桥边乌鹊起,仙人楼上凤凰飞"也只是烘托一下当时的胜景罢了。除了写景外,也没有什么实质内容,然而,这正合应制诗的特点,你如果乱发点议论感想,说不定哪一点就不对皇帝公主的口味,惹着了皇帝或公主,那可就要吃不了兜着走了。不过该诗虽然空泛,我们还是可以从此诗中看出来太平公主当年的豪奢。所谓"碧树青岑云外耸,朱楼画阁水中开"(李峤同题诗中句),酒肴的名贵,不在于大鱼大肉,宅第的豪阔,也未必全是甲第朱门,太平公主的山庄,当时在灞水之畔,辉煌壮丽之极,皇室台榭都无法相比。

　　此时是景龙三年二月十一日,一年后,中宗暴死,太平公主联合李隆基发动兵变,杀死韦后、安乐公主、上官婉儿等人,当时按道理来说做皇帝的应该是中宗的幼子温王李重茂。但太平公主却率先开口,让李重茂让位于自己的哥哥李旦。有的电视上演,太平公主亲手将李重茂从龙椅上拎了下来,未免太过戏剧化。但这其中,太平公主确是起了非常关键的作用。李旦和中宗一样是个老好人，对政事不感兴趣，于是大权全部由太平公主和他的儿子李隆基把握，据说宰相来请他盖玺颁诏时，李旦只问："跟太平商量过没有？"如果说商量过了，就再问一句："跟三郎（李隆基）商量过没有？"如果也商量过了，李旦也不细看是何内容，便盖玺通过。

太平公主的权势越来越大，她的野心也越来越膨胀。《资治通鉴》中称："太平公主……擅权用事，当时宰相七人，五出其门，文武之臣，大半附之。与窦怀贞、岑羲、萧至忠、崔湜及太子少保薛稷、雍州长史新兴王晋、左羽林大将军常元楷、知右羽林将军事李慈、左金吾将军李钦、中书舍人李猷、右散骑常侍贾膺福、鸿胪卿唐晙及僧慧范等谋废立"，从上面这一名单中，我们可以看到，太平公主的权势非同一般地大，她的党羽有窦怀贞等宰相重臣，还有禁军头领如左右羽林军将军、金吾将军等等。太平公主是不会眼睁睁地看着李隆基把所有的权力都顺顺当当地拿过去的，于是她密谋再次兵变，除掉李隆基。

然而，这次她是一个失败者。

南山依旧属他人——太平公主可悲的下场

太平公主先是假借天上有彗星闪过，是皇子将取代皇帝的意思，以离间当时身为皇帝的李旦和儿子李隆基间的关系。然而，她的如意算盘打错了，她一直在武则天身边，以为人人都像武则天一样酷爱权力。没有想到，李旦本来就不耐烦当这个皇帝，他就坡下驴，口称："传德避灾"，将皇位正式传给了李隆基。太平公主弄巧成拙，先输了一城。

正式坐上帝位的李隆基在众人的劝说下，不可避免地发动政变，将前面所提到的太平公主一党擒的擒，杀的杀，一个不剩。太平公主凄凄惶惶地逃到她曾经寻欢作乐、大摆酒宴的南山山庄里。但是躲也不是办法，终究难免一死，李隆基还算仁义，给了她一个体面的死法，将她赐死在家中，所谓赐死，就是逼你自杀，好在还可以选择死法，一般来说无非就是自缢或服毒。此时的太平公主已是五十多岁。太平公主的老公武攸暨虽然当了一辈子绿帽乌龟，但命运还不错，他于一年前就病死了。但就算死了，也因此事而遭到坟墓被平毁的"待遇"。太平公主的儿子也都被杀，只有薛崇简一人因和李隆基一直关系密切，而遭到赦免，并恢复官职，不过改为姓李。太平公主的财产悉数被查抄，珍宝财货堆积如山，牛马田地更是多得难以计数，还有放贷在外的利息钱等等，花了三年多还没有完全清点出来。前面诗中所写到的，太平公主那瑰丽优雅的山庄，也被玄宗下旨分给了自己的几个兄弟——宁、申、岐、薛四王。

一百多年后，韩愈来到此处，颇有感慨地写下了这首诗：

卷344 4【游太平公主山庄】韩愈

公主当年欲占春，故将台榭押城闉。
欲知前面花多少，直到南山不属人。

人心苦不知足，如果当年的太平公主，没有那么多的贪欲，她可能也会真的太太平平地度过自己的一生。然而，权力是让人如此着魔，正所谓"身后有余忘缩手，眼前无路想回头"，所以，太平公主难得太平。

二、死于安乐——安乐公主

丧尽了天良，满足了欲望——穷奢极侈的安乐公主

卷69 9【夜宴安乐公主新宅】阎朝隐

凤凰鸣舞乐昌年，蜡炬开花夜管弦。
半醉徐击珊瑚树，已闻钟漏晓声传。

这首诗写于景龙三年十一月一日，安乐公主又修了一座辉煌壮丽的新宅第，她的父皇中宗率修文馆众学士及众多大臣前去"温锅"。此夜，华灯盛宴，舞乐歌吹，热闹非凡。众人赋诗道贺，于是在《全唐诗》中又留下一组《夜宴安乐公主新宅》的诗作。随便提一下，这个修文馆说来还是上官婉儿成立的，有大学士四员，学士八员，直学士十二员，象征着四时（春夏秋冬）、八节（立春、春分、立夏、夏至、立秋、秋分、立冬、冬至）及十二个月。当时是李峤、宗楚客、赵彦昭、韦嗣立为大学士；李适、刘宪、崔湜、郑愔、卢藏用、李乂、岑羲、刘子玄为学士；薛稷、马怀素、宋之问、武平一、杜审言、沈佺期、阎朝隐等为直学士。所以大家翻看《全唐诗》时会发现，这伙人常有"奉和×××"、"夜宴×××"之类的同题应制诗。

阎朝隐这首诗表面上也全是歌功颂德，渲染太平热闹的词儿，但似乎背后也隐隐有所讥讽。好像属于元代范德机在《诗学禁脔》中所说的那个"颂中有讽格"。大家看"半醉徐击珊瑚树"这句，就暗

中将安乐公主的骄奢之态刻画地非常生动。这个典故源于《晋书·石崇传》，是说当年晋武帝曾把宫里收藏的一株两尺多高的珊瑚树赐给大臣王恺，说来这珊瑚树在我们今天并不是太值钱，但古人因为活动范围有限，所以就对热带海域中出产的珊瑚觉得非常珍奇。王恺到处炫耀，而以豪富著称的石崇看了后，拿起一个铁如意把他的珊瑚树打得粉碎，王恺大怒，说你这是什么意思？石崇说："不足多恨，今还卿"——这有什么值得着急的，还给你一株就是了。于是他将自家的珊瑚树拿出来，高三四尺的有六七株之多，都远大于王恺的珊瑚树，王恺大丢面子，石崇却得意洋洋。然而，正是因为石崇过于骄奢，引起很多人的嫉妒，不久他就被杀死，财产也尽归他人。

阎朝隐此处，或有意或无意地用了这个典故，却十分恰当地预示了安乐公主的命运。

说起这安乐公主，其豪奢之处实在不下于石崇。安乐公主是唐中宗和韦后生的女儿。她出生的时候，正是唐中宗李显和韦后的艰难岁月。当时武则天将他们贬到房州，能不能活下去还难说，因为李显的哥哥李贤就被逼自杀，这是活生生的例子。据说安乐公主出生时，连包她的襁褓都找不到，只好用李显从自己身上撕下来的袍子裹住她。因此，她的小名就叫李裹儿。然而，有失也有得，所谓"得"，那就是中宗和韦后对她的亲情特浓，我们前面说过，帝王家父母子女间的感情往往平淡，因为儿女不用自己亲手带，生下来自有奶妈宫女抱走抚养，而安乐公主却正是中宗和韦后一手带大的。所以，当父亲当了皇帝后，备受娇宠的安乐公主，那确实就差点连天上的月亮也要摘下来。

《新唐书·五行志》记载："安乐公主使尚方合百鸟毛织二裙，正视为一色，傍视为一色；日中为一色，影中为一色，而百鸟之状皆见。"《资治通鉴》中说得更详细些："安乐有织成裙，直钱一亿，花卉鸟兽，皆如粟粒，正视旁视，日中影中，各为一色。"这条裙子随视角的变化而呈现不同的颜色，更绣有小米粒一样大的花卉鸟兽，可谓巧夺天工，但花费达亿万钱，极为奢侈。

安乐公主本来嫁的是武三思的儿子武崇训，武崇训按说长得也不错，因为安乐公主的母亲韦后就和武三思偷情，有些小说和电视剧编成是韦后以美色取媚于武三思，大错特错，还是习惯性思维所致，其实当时武三思只有去巴结韦后的份儿。韦后之所以能和他通奸，主要取决于武三思的"个人魅力"。然而，安乐公主却不满足，她想要加倍的宠爱，于是又泡上了武崇训和堂弟武延秀（武承嗣之子）。后来安乐公主的异母哥哥太子李重俊起兵杀了武三思、武崇训等，安乐公主也不悲伤，反正还有武延秀这个"替补"情夫，没有过半年，安乐公主就和武延秀正式成婚。笔记小说上有段文字这样写："安乐公主拥驸马武延秀至……公主裭驸马裈手其阴夸曰：'此何如崔湜耶？'昭容曰：'直似六郎，何止崔湜，此皆天后选婿之功，不可忘也。'"意思是说安乐公主居然当着上官婉儿的面，撩起武延秀的袍子，拿出他男人的东西问婉儿："这个比崔湜（婉儿情夫）的怎么样？"婉儿当然要"谦让"一下，说："比得上六郎（张昌宗），比崔湜强多了，这都是天后（武则天）给你选了个好夫婿。"由此可见安乐公主的荒淫骄横。

这些倒还罢了，只算是"个人生活问题"，安乐公主还收贿赂，乱封官职。她拿了封官的诏书，用手把中宗的眼睛蒙住，让中宗签字盖玺，中宗也不以为忤，全都依她。安乐公主见姑姑太平公主修了个佛寺，很是阔气，于是自己也修了个安乐佛寺，更加宏大壮观，一切开支全记在宫中的账上。姐姐长宁公主的宅子不错，她也不高兴，于是夺了临川长公主的宅子做自己的府第，这还嫌不足，于是又强行拆迁宅子旁的民屋，以扩大自己的府宅，弄得民怨沸腾。更离谱的是，安乐公主又盯上长安城里的昆明池，要中宗将昆明池给她。但这次唐中宗倒明白了一会，没有答应她的非分要求。安乐公主大怒之下，又强拆无数民宅，硬是在长安城里又开凿了一个"定昆池"，意思是定要超过昆明池。然后为了填充自己偌大的庭院池宅，安乐公主又纵使家奴外出，到处强抢百姓的儿女，做为自己的奴仆侍婢。这其中，有个叫赵履温的小人最为可耻，他不惜倾国家资财为安乐公主大修宅第——"筑台穿池无休已"，在野蛮拆迁老百姓房子时也最卖力。此人也算是朝廷命官，但为表现巴结公主的诚心，居然掖起自己的紫衫袍，亲自把公主坐车的缰绳套在自己脖子上给公主拉车。然而，后来李隆基兵变时，安乐公主被杀，赵履温飞奔到安福楼下对李隆基的老爹李旦"舞蹈称万岁"，李旦虽然懦弱，也恨透了这个声名狼藉的家伙，于是"声未绝，相王令万骑斩之"——这小子喊"万岁"的音还没有落，李旦就命军兵将他砍了。颇受其苦的老百姓们冲上前，将这厮的肉割走，不一会，就只剩下了骨头架子。

　　安乐公主的新宅，正是在这种情况下盖成的。她的豪华新宅的背后，不知有多少人的血泪在淌。然而，沉醉在物欲的海洋中的安乐公主，是不会顾念到这些的。而且，她也不会料到，她这座豪华的新宅子，只能再住上半年的时光。

　　景龙四年（710年）六月，中宗暴死。据传为安乐公主和韦后母女俩下毒所致。李隆基和太平公主在暗中已经布置好了兵变的计划，对于这一切，头脑简单的安乐公主丝毫没有察觉。当军兵冲进她的宫室时，她还在对着镜子臭美，结果被一刀杀死。她的人头后来被挂在天津桥上示众。接着新皇帝颁诏，去掉她的公主封号，改称为悖逆庶人。此时，她只有二十六岁。相比之下，她的同胞姐姐长宁公主没有她那么骄横，那么霸道，却得以平安终老。正所谓："财大祸也大"，受用太过，是祸非福。

三、侬本多情——玉真公主

在唐代诸公主中,有一个非常独特的现象就是好多公主自愿出家为女道士。这其中最为有代表性的就是唐睿宗李旦的九女儿玉真公主了。

虽然太平公主应该算是最早出家为道的,但前面也说过,太平公主的出家为道只是掩吐蕃人之耳目罢了,并非真心出家为道。等风声一过,太平公主就又风风光光地嫁人,而且还嫁了不止一次。所以真正一生住进"道观",开公主当女道士之先的就是这位玉真公主了。但是,大家可不要认为,当了女道士后,就立马"缁衣顿改昔年妆",过枯井空潭一般的寂寞日子。与此相反,唐代出家的公主过得比嫁人的公主更滋润,她们的道观华丽异常,以至于惹得大臣上奏,劝皇帝不要因过于溺爱公主而大修道观,糜费国财。可李旦的做法是,一方面称赞这个大臣说得对,另一方面掉过头去却依然一切照旧,将玉真公主的道观建得比皇宫还华丽。

唐玄宗李隆基继位后,对九妹玉真公主也是十分亲切,倍加关怀。这不能不提起这样一件旧事:玉真公主是唐玄宗的亲妹妹,而且是一母所生。他们母亲窦德妃被听人逸言的武则天叫到宫中秘密处死,连尸首也不知所终。到了玄宗做了皇帝后,将宫中掘地三尺,几乎翻了个遍,也没有把母亲的尸骨找到。他们的母亲死时,李隆基才九岁,玉真公主只有两三岁。共同遭受失母之痛的两兄妹,他们在互相安慰中度过了那段阴霾的日子,因此这两兄妹之间的感情,自然要比一般的皇家兄妹浓得多。所以玉真公主虽然出家,但照样锦衣玉食,不亚

于宫中。李群玉《玉真观》诗云："高情玉女慕乘鸾,绀发初簪玉叶冠",《全唐诗》中附小注一条:"公主玉叶冠,时人莫计其价"。玉真公主的物质生活之丰富可想而知。《开元新制》云:"长公主封户二千……主不下嫁,亦封千户,有司给奴婢如令。"也就是说,玉真公主虽然入道,但照样可以吃国家财政饭,依然有千户人的赋税收入供其开支。

作为女道士的玉真公主,"精神生活"也同样丰富。玉真公主虽然不正式下嫁某个男人,但是她随时可以和自己中意的男人来往。像玉真公主这样的,和她来往的男人可都不是一般俗人,这里面就有放在整个盛唐诗卷中也称得上大名鼎鼎的王维、李白、高适等人。

如何连帝苑,别自有仙家——王维和玉真公主不得不说的故事

卷127 9【奉和圣制幸玉真公主山庄因题石壁十韵之作应制】王维

碧落风烟外,瑶台道路赊。如何连帝苑,别自有仙家。
此地回鸾驾,缘谿转翠华。洞中开日月,窗里发云霞。
庭养冲天鹤,溪流上汉槎。种田生白玉,泥灶化丹砂。
谷静泉愈响,山深日易斜。御羹和石髓,香饭进胡麻。
大道今无外,长生讵有涯。还瞻九霄上,来往五云车。

这首诗是王维和皇帝一起到玉真公主的山庄去时写的,从诗句中看,似乎非常一般,不外乎就是称颂公主的山庄是人间仙境,公主超凡脱俗,浑似仙人天女罢了。然而,从历史上细查王维和玉真公主

的关系,还真是不那么一般。

我们来看《唐才子传》上有这样一段文字:

> 维,字摩诘,太原人。九岁知属辞,工草隶,闲音律。岐王重之。维将应举,岐王谓曰:"子诗清越者,可录数篇,琵琶新声,能度一曲,同诣九公主第。"维如其言。是日,诸伶拥维独奏,主问何名,曰:"《郁轮袍》。"因出诗卷。主曰:"皆我习讽,谓是古作,乃子之佳制乎?"延于上座曰:"京兆得此生为解头,荣哉!"力荐之。

这就是《郁轮袍》一故事的出处。王维首次应试是在开元八年(720年),结果却落第。看来当时科举中的潜规则也挺厉害的,不拜谒一些名人权贵,也很难高中。于是王维就在宁王、岐王(都是玄宗的兄弟)府中出入,第二年将应举时,岐王就劝他去"九公主"的府上去。九公主即玉真公主,有的地方说成是太平公主,大错特错,太平公主死时王维才十二岁。他们不可能有什么故事。于是出现了这样一幕:"妙年洁白,风姿郁美"的王维怀抱琵琶,像个歌妓一样在酒宴间为玉真公主献艺。玉真公主听了王维演奏的《郁轮袍》后,才又看过王维的诗文,并对王维的才气大大地夸奖了一番。

关于此事,我们仔细推想一下,就会发觉这似乎是个"粉红陷阱",岐王和王维关系既然也相当好,直接和考官说句话推荐一下,不就得了。何必非要找玉真公主?而且大家看岐王安排王维出场的情景,根本不像介绍一个文人学子,倒像是招呼自己的家妓出来待客一样。十有八九,天真幼稚、有才有貌的王维实际上成了岐王给自己的小妹妹玉真公主物色好的情人。唐朝公主一向如狼似虎,玉真公主当时已是三十多岁,阅男人多矣,很难相信饮宴之后的王维不会和她发生什么故事。于是在玉真公主的举荐下,王维如愿以偿地高中了。

此后的王维还和玉真公主发生过什么故事没有呢？史书中却难以寻找了。这时候，公主们的行为似乎也有所收敛，不像千金公主、太平公主那样肆无忌惮地大玩男宠，而且有过二张、崔湜等人声名狼藉的前例，男人们也不好意思公然地以做公主的情人为荣。然而，细心考证一番，不难发现，王维和玉真公主还是藕断丝连，纠缠不清的。

大家细看王维的年谱，会发现这样一个事情。王维因事被贬为济州参军，这是一个九品小官。但是四年后，王维弃官悄悄地回到了长安，他在长安闲居了七八年，这期间没有任何官职。然而，就在这段时间里又发生过我们熟知的另一个故事，那就是孟浩然钻床底的那件事：开元十七年，孟浩然到长安来求官，这天他正好在王维府上聊天，唐玄宗突然驾到，吓得老孟钻到床底下去了。王维见玄宗情绪不错，于是说出了孟浩然在此的事情。玄宗也没有见怪，还让孟浩然吟首诗听听。结果老孟赖狗扶不上墙头去，哪首不好念，念了首什么"不才明主弃，多病故人疏"的诗，惹得唐玄宗大为不悦，老孟的官运也就此被封杀。

这故事想必大家都听过。但这其中却有很多疑点，孟浩然和王维是朋友，又是两个大男人。在一起谈谈诗文有什么不可以的，又不是奸夫淫妇，往床底下钻个什么劲儿？再者，玄宗为什么到王维家去串门？还来得这样突然。就算皇帝到大臣府上去，一般也是前呼后拥，早有太监之类的前去通知准备，大臣早就恭迎在大门外了，怎么会出现这样的情况？皇帝倒像是学生公寓里查宿舍卫生的，说来就来？所以我们可以推测，王维此段时间定是常住在玉真公主居处。可能这天正好公主不在，出去玩了，孟浩然想开开眼界，看看公主住处什么样儿。王维就私自请了他来，所以皇帝一来，他才吓得朝床底下钻。而且正因为是在玉真公主的住处，以玄宗的兄妹情深，肯定不时来看看，玄宗兄妹间亲密得很，一切礼仪从简，也并不会事先传报什么的，故而才有这档子事。

"云里帝城双凤阙,雨中春树万人家",禁宫中、玉观里帷幕重重的背后,隐藏着温文尔雅的大唐才子和公主的情缘,只是随着时光的远走,这背后的故事已是此情可待成追忆,只是当时已惘然。

相看两不厌,只有敬亭山——李白和玉真公主的不了情

卷167 10【玉真仙人词】

玉真之仙人,时往太华峰。清晨鸣天鼓,飙欻腾双龙。
弄电不辍手,行云本无踪。几时入少室,王母应相逢。

这首《玉真仙人词》是唐朝第一大诗人——李白所作。这是在开元十七年时,李白和玉真公主见面时写下的。李白一生好道,玉真公主怎么说也是修道之人。和道家方面的人颇有些来往。于是经人推荐,李白得以和玉真公主相会。太白写诗豪放不羁,虽然在公主面前,也不失飘逸狂放的本色。什么"鸣天鼓"、"腾双龙"、"弄电行云"之类的,把玉真公主写得像九天玄女一般地浪漫,比起王维那篇拘谨呆板的诗来要好得多。太白本性就是个飞扬跳脱、风流多情的人物。《全唐诗》中有李白这样一首诗,题为:"白微时,募县小吏。入令卧内,尝驱牛经堂下。令妻怒,将加诘责。白亟以诗谢云:素面倚栏钩,娇声出外头。若非是织女,何得问牵牛。"我们看,当时的小李白,就敢和县令夫人调笑。从诗中看,李白牵了牛跑到县令的后堂卧室中吵闹,县令夫人大概连衣服也没穿好,就在帐后露出半弯玉臂,探出头来斥责李白,小李白不但不怕,还嬉皮笑脸地吟了这样一首诗,诗中也充满调笑之意,自称为"牛郎",把县令夫人比喻成织女。由此可见,太白生来就是个风流种子。

所以嘛，当太白遇上玉真公主后，是像花朵遇上雨水，还是像风筝遇上风，我们也很难说得清。不过太白和玉真肯定会有一些故事的。可是太白来的时机却也太不巧了，我们在王维那篇中说过，开元十七年时，王维正好也回到了长安，此时的王维和玉真公主可能正亲亲热热，甜甜蜜蜜哪。这里也可以解释一下这样一个问题。有不少人疑惑，为什么李白和王维虽为同时代的两大诗人，但他们彼此的诗作中居然谁也没有提过谁，似乎不在一个时代似的。按说他们都和孟浩然关系不错，但为什么他们之间就没有什么来往？其实答案正在这里，王维和李白都是玉真公主的情人，既有这种关系，他们当然都不愿意搭理对方。

说来玉真公主一开始对李白并不是太好，她曾把李白晾在"玉真公主别馆"里好多天，一直不管不问。玉真公主的住处有好多，像什么玉真观、安国观、山居、别馆之类的。所以她几个月不来这里也很稀松平常。李白因此写了两首诗，发了一会儿牢骚后怅然而去：

秋坐金张馆，繁阴昼不开。空烟迷雨色，萧飒望中来。
翳翳昏垫苦，沉沉忧恨催。清秋何以慰，白酒盈吾杯。
吟咏思管乐，此人已成灰。独酌聊自勉，谁贵经纶才。
弹剑谢公子，无鱼良可哀。

——《玉真公主别馆苦雨赠卫尉张卿二首》

但是玉真公主对李白并未完全忘情。天宝年间，在玉真公主的推荐下，玄宗宣李白入京，封他为翰林学士，并曾有"御手调羹，龙巾拭吐"之宠。但李白毛病不少，一是太狂妄，二是好喝酒。整天醉得昏天黑地——"天子呼来不上船"，天子都叫不醒，公主恐怕也叫不动他。李白和同僚间的关系也十分差，他看别人不顺眼，别人看他更不顺眼，另外又得罪了高力士等人。于是天宝三年，唐玄宗只好将他"赐金放还",但此时玉真公主并不同意,于是玉真公主赌气对玄宗说:"那将我的公主名号去掉吧,包括封邑中的财,也都去掉。"玄宗开始不答应,但玉真公主还是坚决散去了财产,辞掉公主的名号,并离开京城,远去安徽宣城修道。这时候玄宗有了杨贵妃在侧,不是说凡事都依着自己的妹妹玉真公主了。所以虽然知道公主是在赌气,也没有再顺着她的意思,听任她去除名号,散财修道。

李白终其一生,都对玉真公主充满爱慕之情。李白有一首广为流传的诗,叫做:"众鸟高飞尽,孤云独去闲。相看两不厌,只有敬亭山。"如果不了解这首诗的背景,还以为太白真对着座山发愣哪。其实玉真公主后来正是在安徽敬亭山上修炼,所以李白对着敬亭山,终日心驰神往,要知道太白之意不在山,在乎玉真公主也。太白又曾有诗道:"常夸云月好,邀我敬亭山。五落洞庭叶,三江游未还。相思不可见,叹息损朱颜。"这其中的相思之情,不可谓不深。太白和玉真公主的情缘,可谓不浅。然而太白之性情太过狂放,似乎也不是可以终身相托的人。同样,玉真公主既然出家做女道士,想必也是个不喜欢受拘束的人。

所以太白和玉真公主正像一首歌中唱的那样:"缘分,缘分,就怕有缘没有分。"不过人们经常说,越是没有得到的就越美好,婚姻是爱情的坟墓。所谓:"娶了红玫瑰,就变了墙上的一抹蚊子血;娶了白玫瑰,就成了衣服上的一颗饭粒子。"也许就像太白和玉真公主这样,在岁月深渊,望明月远远,挺好。

公元762年,玉真公主去世,时年七十多岁,葬于敬亭山。李白也于同一年死于敬亭山下的当涂县。

卷四 公主琵琶幽怨多 ——和亲公主卷

这里之所以将远去异国他乡和亲的公主们单列一卷，是因为，虽然同为公主（当然其中有些并非嫡亲的公主），但她们的一生却和前面什么太平公主、玉真公主等大不相同。留在国内的公主，大都平安一生，富贵终老，驸马爷低声下气地服侍着，那个幸福就甭提了，所以直到今天，男生在女生耳边一说："你是我的公主"，女生就心神俱醉。但和亲公主们的境遇却大大地不同：她们辞亲离乡，去国千里，杳无归期，玉貌花颜，渐渐老去，在漫天风沙中凋零。

《红楼梦》中有这样一曲歌，名为《分骨肉》，那些和亲公主们的心绪应该亦是如此：

一帆风雨路三千，把骨肉家园齐来抛闪。
恐哭损残年，告爹娘，休把儿悬念。
自古穷通皆有定，离合岂无缘？
从今分两地，各自保平安。
奴去也，莫牵连。

但是，和亲公主们在历史上却留下了浓墨重彩的一笔，《全唐诗》中的诗句也经常为她们或感慨，或惋惜，或代为不平，她们的故事也将永远流传。

一、金城公主

在我们今天,和亲公主中最为大家所熟知的应该是文成公主。这恐怕很大程度上是因为文成公主被写入历史教科书。之所以做为唐朝和吐蕃和亲的例子被历史书选上,我觉得大概是这么两个原因:一是文成公主是第一个走进雪域高原的汉家公主;二是主持这次和亲的是唐太宗,他是大唐帝国的开国之主,而和文成公主成婚的松赞干布,也是吐蕃王国的雄主,可都是历史上少有的重量级人物。

然而,在唐朝,文成公主的排场远没有金城公主的大,因为,文成公主只是宗室女,和李唐家族虽有亲缘关系,也是疏远得很,要不绝不会不提及。金城公主和皇室的关系就比较近了,她是当时的皇帝中宗李显的侄孙女,她的祖父就是当年被武则天逼死的太子李贤。她虽然不是嫡亲的公主,但也算是非常近的皇亲了。

所以,唐中宗李显当时极为重视,景龙四年(710年)正月,吐蕃人来迎亲了,中宗当时还很是不舍,亲自送金城公主到距长安城百里外的始平县,中宗李显虽然昏庸懦弱,是有名的绿帽乌龟皇帝,但此人也有优点,就是比较善良,容易动感情,"帝悲啼歔欷"——中宗当场泪下沾襟,为了给金城公主祈福,特赦始平县的死囚不死,并免老百姓一年徭役,更将始平县改名为金城县。当时中宗那批修文馆的学士也纷纷做诗送别,这就是题名为《送金城公主适西蕃应制》的这样一组诗,我们且看一下当时尚为青年才俊的张说所写:

卷87 3【奉和圣制送金城公主适西蕃应制】张说

青海和亲日,潢星出降时。戎王子婿宠,汉国舅家慈。
春野开离宴,云天起别词。空弹马上曲,讵减凤楼思。

此诗作为应制诗,基本上也是平铺直叙,"青海和亲日"——因公主入吐蕃要从青海边过,故有此称,"潢星出降时"——潢星,指皇族。公主下嫁称"出降",说了这十个字,无非就是"公主和亲了"这一个意思而已,可谓空话连篇。但前面说过,空话连篇是做应制诗的诀窍之一。"戎王子婿宠,汉国舅家慈"是说吐蕃王得了唐廷子婿般的宠爱,汉家人从此成了吐蕃的舅舅家了,这倒并非虚言,据说后来藏族老人常以"舅舅"的称谓尊称来自长安附近的汉族男子。接下来,张说描写了在旷野中设宴送别金城公主的情景:"春野开离宴,云天起别词",最后借用昭君出塞的典故,说"空弹马上曲,讵减凤楼思"——公主寂寞时只有弹一下思乡的琵琶,但这又怎么能减去她对故乡的思念呢?

其他的文人也纷纷替公主感伤,像阎朝隐就说:"回瞻父母国,日出在东方",唐远悊道:"那堪桃李色,移向虏庭春",徐坚曰:"箫声去日远,万里望河源"……然而,感叹归感叹,金城公主还是要走的,她不得不离开熟悉的故乡和亲人,走入一个完全陌生的世界。

唐中宗大概心肠确实比较软,他诚心诚意地想对金城公主好一点,于是当一个月后,金城公主已经走到了吐蕃时,他又宣布将唐朝的河源九曲之地赠予吐蕃,追加为金城公主的陪嫁。说是"为公主汤沐"。当然这只是托辞而已,公主怎么可能到黄河里去洗澡,再说洗个澡,又哪里用得上劳动黄河之水?这和送人几万元,却说让"喝茶"用的意思差不多。但中宗这一穷大方不要紧,留下了无穷后患,所谓河源九曲之地,是在黄河上游,现在的湟水谷地和洮河一带。此地物

产丰富，又多出产马匹，吐蕃盘踞在这里后，严重威胁到唐王朝的安全。后来在此地征战不断，成为唐朝的心腹大患。唐中宗当初的"好心"，反而成了惹事的苗子，比石敬瑭割让幽云十六州之举还糟糕。

金城公主嫁入吐蕃后的情况，不是太清楚。不过有这样两个传说，一个传说是：金城公主本来要嫁的是吐蕃国年轻英俊的王子，哪料想王子迎亲途中，奔驰过快，不慎坠马摔入深谷，从而命丧黄泉（一说为他人暗中加害）。公主走到半路，听到这个消息，惊得手中宝镜滑落，摔成两半，变成两座山，这就是现在青海境内的日月山。王子虽然没有了，但和亲之事早已定下，不可中断，没办法只得嫁给了王子的老爹赤德祖赞，作一偏妃。

另一传说是：金城公主生了一个王子，叫赤松德赞，但是一直没有孩子的大妃子纳朗妒火中烧，仗着金城公主人生地不熟的，于是她派人将公主刚生出来的婴儿抢走，然后宣称孩子是她的。直到一年多后，经多番周折，儿子才又回到金城公主身边。

以上两个故事，和真实的历史资料有很多不吻合之处，不过从这些故事里，我们似乎也能感觉到，金城公主过得并不是很如意。这也难怪，金城公主虽然嫁过去了，但是唐朝和吐蕃还是经常在开战，她如何能过得安稳呢？她的心情谁又能体会？

一百年后，晚唐诗人雍陶写下这样一首诗："汉家公主昔和蕃，石上今余手迹存。风雨几年侵不灭，分明纤指印苔痕。"虽然他写的是另一位和亲的公主——崇徽公主（嫁回纥），相传她远嫁时在山石留下了一个很深的手印。但是这首诗同样可以拿来形容其他的远嫁公主，在她们的心中，都有一道深深的伤痕，抹不掉，挥不去，一如留在石上千年不灭的印迹。

二、宜芳公主

卷7 1【虚池驿题屏风】

出嫁辞乡国，由来此别难。圣恩愁远道，行路泣相看。
沙塞容颜尽，边隅粉黛残。妾心何所断，他日望长安。

唐代和亲公主不少，但相关的诗作却多是他人有感而发时所写，真正出于公主本人手笔的，大概只有宜芳公主（《全唐诗》中误录为"宜芬公主"）这一首诗了。而且在历代和亲公主中，最为悲惨的大概就是这位天宝四年，被派去北方和奚族人和亲的宜芳公主。谈起和亲来，人们经常感叹的是"一去紫台连朔漠，独留青冢向黄昏"的王昭君，但王昭君作为一个宫女，如果没有和亲一事，最有可能的结局就是终老宫中，正所谓"君不见咫尺长门闭阿娇，人生失意无南北"，可能还不如远嫁更好些。并且她虽远在他乡，青冢独立，但毕竟是平安到老而死。而这位年仅十几岁的宜芳公主来到北方，和蛮族头目奚王和亲后，没有过半年，这些北方狼族就起兵叛唐，而他们第一件要做的事，就是将唐朝的公主杀掉祭旗！于是可怜的宜芳公主，就这样惨死在刀下。

关于"宜芳公主"，《全唐诗》中是这样介绍的："公主本豆卢氏女，有才色。天宝四载，奚雷无主，安禄山请立其质子，而以公主配之。上遣中使护送，至虚池驿，悲愁作诗一首。"这里说的可能并不是太准确，《全唐诗》中的资料讹误甚多，不能全信。据《资治通鉴》和两唐书上说，宜芳公主是唐玄宗的外甥女，姓杨，临时被册封为"宜芳公主"。我们看一下睿宗诸公主即唐玄宗的姐妹诸人，无一人所嫁驸马姓杨。然而唐中宗的女儿中，安乐公主的姐姐长宁公主嫁的是杨慎交，他们的女儿，也应该算是唐玄宗的外甥女。所以宜芳公主极有可能就是杨慎交和长宁公主的小女儿。长宁公主是韦后亲生，韦后被杀后，她虽然没有被诛杀，但也被驱出京城，她那豪阔无比的府第也被没收和变卖。我们知道"和亲"这差事，绝不是什么好事，所以在唐朝鼎盛时没有皇帝亲生女儿去和亲的。尤其是北方的这些蛮族，忽降忽叛，更是危险。因此这倒霉的差事，就安排到杨家小妹妹头上了。查两唐书中的记载，此时她父亲杨慎交已经死了，母亲长宁公主又嫁了一个叫苏彦伯的人，真可谓是"爹死娘嫁人，各人顾各人"，退一步说，即便是她母亲想帮她说话，但"势败休云贵，家亡莫论亲"，又能如何呢？皇帝的圣旨一下，谁又能违抗？

太监们捧着黄绫镶裱的圣旨来了，她被加封为"宜芳公主"，她和亲族们一起欢呼叩谢皇恩。然而，对于她来说，正像这样一个情景：人们牵过来要给太庙里做祭品的牛，给它喂几口精美的饲料，然后披上纹饰华丽的织绣，看似风光，但等待它的却是磨得雪亮的屠刀。此时的宜芳公主是没有选择的，如果可能的话，她宁愿不要这个"公主"的头衔，她宁愿像长安市里普普通通的贫家女孩一样过荆钗布裙的生活，平平凡凡地嫁一个老实厚道的男人，彼此相濡以沫，直到终老。

然而，这一切对她来说，已经是不可能的了，她只好坐上车，像一只稚嫩的小白兔被装进笼子，送去那天高地远的草原，在她的印象中，那里是可怕的狼窝。可以想象，充满怅惘的她肯定是终日以泪洗面，在经过"虚池驿"这个地方停留歇息时，宜芳公主再也忍不住心中的悲痛，于是她提起浸透了泪滴的墨笔，在驿站的墙上题下了本篇这首诗。这是一首律诗，声律已经比较工整，颈联虽对仗不工，但这是盛唐时律诗的特色，总体来看还是相当有功力的。可见宜芳公主也是饱读诗书的人。

"沙塞容颜尽，边隅粉黛残。妾心何所断，他日望长安"。然而，现实比她意料中的更悲惨，她甚至没有机会在沙塞边隅中渐渐老去，也没有太多的日子，登高南望她的故乡——大唐的长安。六个月后，她就惨死在胡人的刀下，红粉娇女，血溅黄沙。当然，也许对于宜芳公主来说，长痛不如短痛，于她倒是一种解脱。

和亲之举，虽说对于和平是有一些好处的，但是片面地夸大"和亲"的作用也是不对的。金城公主虽嫁到吐蕃，中宗还破格送上"大嫁妆"——河源九曲，但唐代和吐蕃的战争还是连绵不断，正所谓"以斗争求团结则团结存，以妥协求团结则团结亡"。不能指望一个女子就起决定性的作用。而且对于被派去和亲的公主来说，往往是一出人生惨剧。不排除有些和亲的公主过得还算可以，但很难想象彼此语言不同，生活习俗迥异的两个人间会有很融洽的"爱情"，何况这其间还夹杂了很多的政治因素。唐诗中有不少诗句就竭力抨击和亲一事，比如诗人李山甫就在诗中说："谁陈帝子和蕃策，我是男儿为国羞"，又以被迫和亲的公主本人的口吻说："遣妾一身安社稷，不知何处用将军"。唐朝一些英武圣明之主也对和亲一事非常反感，像唐宪宗时，有大臣建议和亲，唐宪宗当场背诵了诗人戎昱的这首诗："汉家青史上，计拙是和亲。社稷依明主，安危托妇人。岂能将玉貌，便拟静胡尘。地下千年骨，谁为辅佐臣。"大臣羞得脸红脖子粗，再也无颜提和亲一事。

胡汉恩仇，碧血黄沙，彼此的争斗厮杀中，多少人化为白骨冤魂。有时候人是无法掌握自己命运的，只好任由历史的旋涡将其卷入吞没。对于"宜芳公主"，似乎知道这个名字的人就不多，她这首诗因艺术性不是太高也少有人提及。然而，藏在故纸堆里似乎毫无声息的宜芳公主的一生是那样的可怜，从这首诗里，我们依然能感觉到当年她那泉涌一般流出的热泪。

三、太和公主

"云边雁叫胡天月，陇上羊归塞草烟"，北方的大漠，苏武曾经待了整整十九年。当他终于又回长安城时，长安的父老百姓都争相出来迎接他。此时的苏武，已是须发皆白，他那双手也因在大漠中生活多年变得很粗糙，但就是这双手，却依然牢牢地握着汉家使者的旌节，虽然那旌节上的毛全掉光了，只有一个光秃秃的棍子。这一情景不仅使当时的君臣百姓尽皆泪下，也感动着后世的无数人，苏武牧羊的故事也代代相传，万古流芳。

然而，九百年后，一个大唐公主却也是历尽磨难，于九死一生后得归故土。她甚至比苏武在异域度过的时光更长——她在胡地待了整整二十三年，她就是太和公主。想当年她远走时，正是豆蔻年华，而如今她归来时，却是满面沧桑，无复当年的少女形象。当太和公主归来时，唐武宗和百官以极为隆重的礼仪迎接她，很多人也即席赋诗，感慨万千，其中以李频所写的这首最为出色：

卷587 10【太和公主还宫】李频

天骄发使犯边尘，汉将推功遂夺亲。
离乱应无初去貌，死生难有却回身。
禁花半老曾攀树，宫女多非旧识人。

重上凤楼追故事,几多愁思向青春。

要充分理解这首诗,还要从太和公主的故事说起:

我们原来讲过,盛唐时期派到异国和亲的公主都不是皇帝的亲生女,但从唐肃宗开始,就将亲生女儿宁国公主下嫁给回纥人。因为当时唐朝国力已衰,安史之乱将唐王朝折腾得极为虚弱,不得不倚仗回纥的兵马来讨伐安禄山等。但宁国公主下嫁不久,回纥老可汗就病死,回纥人甚至想拿她殉葬,公主力争不从,回纥人当时毕竟还对唐朝有些忌惮,也没有敢强迫,不过宁国公主也不得不在丧礼上按回纥礼俗劈面(用刀在脸上划出血痕)大哭后,才得以回国。

唐朝请回纥兵来平叛,害大于利,回纥兵仗着自己助战有功,肆意抢掠百姓,不亚于贼寇。正所谓"请神容易送神难",回纥人有好多"使臣"在京城里赖着不走,花费全由唐朝政府开支。简直拿自己当大爷,唐朝当孙子,正所谓"吃孙喝孙不谢孙",这些人吃饱喝足还不老实,到处为非作歹,官府也难以禁止。回纥又借马匹贸易和唐朝签订不平等协议,因此唐朝相当于每年白送回纥数万匹绢。

唐穆宗长庆元年(821年),回鹘(即回纥,他们自己改了名)保义可汗请婚,唐穆宗不敢不应,许以自己的亲妹妹即宪宗之女永安公主。永安公主运气比较好,正要远行去嫁这个老可汗,这厮先咽气了,永安公主感动得谢天谢地谢神佛,后怕之余,立马要求出家,做了女道士。从此和亲一事,再也和她没有什么关系了。然而,唐穆宗同时许下的还有一个公主,那就是他的另一个妹妹,即本篇所说的太和公主,她嫁的是保义可汗的儿子——崇德可汗。

太和公主出行时,当时很有名的诗人像杨巨源、王建等纷纷赋诗送别。其中王建这首最佳,但诗中也全是凄凉之音:

卷301 38【太和公主和蕃】王建

塞黑云黄欲渡河，风沙眯眼雪相和。
琵琶泪湿行声小，断得人肠不在多。

太和公主万里迢迢地来到相当于我们现在新疆一带的回鹘国，回鹘王同时派出两万人的大军，一队出自安西，一队出于北庭，防拒吐蕃，保护公主，声势倒也不小。但是此时的回鹘可汗极为傲慢，对公主和唐朝使臣等"坐而视"，再也不像以前的蕃王一般起立听诏。当唐朝使臣要回去复命时，太和公主悲痛万分，哭得像泪人一样。但是，没有办法，唐朝使臣只好眼睁睁地看着她那稚弱的娇躯留在风沙漫天的大漠之中。

太和公主所嫁的崇德可汗，没有过三年就死了。此时的回鹘一片混乱，动荡不安。因闹雪灾，冻死牛羊马匹无数，又被吐蕃和黠戛斯（今吉尔吉斯境内的部族）击败，内忧外患之下，回鹘四分五裂，可谓"乱哄哄你方唱罢我登场"，回鹘的可汗也是走马灯一般换来换去，太和公主就这样担惊受怕地过了接近二十多年。

唐武宗会昌元年（841年），黠戛斯攻入回鹘，俘虏了回鹘的许多贵族，其中就有太和公主。好在这黠戛斯王长着一对黑眼珠，自认是汉朝李陵的后代，见太和公主是李唐的公主，竟认作是自家人，不但没有凌辱杀害，反而让手下人护送公主回归大唐。然而，正当太和公主这一行人归心似箭，急匆匆地向大唐国土的方向赶去时，后面却又追上来一队回鹘的铁骑。原来在回鹘的残余势力中，一个叫乌介的人当了可汗，他派轻骑兵追上了太和公主一行人，他们杀了黠戛斯所派的人，把公主扣为人质，然后向大唐要粮要城。

唐武宗虽然脾气暴躁，有时行事也粗枝大叶，甚至糊涂任性，但其人却不乏英武之气。他和宰相李德裕商议后，一方面给回鹘一些粮食，以稳住回鹘，另一方面却伺机出兵，夺回公主。会昌三年正月，机会终于来了，麟州刺史石雄会合了沙陀人朱邪赤心，这可是皇帝爷爷（后唐庄宗李存勖的爷爷），也是历史上的名人，还有一些党项人，前去迎击回鹘。在侦察敌情时，石雄发现敌营里有个帐篷非常独特，出入的人衣着也比较像汉人。于是派探子查问，结果证明，这正是太和公主的居处。石雄当下又派细作密报公主："唐朝大军就要迎公主回国，请公主不要惊慌，切勿乱跑乱动！"石雄派人挖地道，突袭回鹘可汗乌介的营帐，一时回鹘人大败，连乌介可汗都带了刀伤，只率数百人仓皇逃走。三年后，已无爪无翼的他被部下杀死。回鹘余部被斩首者万人，降者二万多。回鹘就此灭亡。太和公主也平平安安地被迎回了大唐。

太和公主得以平安归来，大唐一吐多年来受回鹘人欺负的恶气，自然朝野上下一片欢腾。唐武宗下令百官和所有皇亲都列队出迎，这还嫌不够气派，又"诏神策军四百具卤簿"，所谓"具卤簿"，就是皇家仪仗队，一般只在盛大的典礼上才举行。然而太和公主却自觉回鹘一直负恩，自己没有起到和亲所想达到的作用，自己脱去朝服，去掉簪珥，向皇帝请罪。唐武宗温言劝慰，并改封太和公主为安定大长公主，为她另起府第，安排她居住。然而，在迎太和公主时，也有不和谐的声音存在，太和公主的姐妹宣城公主等七人，看到皇帝以这样大的排场迎接太和公主，却起了嫉妒之心，她们商量好了，都赌气不来。要说，这姐妹几个，也真是没有良心，人家太和公主远嫁异域，九死一生才回到故土，朝廷给再大的荣誉也是应当的。你们安安稳稳地在家里享福，现在却嫉妒人家，一点姐妹之情也没有，真是可恶！反观人家太和公主，经历了这么多的磨难，却不居功自傲，还自谦没有完成好和亲的任务，唉，同样是公主，差距咋就那么大呢？当时唐武宗也很生气，一气之下，打算将这几位公主的封邑全部没收后转赐于太和公主，结果有人劝了半天，只是罚了这几个公主一些钱就罢了。

知道了这些故事，我们再回过头来看李频这首诗，应该有更深刻的理解。"禁花半老曾攀树，宫女多非旧识人"，是啊，二十多年过去了，太和公主幼时曾经攀玩的花树都在宫廷中变粗变老了，正所谓"树犹如此，人何以堪"？而宫中认识她的宫女也没有几个人了，回想这一切，当真是恍如隔世。重上宫中的凤楼，风景依稀，仍似旧年。然而物是人非，青春不在，怎不让她欷歔流涕，百感交集？

据说太和公主归来后，没有多久就去世了。然而，她一定是安安稳稳地离开的。因为，她毕竟在漂泊二十多年后又回到了故乡，又看到了长安的桃花。经历了这许多年的飘零离乱，终于能长眠在家乡的黄土中，对她来说是多么幸福的事，她已经很满足了。

卷五

月过金阶冷露多

——宫女卷

说起宫女，她们的境况比起后妃来要惨很多。古代宫廷中也是等级森严，按唐朝制度，只有出身名门的贵族小姐才会成为嫔妃，而身份卑贱的宫女一般来说是无缘得以亲近皇帝，博得宠幸的。退一步说，即使有可能得到皇帝的"宠幸"，并生下皇子、皇女什么的，也未必就能"翻身做主人"，因为宫女们生下来的皇子算是"庶出"，往往很难能被立为太子。还有一种经常有的情况就是，没有生育过的皇后娘娘或者宠妃什么的直接将人家的儿子强收在自己名下，成了她们的儿子，而身为生母的宫女却连句话也不敢说。

　　身为宫女，在后宫如此众多的粉黛中，只是万花丛中的一朵，大多数宫女，只是毫无声息地度过一天又一天单调而苍白的日子。她们的如花容颜，金子一般的青春岁月，都在这些无奈的日子里如流沙一般在指缝里泻落，留不住，挽不回，逃不掉。

　　而且身为宫女，比起养尊处优的后妃来更加辛苦得多。我们看电影《满城尽带黄金甲》上，第一组镜头便是宫女们早早起床、叠被、梳妆，非常地整齐划一，堪称"半军事化"的管理模式。在真实的宫廷中，虽未必和电影上演的完全一样，但宫中制度也是相当严格的，宫女们也要担任好多"工作"，除在皇帝后妃身边侍候外，皇帝的衣服、饮食、甚至书籍等杂物都各有宫女负责。唐代宫中女官有"六尚"。"尚"即"司"，意义是管理。为皇帝管衣裳的宫女，其负责人称为"尚衣"，同样，管膳食的女官，称为"尚食"，管文书的女官，称为"尚书"。但这个名和朝廷上的尚书重了，为区别起见，故一般称"内尚书"。她们都是宫中的女官，也有品级，一般是正五品。

　　但是，这宫里的正五品女官远不如外面的五品官舒服，人家那可是一方"父母官"，整日威风八面，俗话说"灭门的府尹，破家的知县"，谁敢不服？而宫女们做的这种女官，整日里战战兢兢，一不小心，灭的就是自家的门，破的就是自己的家。因为"皇帝面前无小事"，哪一点让皇帝不如意了，就可能惹来塌天大祸。据说明代那几个想勒死嘉靖皇帝的宫女,正是因为有人进献了一只五色神龟,说是祥瑞之物,其实是拿颜料染的。嘉靖皇帝这昏君哪里知晓,当时大喜,命宫女好好养着。然而此"神龟"不久就死了,十有八九是因颜料有毒而亡,宫女见"神龟"死了,吓得精神崩溃,自知难逃一死,才干出想先下手勒死皇帝的事情。所以宫女在宫中,被责打、甚至处死都是常事。

当然,话说回来,宫女们的生活也并非如同身处奥斯威辛集中营。尤其是在唐朝,一般来说皇帝还是比较开通的,也没有明代那种毫无人性的宫女殉葬制度。宫女们的生活也相对宽松自由。加之一些小宫女们天性活泼,本爱玩闹,还是会有一些开心的事情的。有诗曰:"宫人团雪作狮子,笑把冰簪当玉钗。"另外,唐朝宫廷中宫女们的"体育活动"也是很丰富多彩的,像"蹴鞠"(类似于现代足球)就是宫中常玩的游戏。王建《宫词》中曾写道:"宿妆残粉未明天,总立昭阳花树边。寒食内人长白打,库中先散与金钱。"所谓"白打",是指两人对踢。唐朝时流行打马球,指骑在马上,以棍击球。这要求有精熟的骑术和充沛的体力。然而,唐朝宫女们也多擅此技,沈佺期《幸梨园亭观打球诗》云:"宛转萦香骑,飘飘拂画球。俯身迎未落,回辔逐傍流。只为看花鸟,时时误失筹。"就是描写宫女们打球的情景。唐朝宫女还经常有伴驾出猎的机会,老杜有诗曰:"辇前才人带弓箭,白马嚼啮黄金勒。翻身向天仰射云,一箭正坠双飞翼。"看来宫女们的箭术也很了得。

对于宫女们的玩闹,唐朝皇帝一般并不禁止。有些皇帝还主动发起一些玩乐项目,最有代表性的是唐中宗李显。说来历史上有很多君主当皇帝不称职,别的方面倒挺有专长的。比如宋太祖见到后主李煜时曾评价他说:"乃一翰林学士耳",确实李煜干个翰林学士倒比较合适。而唐中宗李显,此人当皇帝大大地不及格,但组织宫中的"文娱活动"倒比较热心,放今天干个"工会主席"倒有可能很称职。中宗李显组织的娱乐节目种类多，他曾让宫女们在宫里摆摊卖东西，还让大臣当顾客来买，彼此还价吵嘴，越热闹越好。又让宫女和大臣们拔河，结果有两个老大臣年老体衰，跌到地上半晌爬不起来，于是中宗和韦后及众宫女大笑。中宗还放纵宫女们元宵节时出去看灯，结果史书称宫女皆"淫奔不还"。中宗也不追究。看来中宗虽是绿帽皇帝，为人却真厚道。

然而这样的机会，还有这样的欢笑，实在是少之又少，大多数宫女还是会终老宫中，她们在寂寞深宫中每天都是同样的单调与无聊。在这里过了一千年，也同一天差不多，一天一天，一夜一夜，听宫中的夜漏，看天空的牵牛织女星，弹指红颜老，刹那芳华。这就是所有宫女的悲哀。

唐诗中写宫女的诗不少，单是王建就写有《宫词》一百首。但是描写最细腻，也最能反映出大多数宫女一生写照的，应该是白居易的这首《上阳白发人》：

卷426 7【上阳白发人】白居易

上阳人，红颜暗老白发新。
绿衣监使守宫门，一闭上阳多少春。
玄宗末岁初选入，入时十六今六十。
同时采择百余人，零落年深残此身。
忆昔吞悲别亲族，扶入车中不教哭。
皆云入内便承恩，脸似芙蓉胸似玉。
未容君王得见面，已被杨妃遥侧目。
妒令潜配上阳宫，一生遂向空房宿。
宿空房，秋夜长，夜长无寐天不明。

耿耿残灯背壁影,萧萧暗雨打窗声。
春日迟,日迟独坐天难暮。
宫莺百啭愁厌闻,梁燕双栖老休妒。
莺归燕去长悄然,春往秋来不记年。
唯向深宫望明月,东西四五百回圆。
今日宫中年最老,大家遥赐尚书号。
小头鞋履窄衣裳,青黛点眉眉细长。
外人不见见应笑,天宝末年时世妆。
上阳人,苦最多。
少亦苦,老亦苦,少苦老苦两如何。
君不见昔时吕向美人赋,又不见今日上阳白发歌。

这首诗,将宫女们的愁闷之情描绘得淋漓尽致,其实"红颜暗老白发新"一句就概括出宫女们一生的缩影,不过白居易的一些叙事诗有个特色,就是往往摹写得过于细致,虽未免不够含蓄,但也有好处,能让我们对宫女的遭遇有更详细的了解。我们通过诗句知道,这个宫女是玄宗天宝末年选进宫的,当时还是正值豆蔻年华的十六岁少女,而现在却已是六十岁的老媪。"十六"轻轻颠倒一下,就是"六十",而这其间又有多少辛酸之泪?当年被选入宫时,忍痛离开父母亲人,而入得宫后,根本见不着皇帝的面,就被心怀嫉妒的杨妃下令打入冷宫!饶你花容月貌,"脸似芙蓉胸似玉",到了上阳宫,就只能天天坐牢一般守着空房冷窗。这句"耿耿残灯背壁影,萧萧暗雨打窗声"和《红楼梦》中林妹妹《葬花吟》中的那句"青灯照壁人初睡,冷雨敲窗被未温"倒是有些相似,然而这个"上阳白发人"应该比林妹妹更凄苦,林妹妹还经常有宝哥哥来哄,而她在这里,如堕无底黑狱,看不着一丝光明和希望。

就这样,年年岁岁花相似,岁岁年年人不同。夜夜望着月亮圆了又缺,缺了又圆,不经意间,满头青丝已成了如雪的白发,她老了。再不是那个"脸如芙蓉胸似玉"的美人了。这时候,她的心早成灰了。然而,就在这时,皇帝忽然想起了她,因为数来数去宫中就她年纪最大了,也算是宫女中的"老前辈"了,于是给她加封了一个"内尚书"的名号。按理她该高兴吧?然而,看看自己这模样,已成为鸡皮鹤发的老太太,并且光这身打扮就够让外人笑话的了——她还穿着天宝时的装束,被幽禁了这么多年,她根本不知道现在该流行什么。打个比方,就像现在有人还一身"文革"时期的打扮,怎能不让人发笑。所以不要只看表面上诗中貌似轻松的自嘲,其实骨子里是刻骨的沉痛!正所谓:"上阳人,苦最多。少亦苦,老亦苦,少苦老苦两如何"。真是怎一个苦字了得!

白居易这首好是好,说得也很是详细,也许有的朋友却觉得不够含蓄,看起来一览无余,缺乏咀嚼的回味,那么就请读张祜这首诗:

卷511 40【宫词】张祜

故国三千里,深宫二十年。一声何满子,双泪落君前。

三千里外的家乡,二十年来的深宫,一声歌,两行泪,这就是宫女们的一生。

以上只是唐代诗人写宫女生活的诗句,那么宫女们自己写的诗又是怎么样的呢?我们从《全唐诗》选几首来看一下:

一、开元宫人

卷797 2【袍中诗】开元宫人

沙场征戍客,寒苦若为眠。战袍经手作,知落阿谁边。
蓄意多添线,含情更著绵。今生已过也,愿结后生缘。

伴随着这首诗,有一个故事:开元年间,唐玄宗令宫女们为边庭将士缝制棉衣。结果这些棉衣发到兵士手中时,有一位士兵居然在棉袍中发现了一首诗,就是本篇这首。此人不敢隐瞒,于是向主帅报告。主帅又转奏给唐玄宗。唐玄宗将此诗遍示六宫,问是谁所写。这时一个宫女浑身发抖,跪在地上直磕头,口称"万死",承认是她所写。没有想到唐玄宗并未怪罪,反而降旨,让那个得到此诗的兵卒娶了这个宫女,并说:"朕与尔等结今生缘也"。

我们来看一下堪称是二人"红娘"的这首诗,写得确实不错。女子作诗,往往和那些饱读诗书的老儒不同,那些"专业"诗人,往往爱堆砌典故,卖弄文采,而女子写诗,通常全凭真情流露。看此诗就一个典故不用,却情真意挚。看了此诗,我们可以想象到这样一个情景:

寂寞深宫里,一个宫女正在灯下缝制寒衣,对于她来说,皇帝如同远在九霄云外,她只有仰视的份儿。在这华丽空旷的深宫里,找不到一丝一毫男人的气息,对正当青春年华的宫女来说,民间的普通夫妻也让她羡慕和憧憬。于是,一针一线缝制这件棉袍时,她自然就想到了那个穿这件棉袍的男子。他是什么样子呢？他的影子模模糊糊，突然一转眼间，这个影子就变成了她多次梦中见到过的如意郎君。作为"沙场征戍客"，他在满地寒霜的塞北，肯定是好辛苦，所以她的思绪一下子飞到了边关，飞到这个不知名的男子身上。她"蓄意多添线，含情更著绵"，把这件棉袍缝得结结实实，又厚又暖。一针一线中，也缝进去她的满怀柔情。然而，情归何处？渺无所依。她不知道他的名字，他更不可能到禁宫来通达消息！想到这里，宫女不禁满面泪痕，"今生已过也，愿结后生缘"——只有期待来世的姻缘了。

然而，这个宫女没有想到的是，她中"大奖"了。难得皇帝心情好，不但没有怪罪她，反而下旨赐婚，这个宫女真是喜从天降。关于此事，网上有的朋友评论说："面临帝王的赐婚，她的心情如何？总之，事态与作诗之初的愿望有天壤之别了。或许诗作仅仅是表达一种希望而已，或许她根本无法面对眼前这位真实的有缘人，然而一切无可改变了"，也有人说："面对皇帝的赐婚，如果她有权利拒绝的话，我想她会拒绝的。她之所以期望来世，是因为向往自由的恋爱结合，而非这种仓促强硬的结合"。对此，我觉得这位宫女应该是非常欢喜了，我们不能用现代女子的眼光来看古代女子，如果对于现代美女，没怎么见过面的男人就生生地捏到一块结婚，那确实心里很是别扭。但对于古代女子，大多数人都是"父母之命，媒妁之言"，成亲前没有见到自己老公什么样的不在少数。这个开元宫女由此诗而离开金丝笼一般的禁宫，得以过上世间正常夫妻的生活，应该已经心满意足了。

说来唐玄宗对该宫女私传条子"谈恋爱"的处理方式，客观上起到了提倡和鼓动的效果。经此一事后，唐朝宫女们纷纷各显神通，拼命找机会写"情诗"传到宫外，以求再有这样的好运。别说，还真又有不少成功的例子。

二、天宝宫人

卷797 3【题洛苑梧叶上】天宝宫人

一入深宫里，年年不见春。
聊题一片叶，寄与有情人。

这位天宝宫人就是又一个让宫女们羡慕的例子。自从那位"开元宫人"因诗得佳婿后，宫女都纷纷想仿效。但那种机缘也是可遇不可求。于是宫女们找来找去，发现能走出禁宫，可以接触到宫外世界的，只有这御沟中的流水了。所以宫女们灵机一动，她们题诗在树叶上，再让叶子随水飘出宫去，以期有心人能够看见。

可想而知，宫女们寂寞到了何等地步，她们无望地将愁怀写满一片片叶子，让它随着流水飘出宫去，然而，这种感情恰似水中浮萍，漂浮摇落，何去何依？

这位"天宝宫人"的梧叶，还是比较幸运的。这片梧叶，正好被大诗人顾况看到。顾况看到后，不胜感慨。天宝末年时，顾况还是一位未到弱冠之年的少年郎，和后来那个大模大样地说"长安米贵"来吓唬白居易的文坛大佬判若两人，于是他就转到了御沟的上游，也在梧叶上写了一首诗丢了进去，就是下面这首：

卷267 85【叶上题诗从苑中流出】顾况

花落深宫莺亦悲，上阳宫女断肠时。

君恩不闭东流水，叶上题诗寄与谁。

接下来，如果按小说、电视剧的套路，顾况肯定会和这位宫中女子来段重头的感情戏，然而在真实的历史中，顾况却离开了洛阳，他们之间就擦出这一星半点的火花，然后就此湮没，毫无声息。虽然很多情况下，也称得上"与千万年之中，时间的无涯荒野里，没有早一步，晚一步，刚巧赶上了"，但是，真实的历史中没有那么多的传奇，有多少人，多少事，都是随风而散的匆匆过客，也许只能存在于我们的记忆中，却再难重现。

让人还可以得到一丝宽慰的是，顾况的诗居然也被这个宫女拾到了，她又悲又喜，喜的是居然有人看到了她的诗，读懂了她的心，悲的却是，她依旧无法越过这禁宫中的高墙，来到那片自由的天空下。悲喜交集之余，她又写了一首诗，题在红叶上飘出：

卷797 4【又题】天宝宫人

一叶题诗出禁城，谁人酬和独含情。
自嗟不及波中叶，荡漾乘春取次行。

是啊，正如庄子所说："泽雉十步一啄，百步一饮，不蕲畜乎樊中。神虽王，不善也。"宫女们虽无衣食之忧，但是她们失去的却是人生中最可宝贵的东西——自由。于是她羡慕水波中那片叶子，它可以自由地走到外面的天地。王建有首宫词写道："宫人早起笑相呼，不识阶前扫地夫。乞与金钱争借问，外头还似此间无。"一入禁宫多年，外面的世界在她们的心目中是那么的美好神秘，连扫地夫口中的话都争着听，这又是多么悲哀的一件事！

三、德宗宫人

卷797 5【题花叶诗】德宗宫人

一入深宫里，无由得见春。题诗花叶上，寄与接流人。

天宝宫人虽然没有结成良缘，但众多宫女还是前赴后继，矢志不移地努力。到了德宗年间，叶上题诗又造成了一对如意鸳鸯。

这个宫女倒在记载中留下了名字，她叫凤儿，是宫中王才人的养女。她在花叶上写了这首诗扔到御沟中，估计也就像我们随便参与个抽奖活动差不多的意思，可能自己也没有抱什么太大的希望。然而，她写的这首诗被一个叫贾全虚的新科进士看到了。这人虽然名字叫"贾全虚"，但却有一番真情意。他拿着这片花叶，竟然痴了，于是天天都在御沟边徘徊。真可谓："向来痴，从此醉"。他常在御沟边溜达不要紧，可引起了皇家警卫的高度注意。这天贾进士又悄悄地来到御沟边，还探头探脑地向宫中眺望。宫中大内高手们越看他越像"恐怖分子"，于是火速出动，将他拿下。如此大案要案，金吾大将也不敢隐瞒，直接禀告了德宗皇帝。皇帝十分重视，亲自审问，原来却是这么一桩风流公案。于是按唐朝宫里的"传统"，德宗下旨，将这个宫女凤儿指婚给贾全虚进士。德宗皇帝虽然在历史上算不得明君，但这件事处理得倒还算入情入理。

说来凤儿嫁的这个男人，比缝袍子的那个"开元宫人"嫁的要好很多，还是个进士出身。对于宫女来说，这样的姻缘甚是难得。不过就凤儿写的诗来看,水平却相当一般,四句诗基本上是"借鉴",甚至说是"抄袭"了"天宝宫人"的诗句和诗意,并无特别过人之处。然而,写好诗就能遇到好姻缘吗?这可未必。但话说回来,写好诗也未必就一定得不到好姻缘。下面就是个诗好,姻缘又好的故事:

四、宣宗宫人

卷797 6【题红叶】宣宗宫人

流水何太急,深宫尽日闲。殷勤谢红叶,好去到人间。

这首名为《题红叶》的诗,是唐宣宗时的一位宫女所作。后来人们知道,她姓韩,因此又称她为韩氏。她写的这首诗,随红叶飘出后,被一个叫卢偓的应考举子拾到了,此人反复诵读,觉得很是不错,于是就珍藏在自己的箱子里。后来不知过了多少年,宫中放出部分宫女回民间,卢偓娶到一个,正是韩氏。但当时他们谁也不知道这回事。

一天,韩氏给卢偓收拾衣物,突然发现了箱子底上这首红叶诗,不禁"吁嗟久之",她万分感慨地对卢偓说:"当日偶题,不谓郎君得之。"可想而知,此夜,两人定然手把红叶,相视泣而复笑,从此笃信缘定此生,至死情深不渝。

此故事后来演化成多种版本,人名和朝代有所不同,并有戏剧《流红记》传世。这里且不去多说了。我们来看一下韩氏的这首诗,在所有宫女们的诗中,历来都觉得以这首为最佳。明钟惺《名媛诗归》卷九说:"只此四句,波波折折,深情委曲,微而淡,宛而远。非细心女子,写不出如此幽怀,做不出如此幽事。"诗贵含蓄,这首诗深得其中妙味,它不像《袍中诗》那样直接了当地说"愿结后世缘",也不像"天宝宫人"那样直奔主题——"寄与有情人",而是说"殷勤谢红叶,好去到人间",宫外方是人间,那宫内是什么的?不明说,然"言止意不尽",方为味外之味。前两句也不错:"流水何太急,深宫尽日闲"。流水匆匆,流去的就只是水吗?"逝者如斯夫,不舍昼夜",流去的更是宫女们的青春年华啊!可是,"深宫尽日闲",大好青春,如花似玉的容颜就这样白白老去!因此这首诗得到后代诸多文人的称赞,主要也是因为这一点。像清黄生《唐诗摘钞》就这样夸:"绝不言情,无限幽忧之意,自在言外。"明周珽曰:"斩断六朝浮靡妖艳蹊径,是真性情之诗。'谢'字,'好去'字,涵无限情绪,无限风趣。"

确实,这首诗堪称宫女"红叶系列"诗中的压卷之作。

五、僖宗宫人

随着时代的推移,到唐僖宗年间,宫女又"发明"了新的花样,那就是缝制军士们穿的棉袍时,把金锁等首饰缝进去。大概是怕一般军兵不识字,就是看到诗后也丢到一边,故而又琢磨出这样一个方法。于是就有了下面这首金锁诗:

卷797 7【金锁诗】僖宗宫人

玉烛制袍夜,金刀呵手裁。锁寄千里客,锁心终不开。

这诗虽不如上面那首我们刚评的"红叶压卷诗"更精彩,但"锁寄千里客,锁心终不开"也颇为奇特新颖。钟惺也不得不夸道:"锁情锁心字俱奇,奇尤在锁情相寄耳。"但是这位宫女的一片苦心也是俏媚眼做给瞎子看了,这件棉袍被神策军中的一名叫马真的军士所得。果然,他对诗并不感兴趣,只关心金锁值多少钱(此人一点浪漫细胞也没有),于是他拿金锁到集市上变卖。有人见他区区一个军汉,却居然有这等精致名贵的器物,不免起了疑心,将他告发。主将拿了金锁,上奏朝廷。唐僖宗虽为末代昏君,但对于这等事还是依照从前的老规矩,将这个宫女嫁给了马真。马真感激不尽,后来唐僖宗被黄巢打得狼狈而逃,奔至四川后,有一员大将夜不解甲,二十四小时保卫在唐僖宗身边,唐僖宗大为感动,一问才知,此人正是已升为将军的马真。

然而,红叶为媒也好,金锁为媒也好,得有此等机缘的宫女毕竟是少之又少。绝大多数的宫女都只能一天天在无望中老去,当所有的梦都被无情的风吹走,稚嫩的心落满岁月的尘土,留下来的只有空虚和麻木。

"枝头秋叶,将落犹然恋树;檐前野鸟,除死方得离笼"。这就是绝大多数宫女们的宿命。

卷六

凤钗金作缕,鸾镜玉为台

——名媛卷

从本卷开始，我们的目光就要离开那似乎已经隔绝人间的宫廷，投向那些形形色色的民间女子。平凡的世间女子，从人数上来说，比宫中女子要多几千倍，其中当然也不乏冰雪聪明，博学多识的才女。她们的诗作也比宫中女子的那些作品更能体现出大唐年间整个社会的风气，体现出盛唐女子和后世与众不同的风采。可惜的是，由于旧时重男轻女，她们的诗作却非常难保存下来，或者即使能保存下来也残缺不全，有的女子仅仅留下一首诗，甚至连名字也不清楚。可是，这些诗情愫纯真、语出天然，千余年后，依然散发着经久不消的芬芳。

我们先来看一下那些名门闺秀的诗作，说到名门闺秀，恐怕《全唐诗》集中首屈一指的当属这位名叫王韫秀的女子了。

一、王韫秀

休零离别泪，携手入西秦——贫而有志的夫妻

卷799 8【同夫游秦】

路扫饥寒迹，天哀志气人。休零离别泪，携手入西秦。

这首颇有气势的诗就是王韫秀所写。说起此诗，毛泽东还曾亲自书写过，是为数不多的"毛主席手书古诗词作品"之一。当时是何

情形下写此诗的,我们不得而知。但此诗为毛泽东熟悉并喜欢,是毫无疑问的。

关于此诗的背景,是这样一段故事:

王韫秀乃是将门虎女,她的父亲是大将王忠嗣。现在提起来王忠嗣,似乎知名度很低,其实熟悉唐史的都知道,王忠嗣在开元年间可是相当了不起的人物,当年他一人兼任河西、陇右、朔方、河东四镇节度使。万里边疆,半个大唐,大约有二十六万精兵猛将都在他手中。而且这些兵可是百战之师,堪称精锐中的精锐,王牌中的王牌。之所以会这样,是因为王忠嗣尚幼时,其父就在征战中壮烈牺牲,朝廷怜悯他的幼子,于是将王忠嗣在皇宫中养大,和唐玄宗李隆基一起读书习武,可以说是玄宗的"总角之交",从小玩到大的好朋友。

王忠嗣也挺争气,在边关屡建奇功。天宝元年,王忠嗣在桑乾河大败奚人和契丹人组成的联军,契丹可汗几乎被打成光杆司令,不久就被手下杀死,吓得契丹几十年内不敢叛唐。王忠嗣和吐蕃作战也胜多败少,在青海等地,彻底消灭吐蕃的盟友吐谷浑,王昌龄所写的"前军夜战洮河北,已报生擒吐谷浑"这样让人振奋的诗句,正是来源于此。当时像猛将哥舒翰等,还只是王忠嗣帐前听命的偏将而已。

可惜,"月满则亏,水满则溢,登高必跌重",王忠嗣的赫赫权势也引起了玄宗的警惕,他开始猜忌王忠嗣。借故削了他的兵权,并将他贬官,王忠嗣因此郁郁而死。王家也渐渐衰落。不过,王家这时候虽然衰落了,但"百足之虫,死而不僵",家底还是有一些的。王韫秀所嫁的老公是元载。元载一开始是个穷书生,寄食在丈母娘家里。其实,软饭也不是那样好吃的,王韫秀的娘家人包括姐妹们都酸言冷语地来挖苦这对夫妻。时间一长,元载待不住了,就赋诗和王韫秀作别,要离开她家,去长安求功名。元载说:"年来谁不厌龙钟(这里龙钟是潦倒的意思),虽在侯门似不容。"王韫秀见此情景,也决心离开娘家,宁愿和元载一块受穷,所以就写了上面那首诗言志。

王韫秀出语慷慨:"路扫饥寒迹",虽身处饥寒之中,却执着前行,把一路饥寒留在身后,似乎在说只要走过这条长路就可以扫去饥寒潦落的窘境。"天哀志气人"——上天也会可怜有志的贫士;"休零离别泪,携手入西秦"——不用伤心,有我和你携手前行,用彼此的体温取暖,虽苦也甘。有这样的好妻子陪着贫困窘迫、一无所有的老公一起走,元载心中肯定也是暖烘烘的,平添无穷的勇气。由此可见王韫秀的心胸确实豁达豪迈,不在男儿之下。

一饭之恩必偿,睚眦之怨必报——心意决绝,恩怨分明的女子

元载夫妻"携手入西秦"以后,因元载学问超群,很快得到皇帝的器重,不久就超升为宰相。此时的王韫秀非常得意,又写了首诗讽刺那些当年看不起自己老公的娘家人:

卷799 9【夫人相寄姨妹(载拜相,韫秀衔宿恨,寄姨妹)】

相国已随麟阁贵,家风第一右丞诗。
笄年解笑鸣机妇,耻见苏秦富贵时。

诗中以苏秦作比(苏秦当年穷困时,嫂子等人都看不起他),非常痛快地嘲弄了那些嫌贫爱富,趋炎附势之辈。事情是这样的:

元载当了宰相后,王韫秀老家的娘家人还厚着脸皮来"道贺",正好碰得当时天晴,元载相府里的下人将家里锦袍绣服都拿出来熏香曝晒一番。王韫秀毫不留情面地对那些亲戚说:"谁能料想到当年要饭花子似的我们夫妻,现在还能有点遮形盖体的粗衣?"亲戚们知道王韫秀话中有刺,当时唐朝人远没有后世脸皮厚,于是这些亲戚脸红

脖子粗，纷纷灰溜溜地走了。明钟惺《名媛诗归》卷十二中说得很好："作诗寄姨妹，直是嘲笑怒骂耳！不但嘲笑时辈，即千载以下人，亦不得不愧！"确实，王韫秀这首诗将千古以来所有势利小人都骂了。

王韫秀是个心意决绝恩怨分明的女人，正所谓"一饭之恩必偿，睚眦之怨必报"，她经常施舍钱财给他人，但那些早年蔑视过她的娘家人，她记恨一辈子，一个钱也不给。

知道浮荣不久长——冷静谏夫并慷慨赴死的王韫秀

卷799 10【喻夫阻客】王韫秀

楚竹燕歌动画梁，春兰重换舞衣裳。
公孙开阁招嘉客，知道浮荣不久长。

然而，男人有钱就变坏，元载当了宰相后，渐渐贪赃纳贿，生活奢侈。元载在自己的府第中造了一个"芸辉堂"，之所以叫"芸辉堂"，是因为于阗国出产一种叫芸辉的香草，这种草既香又洁白如玉，入土也不朽烂，堪称纯天然的仿瓷涂料。元载命人把这种草捣成碎屑，当涂料刷墙壁，故有此名。又用沉香木作梁栋，金银打造门窗。堂中摆设着原为杨国忠所有的屏风，上面刻着很多前代美女，镶以玳瑁水晶，璎珞也是珍珠穿成，华贵不可言。

元载还有一件宝贝叫紫绡帐，据说是南蛮酋长所贡，用绞绡制作，此帐既轻又薄，但就算在寒风凛冽的冬日，冷风也吹不进帐子里；而在盛夏酷暑时，帐子里却自然清凉。比现在的空调还管用。元载还在芸辉堂前，修造了一座水池，用玛瑙和宝石垒砌池塘的堤岸。另有一把龙须拂尘，颜色如熟透的桑椹一样作紫红色，这拂尘长约三尺，削水晶石作尘柄，雕刻红宝石作环钮。刮风下雨时，或者在水边沾湿后，就光彩摇动，拂尘上的龙髯也仿佛发怒般立起来。元载的宝物还有很多，实在是不可胜数。此处不再多说，再说成"鉴宝"节目了。

元载不但家中装修得非常豪华，还沉溺于女色。他有一个宠姬叫薛瑶英，据说连西施、绿珠、赵飞燕等古时的著名美女都不如她。该美女和香妃一样，身体自然芳香，被元载纳为妾后，卧的是金丝帐，铺的是不沾尘的褥子。这件"却尘褥"出自高句丽国，据说是用却尘兽毛制作的，殷红色，异常光亮柔软。薛瑶英体瘦身轻，元载特意给她弄来龙绡织成的衣服。这衣服非常轻，也就二三两重，折起来握在掌中不满一把。元载还弄来很多倡优，表演非常下流的色情游戏，父子族人都津津有味地观看，不以为耻。

王韫秀对元载后来的做法也是非常不满意的，她在诗中劝诫元载不要沉迷于玩乐，而疏远了正事。王韫秀虽然清醒地"知道浮荣不久长"，但声色充耳悦目，酒气香风弥漫中的元载却哪里听得进去？处于权势巅峰的元载，实在是太骄横狂妄了。据说皇帝曾多次对他敲边鼓，提醒过他。但是元载置之不理。对于元载这些行为，他的贤妻王韫秀是知道的，但是她现在也管不住元载了。祸患终于来了，唐代宗以元载"夜醮图为不规"（夜里请道士作法）为罪名，命人给元载定罪，满门抄斩，赐元载自尽。元载向主刑的人请求速死，但主刑的人可能和元载有仇，他脱了元载脚上的一只臭袜子塞住他的嘴，然后将其勒死。元载的儿子伯和、仲武、季能等都被杀。元载家中的金银珠宝、庄园田产也全部被抄没。

按唐律，元载家的妻女并不处斩，只是要没入宫中做粗活。但王韫秀却不愿再苟活偷生，她说："王家十二娘子，二十年太原节度使女，十六年宰相妻，死亦幸矣，坚不从命！"这句话当真凛然有丈夫气，正像汉代大将军李广当年一样，慷慨言道："我和匈奴大小七十多战，现在也六十多岁了，犯不着再到公堂上受刀笔小吏的污辱！"说完就奋然自刎而死。王韫秀虽是女子，但气度不逊于李广。她坚持不屈，于是被官府笞杖齐下，活活打死。然而元载的宠姬薛瑶英等，却投入别的男人的怀抱，做了人家的小老婆。从王韫秀仅存的这三首诗看，她是个才高志大、敢爱敢恨而又明达世事的刚烈女子，比她的老公元载强多了。

二、崔莺莺

待月西厢下——莺莺和元稹（张生）的初相见

卷800 9【答张生】崔莺莺

待月西厢下，迎风户半开。拂墙花影动，疑是玉人来。

说起崔莺莺，可以说是家喻户晓，妇孺皆知。这一多半是戏剧《西厢记》的功劳，一般戏里演的，剧中扮的，往往是虚构中的人物。而真实的历史上，倒确实有莺莺这个人。只不过真实的莺莺和戏剧中的崔莺莺还是有相当大的区别的。

莺莺的故事，最早见于唐代大诗人元稹所写的《莺莺传》，这里面的描写应该是比较接近于真实的崔莺莺。细读《莺莺传》，会发现和《西厢记》还是有不少的区别，我们会发现，《莺莺传》中的莺莺才真正符合唐代女子的性格，而后世改编过的《西厢记》中，莺莺软弱、腼腆,完全向林妹妹看齐,红娘倒喧宾夺主,成了最抢戏份的角色,实在和真实的情况相去甚远。

和《西厢记》中不同,张生(实为元稹化名)和莺莺的这段爱情经历,虽然也有红娘的牵丝引线,但主导权一直在莺莺那里。所有及后来发生的一切,也都在莺莺的预料之内。莺莺虽是多情纯情的女子,但绝不是那种毫无主见,只会悲悲啼啼的懦弱小姐。

《莺莺传》中写贞元年间,张生在蒲城东面的普救寺里借居。这时候崔莺莺和她守寡的母亲、弟弟等一家人恰好也在这个寺庙中住。论亲戚关系,张生算是莺莺的表哥。这时蒲州主帅浑瑊去世,监军太监管不住帐下的兵将,于是这些乱兵不顾军纪,四处抢掠。崔家虽然破落,但还是有不少钱财,因此最为惊骇,生怕乱兵来抢(并非是点名要抢莺莺,当然,如果乱兵真的来抢掠时,也很有可能抢走莺莺)。幸好张生认识军队上的人,请来军吏保护,崔家方保得平安。崔老夫人感谢张生之恩,大摆酒席,请他吃饭。席间命她的儿子欢郎、女儿莺莺出来拜谢。当时莺莺还挺不乐意出来哪。

张生对莺莺一见倾心,于是找红娘帮忙传话,红娘让他去正式求婚。可张生说:"昨日一席间,几不自持。数日来,行忘止,食忘饱,恐不能逾旦暮。若因媒氏而娶,纳采问名,则三数月间,索我于枯鱼之肆矣。尔其谓我何?"意思是说看了莺莺后就神魂颠倒,要是求婚至少得好几个月,那我可等不及了,我就要像枯鱼一般渴死了。呵呵,正像有的男生对女友说:"等到办证登记要多久呀,那可要急死我了。"张生急色色的表情真有趣。红娘给他出了个主意说小姐喜欢诗文,让张生写首情诗。张生一听,顿开茅塞,写了诗给莺莺。莺莺就还给他本篇这样一首诗。

我们来看一下这首诗。其中之意,说白了就是暗许张生来穿墙窬穴成就好事。但莺莺这首诗却写得既含蓄,又唯美,真所谓"姿韵欲绝",一派花前月下的旖旎风光。

"待月西厢下，迎风户半开"，钟惺《名媛诗归》卷十四曰："户半开，正妙在迎风二字，自然机巧变一耳！非灵细慧黠人，安能如此忖量。"依我看，这半开之"半"字，也用得极妙，若作"全开，大开"便如牛驴饮耳。这首诗句句藏意，字字含情，而又意境绝美。我们看《西厢记》的剧本，虽然一向以文字优美著称，《红楼梦》中宝玉就对林妹妹说："你要看了，连饭也不想吃"，林妹妹也"但觉词句警人，余香满口"。然而，《西厢记》中自己另拟的两首"崔莺莺"答张生的诗却大为逊色。那两首一为："兰闺久寂寞，无事度芳春；料得行吟者，应怜长叹人"，写得相当浅白平庸，也毫无诗意。另一首更俗："休将闲事苦萦怀，取次摧残天赋才。不意当时完妾命，岂防今日作君灾？仰图厚德难从礼，谨奉新诗可当媒。寄语高唐休咏赋，今宵端的雨云来"。其中"不意当时完妾命，岂防今日作君灾"，这种毫无诗意的句子也入诗，真真不可耐。还有"谨奉新诗可当媒"，简直完全大白话，《沧浪诗话》中曾说："学诗先除五俗：一曰俗体，二曰俗意，三曰俗句，四曰俗字，五曰俗韵"。这首诗可谓五俗俱全，有道是货比货得扔，和莺莺原作一比有云泥之别。

当然，张生看到这首诗后，喜不自胜。但后来却发生了在《西厢记》中被称之为"赖简"的这一幕：张生这天晚上爬墙头过去后，却完全没有想到，莺莺居然穿得整整齐齐，脸也板着像开追悼会——"端服严容"，并且十分严肃地将张生狠训了一通："非礼之动，能不愧心，特愿以礼自持，无及于乱！"张生欲求云雨，反遭雷霆，当下如同雷惊的孩子，雨淋的蛤蟆一般，完全泄气，从墙头"原路"爬回去，就此绝了念头（没有像戏中那样病得哼哼唧唧地博莺莺同情）。

有人评价"赖简"一事时，常觉得是"由于莺莺有较浓厚的封建意识"所致，也有人说"赖简"一事表现了莺莺的"虚荣、矜持、犹豫和反复"。我觉得并不能这样看，这主要是莺莺作为贵族小姐的矜持，和作为女子与生俱来的羞怯心理所致。别说是古代女子，就是现代美女，初次和男生上床这样的事，多数也会踌躇再三吧。作为女子，就算是明媒正娶时，在唐代也要男人再三"催妆"、"却扇"，现在也经常有男方前去迎亲，新娘子把里屋的门闩上，难为一下新郎的做法。这是女子们顾重身份的一种表现。难道莺莺非得变成猛向男人怀里扎的"生扑型"，才不算"虚荣、犹豫和反复"？

接下来的事情，给了张生一个意外的惊喜。正当张生完全失望时，这天晚上，红娘先抱着莺莺的枕头被子过来了（看人家唐朝小姐偷情也很讲究，还带自己的枕头被子），崔小姐过来后，就完全是一副娇柔之态，和那天判若两人，于是二人成就了鱼水之欢。张生因为幸福来得太突然，所以狐疑道："岂其梦邪？"后来他写了《会真诗》一篇，记述这个他终生难忘的夜晚：

38【会真诗三十韵】元稹

微月透帘栊，萤光度碧空。遥天初缥缈，低树渐葱茏。
龙吹过庭竹，鸾歌拂井桐。罗绡垂薄雾，环佩响轻风。
绛节随金母，云心捧玉童。更深人悄悄，晨会雨蒙蒙。
珠莹光文履，花明隐绣栊。宝钗行彩凤，罗帔掩丹虹。
言自瑶华浦，将朝碧帝宫。因游李城北，偶向宋家东。
戏调初微拒，柔情已暗通。低鬟蝉影动，回步玉尘蒙。
转面流花雪，登床抱绮丛。鸳鸯交颈舞，翡翠合欢笼。
眉黛羞频聚，朱唇暖更融。气清兰蕊馥，肤润玉肌丰。
无力慵移腕，多娇爱敛躬。汗光珠点点，发乱绿松松。
方喜千年会，俄闻五夜穷。留连时有限，缱绻意难终。
慢脸含愁态，芳词誓素衷。赠环明运合，留结表心同。
啼粉流清镜，残灯绕暗虫。华光犹冉冉，旭日渐曈曈。
鸾乘还归洛，吹箫亦上嵩。衣香犹染麝，枕腻尚残红。
幂幂临塘草，飘飘思渚蓬。素琴鸣怨鹤，清汉望归鸿。

海阔诚难度，天高不易冲。行云无处所，萧史在楼中。

我们简单看一下这首长诗，这首诗一开头就画出一幅月朦胧、鸟朦胧、人悄悄、雨蒙蒙的静谧图景，此时一个穿着如薄雾般轻绡的美人（当然指的是莺莺）悄悄走来，身上的环佩在轻响。可想而知，此刻元稹的心也在剧烈地跳动。

中间什么"金母"、"玉童"，"言自瑶华浦，将朝碧帝宫"，意思是将莺莺比作仙人，她从瑶华浦来，要到青帝的天宫去，因路过洛阳城北，偶然来到宋玉家的东边了（暗用"东邻窥宋"典故）。我国古代诗歌常用人和神仙的艳遇来暗喻男女的幽会。像什么楚王云雨巫山，曹子建的《洛神赋》等都是如此。

接下来从"戏调初微拒"到"发乱绿松松"将男欢女爱的场面写得很是细腻生动，其中像"眉黛羞频聚"、"多娇爱敛躬"，把莺莺作为一个贵族小姐的娇羞之态描绘得栩栩如生。有的人胡乱考证说莺莺是"妓女"，纯属胡言乱语。不过这些文字似乎有点"少儿不宜"，后来杜牧也斥之为"淫言媟语"。当然要是放在现下流行下半身写作的年代，我们看元稹的描写倒是比较唯美的，并不算太露骨和惹人恶心，应该说是艳而不淫。

再后来，就是两人在枕边海誓山盟了："芳词誓素衷"，并互赠信物——"赠环"、"留结"，表明同命同心，天变地变情不变。最后十二句写莺莺离去后，虽然香留衣上，枕留脂红，自己却重新沉入孤独之境，有一种莫名的惆怅，恰如临塘之草，思渚之蓬，空飘飘没有着落。结句用萧史乘龙的典故，他自比萧史，但却还没有得到弄玉。故而"素琴鸣怨鹤，清汉望归鸿"。

据《莺莺传》所载，此后两人频频幽会，莺莺"朝隐而出，暮隐而入，同安于曩所谓西厢者，几一月矣"，也就是莺莺后来几乎天天"夜半来，天明去"，两人欢好了有将近一个月。和《西厢记》大不相同的

是:莺莺的妈郑夫人并非是干扰他们爱情的罪魁祸首,《西厢记》中的郑老夫人满带杀气,不近人情,简直就是灭绝师太,堪称是封建礼教和一切反动势力的总代表。而《莺莺传》中郑老夫人的态度是怎么样呢?文中只提了这么一句:"张生常诘郑氏之情,则曰:'我不可奈何矣',因欲就成之。"郑老夫人觉得木已成舟,只有无可奈何,无条件地成全他们。那有的朋友可能会说,这两人的姻缘不是一帆风顺,水到渠成了吗?这可不然,能撕碎爱情的手决非只有顽固的封建家长和琼瑶剧中那些多角恋爱产生的风波,名和利的诱惑更能毁灭爱情的嫩芽,所以《莺莺传》依然是一个无法改变的悲剧。

为郎憔悴却羞郎——始乱终弃的宿命

在《莺莺传》中,虽然没有老夫人的干扰破坏,但莺莺和张生这份情缘还是没有什么结果。张生到京城求取功名,后来就和莺莺断绝了关系。一年多后,张生娶妻,崔莺莺也嫁了别人。张生没羞没耻,还到莺莺夫家,以莺莺表兄的名义(这倒不是冒充的)想见莺莺一面,但莺莺坚决不见他,回了他这样一首诗:

卷800 10【寄诗(一作绝微之)】崔莺莺

自从销瘦减容光,万转千回懒下床。
不为傍人羞不起,为郎憔悴却羞郎。

"不为傍人羞不起,为郎憔悴却羞郎",意思是说我不是为了什么原因羞于和你见面,而是你该羞于和我见面。诗中莺莺对其"自荐枕席"的事情并不感到羞愧,她觉得张生(元稹)的负心薄情才是真的该羞愧！正像钟惺《名媛诗归》卷十四评点的那样："羞不为情事，不讳众见，为郎羞郎，只欲使其自愧耳！绝之之意已坚。"此处的莺莺完全是一个盛唐女子的气度，她并不以真情付出为愧，而是辛辣地讽刺了元稹的无情和薄幸。

我们前面说过，真实的故事中并没有莺莺之母郑老夫人的强加阻扰，那又是什么原因将他们这对当时信誓旦旦的鸳侣拆散呢？答案就是：功名和权势。

对于张生和莺莺分手的细节，《莺莺传》中语焉不详，看来元稹自己也心中有愧，知道拿不到台面上来。既然张生就是元稹，我们可以从历史上查一下元稹的行迹：

元稹自从赴京应试以后，以其文才卓著，被京兆尹韦夏卿所赏识，且与韦门子弟交游，在唐朝，韦、卢、裴都是唐朝大族，元稹有诗名《陪韦尚书丈归履信宅因赠韦氏兄弟》："紫垣驺骑入华居，公子文衣护锦舆。眠阁书生复何事，也骑羸马从尚书。"诗中一副趋炎附势的丑态。元稹后来知道韦夏卿之女韦丛还待字闺中，于是不久就勾搭上了韦小姐。这对元稹来说，是一个走门路、攀高枝的绝好机会。崔莺莺虽然才貌双全，也是名门闺秀，但她父亲死了，剩下只有老母弱女，虽有不少钱财，但早没有了权势。俗话说："朝中无人莫作官。"所以他权衡得失，最后还是娶韦丛而弃莺莺。

在唐朝，是相当讲究门第身份的，对于出身寒微的士子来说，能攀上一桩豪门亲事更是很有必要的。正如天涯网友 GOTO9 所说："在唐朝时候，年轻人普遍的梦想有两个：金榜题名，娶七姓女。"好多人停妻再娶，当了"陈世美"的，莺莺和元稹尚毫无名分，元稹更是毫不犹豫地弃之如屣。

聪明的莺莺早就预料到这样的结局，她说："始乱之，终弃之，固其宜矣，愚不敢恨。必也君乱之，君终之，君之惠也"，就是说如果你对我"始乱终弃"，我也不敢怨恨，但如果你能始终如一，那是你有良心。当然莺莺也不是朝秦暮楚,"不在乎天长地久,只在乎曾经拥有"的那种女子,莺莺是很看重这份感情的,她曾寄信和玉环、丝、文竹茶碾等东西给元稹,信中说"玉取其坚润不渝,环取其始终不绝。兼乱丝一絇,文竹茶碾子一枚。此数物不足见珍,意者欲君子如玉之真,俾志如环不解,泪痕在竹,愁绪萦丝……"其中深情,令人感慨唏嘘不已。

然而,负心的张生(元稹)却十分狠心地断绝了和莺莺的关系,他还在文中诬蔑莺莺:"大凡天之所命尤物也,不妖其身,必妖于人。使崔氏子遇合富贵,乘宠娇,不为云为雨,则为蛟为螭,吾不知其变化矣。昔殷之辛,周之幽,据百万之国,其势甚厚。然而一女子败之,溃其众,屠其身,至今为天下僇笑。予之德不足以胜妖孽,是用忍情。"把莺莺比成祸国败身的红颜祸水,张生负心抛弃人家,反而倒似有"大智慧",能"慧剑斩情丝"似的。对他这种无耻的行为,前人早有公论,陈寅恪先生对其评价说"自私自利。综其一生行迹,巧宦固不待言,而巧婚尤为可恶也。岂其多情哉?实多诈而已矣"。鲁迅先生也说:"惟篇末文过饰非,遂堕恶趣。"可见张生(元稹)辩解非常苍白无力,"文过饰非"四字说得一针见血,十分精到。

还将旧来意,怜取眼前人——自尊和大度的莺莺

元稹在人家赖了半天,莺莺还是不见她。于是他只好黯然离去,元稹来是想做什么?一开始江湖夜雨对元稹很是厌恶,以为他又来骚扰人家莺莺,但平心静气地想想,元稹此行而来,未必是想再次勾搭莺莺,也可能是想当面道歉,说些表达歉疚之情的话。莺莺在他离去时,又送给他一首诗,就是下面这首告绝诗:

卷800 11【告绝诗】崔莺莺

弃置今何道,当时且自亲。还将旧来意,怜取眼前人。

这首诗写得也相当精妙,明赵世杰《历代女子诗集》卷四中评道:"幽恨无穷"。钟惺《名媛诗归》说:"'道'字责意严正,不必说出绝字意矣。'今'字'何'字俱含怒意,细味自知"。其实细细读来,我感觉这这寥寥二十字中,有情、有怨、有恨、有惋、有感慨、有伤怀,当真是"情媚怨媚,各有其至,千古情人,俱堪矜悯"。(钟惺语)

"弃置今何道,当时且自亲"——既然忍心分手就什么也别说了,当年那些亲亲密密的事情还有什么意义?这两句中也是既有愤恨,又有感慨,可谓百感交集,"还将旧来意,怜取眼前人",也是如此。有人理解成:"少来骚扰我了,还是把这些花言巧语、虚情假意向你的新欢说去吧!"这未免有些过于偏颇。而且如果仅仅是这样的意思,那就不用"怜取眼前人"这样的字眼了,直接用"付与眼前人",似更为有力。我觉得,莺莺更多地是发于真诚的劝慰,意思是说,你还是好好对待她,爱她(怜取),不要像辜负我一样再辜负她吧。由此可见莺莺的宽容和大度。

对于我个人来说,更喜欢《莺莺传》中的莺莺形象,她宽容大度,敢爱敢恨,她知道和元稹"出轨"的后果——"始乱之,终弃之,固其宜矣,愚不敢恨",但她还是坚定地迈出了这一步。当元稹无情无义时,她没有哭天抢地,向元稹乞求施舍爱情,也没有投井上吊抹脖子,而是坚决与之断绝来往,决不藕断丝连,纠缠不清。她不像霍小玉那样咬牙切齿:"我为女子,薄命如斯,君是丈夫,负心若此!"并满怀怨毒地说:"我死之后,必为厉鬼,使君妻妾,终日不安!"莺莺身上体现了唐代贵族女子的气度,虽有深情真情,但绝不像泡泡糖一样死粘着男人,仿佛离开他就无法生活。

卷422 31【春晓】元稹

半欲天明半未明,醉闻花气睡闻莺。

狓儿撼起钟声动,二十年前晓寺情。

这是元稹集中的一首诗,同样在一个春天,空气中同样弥漫着花香,四十多岁的元稹清晨醒来,突然听到了寺庙里的钟声,他突然想起,二十前年的春天,那个娇羞妩媚的女子,她叫莺莺,她的声音正如窗外的莺啼一样美好,晓钟响了,她要回去了,当时他是那样的不舍……

由此看来,元稹对莺莺并非毫无情意,在真实的情况中,也并没有莺莺之母的干预,但他们还是没有能有情人终成眷属。这正是权与利这两个字在作怪,元稹是为了自己的功名仕途而抛弃了莺莺。这样的故事恐怕在我们今天依旧上演,如果你是一个刚毕业的大学生,有两个女朋友供你选择,一个是小城市甚至是农村的家庭背景,在事业上对你毫无帮助,只有拖累你的份儿;另一个却是某大企业老板之女,娶了她,香车别墅唾手可得,而且在她老爹的帮助下,你很快就能进入公司高层,这是其他人奋斗二三十年也得不到的东西。你选谁?恐怕绝大多数都要选后者吧。爱情?值多少钱一斤?

在我们今天的现实中,《西厢记》中的故事可能不再上演了,因为郑老夫人那样的封建家长几乎绝种了,但《莺莺传》中的悲剧在我们今天仍然会出现。鲜艳和脆弱的爱情花朵在权力和欲望驾驶的战车前是那样的不堪一击,注定要零落成泥碾作尘。

三、裴淑

既然上面说到了元稹的事情，那么就再来看一下《全唐诗》中的这一首诗吧：

卷799 18【答微之】裴淑

侯门初拥节，御苑柳丝新。不是悲殊命，唯愁别近亲。
黄莺迁古木，朱履从清尘。想到千山外，沧江正暮春。

这个叫裴淑的女人，是元稹的继室。注意，她并非是莺莺诗中所写的那个"眼前人"，当时元稹的新婚妻子是韦丛，前面说过，是京兆尹韦夏卿最小的女儿。韦丛和元稹生活了七年后，于元和四年（809年）七月去世。元稹悼念亡妻，写了许多年来骗了不少人眼泪的三首诗：

遣悲怀

谢公最小偏怜女，自嫁黔娄百事乖。
顾我无衣搜荩箧，泥他沽酒拔金钗。
野蔬充膳甘长藿，落叶添薪仰古槐。
今日俸钱过十万，与君营奠复营斋。

昔日戏言身后意，今朝都到眼前来。
衣裳已施行看尽，针线犹存未忍开。
尚想旧情怜婢仆，也曾因梦送钱财。
诚知此恨人人有，贫贱夫妻百事哀。

闲坐悲君亦自悲，百年都是几多时。
邓攸无子寻知命，潘岳悼亡犹费词。
同穴窅冥何所望，他生缘会更难期。
惟将终夜长开眼，报答平生未展眉。

元稹这三首诗，相当有名，就诗论诗，也真是"古今悼亡诗充栋，终无能出此三首范围者"（《唐诗三百首》编者蘅塘退士语），然而，充分了解到元稹的真实情况，却不免流罢感动的热泪后，突然感到那三九寒风一般的凉意。元稹诗中所谓的"野蔬充膳甘长藿，落叶添薪仰古槐"大有夸大矫情之意，前面说过韦丛也是贵族小姐，元稹虽官职卑微，也并非穷书生一个，好歹是朝廷命官，哪里会艰苦到这等地步？这个就当做"艺术加工"需要，不必细究，且看元稹是怎么"惟将终夜长开眼，报答平生未展眉"的吧：两年后，他就先纳妾安仙嫔，元和十年他又正式娶了名门裴氏女为妻，就是这篇诗的作者裴淑。

对于此诗，《全唐诗》集中有一小注："稹自会稽到京，未逾月，出镇武昌，裴难之，稹赋诗相慰，裴亦以诗答"。意思是说，元稹从江南的会稽到京城，没有过一个月，就要远走出镇武昌，裴淑当然不愿意远走，于是元稹就写诗安慰她，原诗如下：

赠柔之（裴淑字柔之）

穷冬到乡国，正岁别京华。
自恨风尘眼，常看远地花。
碧幢还照曜，红粉莫容嗟。
嫁得浮云婿，相随即是家。

元稹当年曾写诗骗了人家莺莺，现在写点诗安慰一下老婆，也是轻车熟路，牛刀小试。元稹出行会稽前也写过一首诗糊弄他老婆裴淑，是这样写的：

卷417 24【初除浙东，妻有阻色，因以四韵晓之】元稹

嫁时五月归巴地，今日双旌上越州。
兴庆首行千命妇，会稽旁带六诸侯。
海楼翡翠闲相逐，镜水鸳鸯暖共游。
我有主恩羞未报，君于此外更何求。

元稹的意思无非就是说男儿丈夫应以国事为重，报君主之恩为己任，而且提及这样一件旧事——在兴庆宫命妇朝拜太后时，裴淑曾非常"光荣"地排在最前面。正所谓夫荣妻贵，"我有主恩羞未报，君于此外更何求"？这番为国为家的大道理讲出来，倒是让裴淑难以辩驳。然而元稹也并非是一心为"工作"的人，在浙东就泡上了风骚多情的船上歌妓刘采春。此次元稹刚刚回来，就又要远走，裴淑当然有些不情愿，但她的诗是阻不住元稹的，明钟惺《名媛诗归》卷十二说："两句（裴淑诗中的三、四句）写来，真觉难别亲故满前，不知伤心如何生出，此是久别中情事，乍别时未必知也"。意思说，只有久别之人才有这样的感悟，元稹仕途坎坷，升降沉浮不定，经常要远走他乡，故而有此说。但说实话，裴淑这首诗，也就这两句写得多少还有点诗意，

其他的句子都平淡无奇，味同嚼蜡。以诗才论，比崔莺莺差远了。

然而，元稹出镇武昌这一次，却是一条不归路。到任后只一年，他就突发疾病，死在了武昌。元稹一生招惹的红颜才女多多，除莺莺、韦丛、裴淑外，还有薛涛、刘采春等人。元稹这个人，说他有情吧，他却到处拈花惹草，始乱终弃；说他无情吧，他那一首首情诗还好生动人，也不似有意作伪。我觉得元稹大概是像《天龙八部》里所描写的段正淳那样的人，虽然到处留情，但对每个女人却都有些真情。所谓"生怕情多累美人"，元稹大概正是"情多累美人"的例子。后人有一句话称"元轻白俗"，这个"轻"恐怕不仅是指诗风，也是说元稹的为人轻佻无行吧。

不过，似乎天网恢恢，疏而不漏，元稹的负心薄幸似有报应。他先后曾有八个子女，但是其中七个却一一夭折，元稹的诗集中也屡屡出现《哭子十首》、《哭女樊》等诗篇。这些元稹心爱的孩儿，有的都长到了十岁或者八岁多，正是活泼可爱的年纪，却眼睁睁地一个个离去，让元稹痛断肝肠。最后，元稹只剩下一个女儿，倒是长大成人，嫁给了一个叫韦绚的人。然而，在旧时的观念中，元稹依然算是绝后了，这恐怕也是对他滥情的报应吧。不过裴淑和安仙嫔应该是没有什么过错的，却同样承受了这一切。

四、晁采

比起崔莺莺来，晁采应该算是比较幸福的了。据说她出身高贵，但不知是父亲早丧，还是她的父亲有二心，抛弃了母女二人，晁采自幼就和母亲一起独居。从后来晁采的婚事只由她母亲做主就可以来看，她的父亲不管是生是死，都和她们母女俩的生活没有关系了。

晁采是个多情又美丽的佳人。有个尼姑曾到她家去过，看到晁采后惊为天人。于是这尼姑就到处说晁采是天下第一美人——"不施丹铅，眉目如画，不佩芳芷，而体恒有香；不簪珠翠，而鬟髻自冶"，当真称得上是天生丽质。又说曾见过晁采在夏天月夜时穿着单衫，右手攀着竹枝，左手拿着兰花扇，注目观看水中游鱼，低声吟诵竹枝小词，声音如黄莺一般清脆婉转，简直就是仙子啊。经这尼姑一宣传，晁采美貌几乎人人皆知，诸公子少年们无不垂涎三尺。

然而晁采却钟情于她邻家的一个书生，此人名叫文茂。他们彼此间情意相投，私下里山盟海誓，欲成为夫妻。两人从小就在一块，但等到晁采年龄大了，两人就不能公开在一起玩了，唐代风气虽然开放，但女子到了青春期，而又未出嫁前一般也会被约束在深闺之中的。李商隐有诗说道："八岁偷照镜，长眉已能画。十岁去踏青，芙蓉作裙衩。十二学弹筝，银甲不曾卸。十四藏六亲，悬知犹未嫁。十五泣春风，背面秋千下"，就是指的这个情况。然而，虽然相见已难，但晁采和文茂的感情并没有疏远，反而更加炽热。

晁采经常派侍女去文茂家里通达消息，文茂于是在一个春光烂漫的日子里写了这样四首诗悄悄带给晁采：

一

美人心共石头坚，翘首佳期空黯然。
安得千金遗侍者，一烧鹊脑绣房前。

二

晓来扶病镜台前，无力梳头任髻偏。

消瘦浑如江上柳,东风日日起还眠。

三

旭日曈曈破晓霾,遥知妆罢下芳阶。
那能飞作桐花凤,一嗅佳人白玉钗。

四

孤灯才灭已三更,窗雨无声鸡又鸣。
此夜相思不成梦,空怀一梦到天明。

  文茂这四首诗,倒还写得不错,晁采身临其境,看了诗后更是心情激荡。于是让丫环拿了十枚青莲子给文茂,且传话说:"吾怜子也"。如果翻译成我们今天的话就相当于"我爱你"。看来晁采似乎比莺莺等更为大胆直率。文茂说:"为什么没有把莲心去掉?"(莲子心是苦的)丫环说,我们小姐说啦,正是想让你知道我们家小姐的"苦心"。文茂听了,感动得热泪盈眶,哪里还顾得上莲心苦不苦,慌忙将莲子向嘴里送,以证明自己心诚。殊知可能是太激动的缘故,文茂手一哆嗦,一枚莲子掉到一个水盆中。文茂正要再捞起来吃掉,不想恰好又过来一只喜鹊,拉了一摊粪到盆中,文茂恼怒,将水盆中的莲子和水一起远远泼掉。没有料想后来该莲子居然发芽,并且开了一对并蒂荷花。文茂大喜,觉得是好事将成之吉兆,于是马上写信告诉晁采这件事。古人最信诸般吉兆凶兆等事,我们看皇帝即位,往往说有"吉相瑞气"出现,国之将亡,也有鬼哭神嚎等凶相出现,晁采听说此事,心中很是高兴,说:"并蒂之谐此其征矣"——这就是我们俩结成夫妻的征兆。于是她拿出朝鲜茧纸来,制了一个纸鲤鱼,两面都画上鳞甲,鱼肚子里悄悄地藏了一首诗给文茂,就是《全唐诗》中收录的这首诗:

卷800 4【寄文茂】晁采

花笺制叶寄郎边，的的寻鱼为妾传。
并蒂已看灵鹊报，倩郎早觅买花船。

诗中晁采盼文茂早点用花船来迎娶她。然而，可能文茂也并非贵人之家，所以不知是迟迟没有敢提亲，还是晁采的母亲不允。反正晁采直等到了秋天，也没有音信。正好有这么一天，晁采的母亲要到别处去吃亲戚的喜酒，古时不像现在这样交通方便，她母亲吃喜酒的地方可能在几十里开外，一天可能都回不来。于是晁采抓紧行动，通知文茂快来。于是出现了晁采所写的《子夜歌十八首》其中一首诗中所形容的情形：

绣房拟会郎，四窗日离离。
手自施屏障，恐有女伴窥。

我们看在这个阳光明媚的日子里，晁采偷偷地和情郎相会，阳光从窗子缝中射进来，变成一缕缕的样子，晁采轻轻掩好屏障，怕有别的女伴看到。说来晁采也真够大胆的，让后世女子望尘莫及。两人欢爱之后，晁采从头上剪下一缕青丝，送给文茂，并做诗说：

侬既剪云鬟，郎亦分丝发。
觅向无人处，绾作同心结。

她让文茂回去后，也剪上一缕头发，把两人的头发绾在一块，结一个同心结。人们常说"结发为夫妻"，现在晁采和文茂不能堂堂正正地成为夫妻，公然朝夕相伴，但他们的心却早聚在一起，正像这两缕头发，缠绵在一起，再也难分清彼此。

晁采对文茂越来越是难忘，后来她又剪掉自己的指甲，托丫环给文茂。并写诗说：

明窗弄玉指，指甲如水晶。剪之持寄郎，聊当携手行。

晁采恨自己不能和情郎身在一处，因此又剪了自己的指甲，她情意绵绵地说，你常摸一下我的指甲，就当是我们在携手而行吧。晁采越来越是思念难当，她曾说"得郎日嗣音，令人不可睹。熊胆磨作墨，书来字字苦"，确实，相思最苦，远比黄连苦胆还要苦。晁采一时没有什么办法，能做的就只能是不停地在纸上写满相思断肠之句，于是她又写了这样一首诗：

卷800 5【秋日再寄】晁采

珍簟生凉夜漏余，梦中恍惚觉来初。
魂离不得空成病，面见无由浪寄书。
窗外江村钟响绝，枕边梧叶雨声疏。
此时最是思君处，肠断寒猿定不如。

这诗写得相当工整，诗思也卓有可观，但是相比起来，我更喜欢晁采那一组《子夜歌》，前面我们已举过几首，这里再选几首非常出色的看一下：

夜夜不成寐，拥被啼终夕。郎不信侬时，但看枕上迹。
何时得成匹，离恨不复牵。金针刺菡萏，夜夜得见莲。
相逢逐凉候，黄花忽复香。颦眉腊月露，愁杀未成霜。

相思百余日，相见苦无期。褰裳摘藕花，要莲敢恨池。
金盆盥素手，焚香诵普门。来生何所愿，与郎为一身。
寒风响枯木，通夕不得卧。早起遣问郎，昨宵何以过。
轻巾手自制，颜色烂含桃。先怀侬袖里，然后约郎腰。
侬赠绿丝衣，郎遗玉钩子。即欲系侬心，侬思著郎体。

　　《子夜歌》传说是晋时南朝乐府民歌，一个名叫"子夜"的女子所作。《唐书·乐志》曰："《子夜歌》者，晋曲也。晋有女子名子夜，造此声，声过哀苦。"《子夜歌》诗意清新自然，感情浓郁直率，虽浑似口语却韵味十足。比如："宿昔不梳头，丝发被两肩。婉伸郎膝上，何处不可怜"之类的诗句，都带有民间的质朴之情，与过分追求雕琢含蓄的文人诗作迥然有别。所以，此歌自传世以来，后人以此为题仿效者，除了素有"清水出芙蓉，天然去雕饰"之称的李白所作较为清新外，其他文人多数都写的不伦不类，大失风味。而我们看晁采这一组《子夜歌》，比起古诗《子夜歌》来竟然毫不逊色，也是纯净如出水青莲一般，堪称神品。

　　晁采为相思所困，所谓世上最苦的不是黄连，而是相思。最伤人的不是刀剑，亦是相思。晁采一天天地憔悴下去，她的母亲渐渐注意到这一切，因此悄悄地向丫环打听。丫环当然也没有敢和盘托出，将所有事情都告诉晁母，但也大体上透露了晁采和邻居家的书生文茂两情相悦的事情。这要是让明清时的老太婆们听到，肯定会像《红楼梦》中贾母的态度一样，将晁采怒斥一番："只一见了一个清俊的男人，不管是亲是友，便想起终身大事来，父母也忘了，书礼也忘了，鬼不成鬼，贼不成贼，那一点儿是佳人？便是满腹文章，做出这些事来，也算不得是佳人了。"而唐代的风气就是好，晁采的母亲听了此事后，不但没有怒，反而感叹道："才子佳人，自应有此。然古多不偶，吾今当为成之"——才子佳人自然常有这样的事，但古来才子佳人难成眷属而空留长恨者很多,我今天就成全一对才子佳人吧。这话让晁采听到后,可想而知,她定然喜不自胜,这当真是从古到今,天上人间第一件称心满意的事了。

晁采的母亲既然同意,事情就好办多了,文茂是穷书生,门第财产较晁采差得多,晁家既然愿意,他这里就毫无问题,于是这一对"才子佳人"就顺顺当当地进了洞房。纵观唐代的爱情故事,因父母家长反对而造成爱情悲剧的极少,而爱情悲剧的根源往往是男人变心,或者是地位的悬殊,世事的沧桑而造成的。

晁采和文茂两人成婚后,自然亲亲密密,如"比目之逝青波,文禽之逐绿水"。就这样过了一年多,两人并肩倚膝,形影不离。然而,一年一度的科举考试到了,文茂要去京城考试,临行之际,晁采心中愁闷,一直送他登船,并写诗作别:

卷800 6【春日送夫之长安】晁采

思君远别妾心愁,踏翠江边送画舟。
欲待相看迟此别,只忧红日向西流。

"欲待相看迟此别,只忧红日向西流"。可见,在晁采的心中,多待一刻也是好的。古时的人,一旦远行分别,往往音信难通。不像现在,一个电话或短信过去,即使在地球另一面,也能知道对方在哪,在做什么。但古人却只能默默地在月下遥想,梦里相思。据说当时晁采家里养着一只白鹤,晁采给这只鹤起名叫"素素",一天大雨之中,晁采思念丈夫文茂,对鹤说:"鸿雁可传书,你也能吗?"这只鹤居然向晁采伸长脖子,仿佛答应了。于是晁采在白帕上写了两首诗,系于鹤足,说来也怪,这只鹤竟然真的把这两首诗送到文茂手里。据说就是下面这两首:

卷800 7【雨中忆夫】晁采

窗前细雨日啾啾,妾在闺中独自愁。
何事玉郎久离别,忘忧总对岂忘忧。
春风送雨过窗东,忽忆良人在客中。
安得妾身今似雨,也随风去与郎同。

晁采在家里度日如年,将脚下的一双"青丝白云履"脱下,托人带给文茂,并传话说:"就像我跟着你走一样。"这双鞋的底子是木制的,非常精巧。长安是京师,识货的人不少,有人告诉文茂说:"这叫'白云青舄',相传王母和穆王在赤水之上相会时就穿这种样子的鞋。"后来文茂归家后又问晁采,晁采也如此说,于是文茂越加觉得自己的妻子晁采着实不凡。从中或许我们可以猜到,晁采的出身可能确实不同一般。

好在文茂没有离开晁采多久,就回来了。文茂科场之试似乎也并不成功。其实这倒是好事,有道是"塞翁失马,焉知非福",文茂没有金榜题名,自然就很快回家来和晁采快快乐乐地一起过日子了,这多好。而如果他高中榜首,得到皇帝欣赏,就难保又玩出"停妻再娶"等诸般花样来。男人嘛,少有靠得住的。正所谓"在人间已是巅,何苦要上青天,不如温柔同眠"。要什么功名,文茂能和晁采做一对连神仙都羡慕的鸳鸯,已经够幸福的了。

此后,晁采和文茂的故事就没有了记载,一般来说,生死离愁、波折坎坷的人生往往才具故事性,而平平淡淡、安乐无忧的日子却没有什么好说的,我衷心希望晁采和文茂夫妻俩的后半生就这样毫无故事地度过。

五、宋氏五女

唐代名媛才女中,"宋氏五女"(若华、若昭、若伦、若宪、若荀)在当年的名气是非常响亮的,她们的父亲叫宋廷芬,是著名诗人宋之问的后裔。宋之问虽人品不端,是个"流氓加才子"型的人物,但"流氓"归"流氓",不得不承认,"才子"也不是白叫的。到了宋廷芬这一代,基因又发生"突变",传女不传男。宋廷芬有五个女儿,一个儿子。按旧时观念,儿子是传家立户的希望所在,应重点培养,岂料其子愚笨如猪,典型的"粪土之墙不可圬也"。与此相反,五个女儿却冰雪聪明,博学多识,不亚于那些金榜上的举子,成为名噪一时的唐代"五朵金花"。

当时的著名诗人王建专门写过一首诗,称颂她们:

卷297 28【宋氏五女】王建

五女誓终养,贞孝内自持。兔丝自萦纡,不上青松枝。
晨昏在亲傍,闲则读书诗。自得圣人心,不因儒者知。
少年绝音华,贵绝父母词。素钗垂两髦,短窄古时衣。
行成闻四方,征诏环佩随。同时入皇宫,联影步玉墀。
乡中尚其风,重为修茅茨。圣朝有良史,将此为女师。

诗中说的虽简洁,但已比较全面地描绘出了宋氏五女的品德和才情。和唐代一些放纵多情的才女不同,宋家五女信奉儒学,以诗书为乐。不喜欢胭脂首饰及化妆打扮(素钗垂两髦,短窄古时衣),并且和父亲声明,什么人都不嫁(五女誓终养,贞孝内自持)。《新唐书》也这样说:"(宋氏五女)皆性素洁,鄙薰泽靓妆,不愿归人。"宋家五姐妹中,宋若华(两唐书中作"若莘")是大姐,她和父亲学了诗文后,就现学现教,来教导四个妹妹读书,并且十分严厉,有如严师。如此教学相长,昼夜不倦,正是最好的学习氛围。于是,五姐妹皆学有所成。

宋若华闲暇之余,仿照儒学最高经典《论语》一书,写了一部名叫《女论语》的书。我们知道《论语》一书,记述孔子的言行,而且常是有问有答的形式,比如:子贡问曰:"赐也何如?"子曰:"女,器也。"曰:"何器也?"曰:"瑚琏也。"这样显得非常生动。恰似我们现在中学里提倡的"以学生为主体"的"启发式教学"。宋若华的《女论语》一书中,也是这样的体例,不过其中人物都换成了女子,扮演相当于孔子角色的是韦逞母宣文君宋氏。此人是谁?原来这个宋氏是前秦时人,她精通"周官礼注"及诗文,教导儿子韦逞成才,日后在苻坚皇帝手下当了官。苻坚知道她的才学后,封她为宣文君,赐侍婢十人,在宋氏家中设立讲堂——"置生员百二十人",宋老太太隔着红色纱幔给他们讲课,因此名动一时。那扮演弟子角色的是谁呢?说来有些好笑,却是汉代的曹大家(班昭)。按大多数人的观点,班昭的地位和名气远高于这个"宣文君宋氏",然而宋若华将宋氏抬高成"师父",班昭却做"徒儿",恐怕是因为宋氏和自己同姓吧,由此看来,似乎宋若华虽信奉儒学,却还保留着小女孩那种顽皮可爱,头角峥嵘的特点。

宋若华原作,妹妹宋若昭作注的《女论语》十篇原稿已不可见。后世流传,据称为明朝王相编录的《女论语》十篇当是伪作。何以见得?我们试看一段就清楚了:

女论语第一 立身

凡为女子，先学立身，立身之法，惟务清贞。清则身洁，贞则身荣。行莫回头，语莫掀唇。坐莫动膝，立莫摇裙。喜莫大笑，怒莫高声。内外各处，男女异群。莫窥外壁，莫出外庭。男非眷属，莫与通名。女非善淑，莫与相亲。立身端正，方可为人。

我们看这个版本的《女论语》，和《弟子规》之类的差不多，是"四字经"一般的模样，根本不是有问有答的形式。而且文中的意思也非常浅白，应该说只要认得字，大体就会看得懂。这样的文字，妹妹宋若昭还要来作注，那岂不是笑话？所以，这个版本的《女论语》决非是宋氏姐妹所著，乃是明人所作的"假古董"。

宋家姐妹的才情和《女论语》很快就天下闻名，昭义节度使李抱真上表向当时的德宗皇帝推荐，德宗召她们入宫后，"试以诗赋，兼问经史中大义"，结果宋氏姐妹对答如流，不让须眉。德宗深加赏叹，于是将她们留在宫中，封为"尚宫"的名号，并不许宫人太监们以侍妾的身份看待，而是呼她们为"学士"或者"先生"，后妃、诸王、公主等都以见老师的礼节相待。这时老爹宋廷芬也沾了女儿们的光，被提拔为饶州司马。

宋氏五女，分别为：若华、若昭、若伦、若宪、若荀。其中若伦和若荀死得比较早，后人评价若昭的文才最高，若华死后，她就继之为"尚宫"，经历了穆宗、敬宗、文宗三朝，死在宝历初年，被追赠梁国夫人，朝廷列仪仗队隆重安葬。

宋家姐妹入宫后，曾有个男的徘徊在她们的旧居前，怅惘良久，此人倒也并非寻常村汉，他也是进士出身，叫窦常，有诗如下：

过宋氏五女旧居

谢庭风韵婕好才，天纵斯文去不回。

一宅柳花今似雪，乡人拟筑望仙台。

观窦老兄之意，似乎对宋家五姐妹颇多爱慕之情，说来也巧，窦老兄连同兄弟也恰好为五人，且也都是进士出身，能诗善文。想到这里，不免觉得，要是我是唐朝皇帝，就下旨让窦家五兄弟娶了宋氏五姐妹，岂不是一桩千古佳话？当然，这仅仅是想想罢了，如果真的这样做，指不定宋家姐妹答不答应哪，说不定倒弄巧成拙。

宋家姐妹的诗，《全唐诗》里只有若华、若昭和若宪的，而且每人只存一首。依江湖夜雨看，都不是特别精彩，我们来看一下：

2【嘲陆畅】宋若华

十二层楼倚翠空，凤鸾相对立梧桐。

双成走报监门卫，莫使吴歈入汉宫。

有的朋友可能看了这首诗不免有些疑问，一贯奉行儒家经典的宋若华这不也随便嘲弄别人啊？"双成走报监门卫，莫使吴歈入汉宫"，翻译成白话就是让宫女（双成为仙女名，这里借指宫女）们告诉侍卫，别让那个一口江南吴地土话的小子进宫来！此诗笑话陆畅一口的江南吴地方言（吴歈），未免有地域歧视之嫌，也不是多厚道。不过，大家要知道这首诗的背景后，就不这样想了。这首诗是云安公主出嫁时所作的。云安公主是唐顺宗之女，宪宗时下嫁刘士泾。

当时作为男方傧相的陆畅，才思敏捷，应对如流，（此人到四川时为了讨好韦皋，当即将李白《蜀道难》一诗改成《蜀道易》，名传一时），在云安公主的婚礼上，他也大出风头，像《云安公主下降奉诏作催妆诗》等就是张口便来："云安公主贵，出嫁五侯家。天母

亲调粉,日兄怜赐花。催铺百子帐,待障七香车。借问妆成未?东方欲晓霞。"确实相当不错。而我们知道,婚礼时,男女双方的傧相一般是要互相争风头的,现在陆畅大出风头,将女方这边压得很没有面子,宋若华作为宫中女方"这一派"肯定也要"反击"一下,于是就有了上面这首诗。所以在这种闹喜的气氛中,这首诗中的嘲弄,其实就是玩笑而已,不足为怪。

宋若昭、若宪留下了二首同样题目的应制诗,诗意也差不多:

卷7 3【奉和御制麟德殿宴百僚应制】宋若昭

垂衣临八极,肃穆四门通。自是无为化,非关辅弼功。
修文招隐伏,尚武殄妖凶。德炳韶光炽,恩沾雨露浓。
衣冠陪御宴,礼乐盛朝宗。万寿称觞举,千年信一同。

卷7 4【奉和御制麟德殿宴百官】宋若宪

端拱承休命,时清荷圣皇。四聪闻受谏,五服远朝王。
景媚莺初啭,春残日更长。命筵多济济,盛乐复锵锵。
鄩镐谁将敌,横汾未可方。愿齐山岳寿,祉福永无疆。

这些应制诗,千篇一律,堆砌典故多多,诗意却是"假大空"。这里也不细说了。但从诗中也可以看出,宋家姐妹读书不少,笔端随意役使诸般典故,大有得心应手之态。不过,正如《沧浪诗话》中所言:"夫诗有别材,非关书也。诗有别趣,非关理也。……诗者,吟咏情性也"。宋家姐妹笃奉儒家,行止端庄恭谨,虽然堪为贤良女子之楷模,但是在写诗上却不免少了许多真情。明朝张岱云:"人无癖不可与之交,以其无深情也;人无疵不可与之交,以其无真气也。"诗也是这样,写的四平八稳的,却远不如那些真情流露,甚至常惹人非议的诗句更有味,所以宋氏五女在诗坛上的名声并不响,远不如凤流放纵的李冶、鱼玄机等人。

唐代可以称作名媛诗人的相当多，限于篇幅，以下几个就简单介绍了：

六、光、威、荽三姐妹

卷801 56【联句（光、威、荽，姊妹三人，失其姓）】

朱楼影直日当午，玉树阴低月已三。——光
腻粉暗销银镂合，错刀闲剪泥金衫。——威
绣床怕引乌龙吠，锦字愁教青鸟衔。——荽
百味炼来怜益母，千花开处斗宜男。——光
鸳鸯有伴谁能羡，鹦鹉无言我自惭。——威
浪喜游蜂飞扑扑，佯惊孤燕语喃喃。——荽
偏怜爱数蟢蛦掌，每忆光抽玳瑁簪。——光
烟洞几年悲尚在，星桥一夕帐空含。——威
窗前时节羞虚掷，世上风流笑苦谙。——荽
独结香绡偷饷送，暗垂檀袖学通参。——光
须知化石心难定，却是为云分易甘。——威
看见风光零落尽，弦声犹逐望江南。——荽

做这篇联句诗的三姐妹不知道姓什么,呵,这里是说后人不知道她们姓什么,不是说她们自己高傲地不知道姓什么。一般来说,古代女子,只留下姓,而没有名的非常多。这姐妹仨很奇怪,名字倒有,就是"光、威、裒"三个字,但却不知道姓什么。我觉得可能是三姐妹有意隐瞒,到了晚唐,朱门富户的女子们也越来越深居简出,很少招摇于世了。从她们的诗句中看,也并非小门小户的女儿家,像什么"银镂合"、"玳瑁簪",绝非贫家气象。

三姐妹和鱼玄机是同一时代的人,有人曾将她们这首诗带给鱼玄机看。可能要不是因为这样,她们的诗就一首也传不下来了,真是可惜。清黄周星《唐诗快》叹道:"以光、威、裒三美之才,不得幼薇(鱼玄机字幼薇)表章,谁知之者?然仅能传其一首耳。因思古今才媛,埋没深闺者何限,安得向掌书仙姬而问之!"是啊,从这首诗看,是三姐妹联句之作,其中如"偏怜爱数蟋蟀掌"之类的句子,也非常隐晦难解,说不定是姐妹间自己才明白的"典故"。联句之诗,往往不能发挥出作者所有的才情,而且不免有些主题混乱,像《红楼梦》中的联句诗,也是如此。可惜我们看不到三姐妹的独立篇目,但其才情恐亦可与鱼玄机媲美。鱼玄机看了这姐妹三人的诗后,步原韵和诗一首,也相当精彩:

卷804 47【光威裒姊妹三人少孤而始妍乃有是作精粹难俦虽谢家联雪何以加之有客自京师来者示予因次其韵】鱼玄机

昔闻南国容华少,今日东邻姊妹三。
妆阁相看鹦鹉赋,碧窗应绣凤凰衫。
红芳满院参差折,绿醑盈杯次第衔。
恐向瑶池曾作女,谪来尘世未为男。
文姬有貌终堪比,西子无言我更惭。

一曲艳歌琴杳杳，四弦轻拨语喃喃。

当台竞斗青丝发，对月争夸白玉簪。

小有洞中松露滴，大罗天上柳烟含。

但能为雨心长在，不怕吹箫事未谙。

阿母几嗔花下语，潘郎曾向梦中参。

暂持清句魂犹断，若睹红颜死亦甘。

怅望佳人何处在，行云归北又归南。

从题目中看，光、威、裒姊妹三人似乎从小就失去了父亲，但她们的生活还是相当富足的，三姐妹才情过人，美貌出众，鱼玄机这个才女加美女也不禁称赞"文姬有貌终堪比，西子无言我更惭"。可惜三姐妹的事情我们知道得太少了，她们的其他诗篇也永远湮没无闻，殊为可惜。

七、鲍君徽

鲍君徽，字文姬。她和宋氏五女齐名，在德宗年间，也曾被召入宫中，与群臣唱和，皇帝给她很丰厚的赏赐，但并未将她留在宫中"任职"。不过依我看，她的诗比宋氏五女还要好，有两首特别精彩，我们来看一下：

一、【关山月】鲍君徽

高高秋月明，北照辽阳城。塞迥光初满，风多晕更生。
征人望乡思，战马闻鼙惊。朔风悲边草，胡沙暗虏营。
霜凝匣中剑，风惫原上旌。早晚谒金阙，不闻刁斗声。

这首诗写得何等豪迈，和著名边塞诗人岑参、高适、王昌龄等相比，也毫不逊色。这等雄健的诗句出自一个女儿家之手，更是难得。

二、【惜花吟】鲍君徽

枝上花，花下人，可怜颜色俱青春。
昨日看花花灼灼，今朝看花花欲落。
不如尽此花下欢，莫待春风总吹却。
莺歌蝶舞韶光长，红炉煮茗松花香。
妆成罢吟恣游后，独把芳枝归洞房。

这一首惜花诗，也写得非常精彩。一般来说，春去诗惜，秋来赋悲，看花却伤怀，是一般女儿家常有的心态。比如像林妹妹，"花谢花飞飞满天"的好景色不欣赏，却哭哭啼啼地给花朵"送殡出丧"，未免辜负了大好春光。而鲍才女这首诗，却洋溢着唐代那种健康乐观的精神，惜花爱花，但不悲怆，讲的是："不如尽此花下欢，莫待春风总吹却"，把握好青春，就足够了，和杜秋娘那首"劝君莫惜金缕衣，劝君惜取少年时。花开堪折直须折，莫待无花空折枝"有异曲同工之妙。这正是代表了盛唐精神，那种健康向上的血脉。

八、赵氏（一作刘氏）

赵氏是中唐时期的名臣杜羔的妻子。她没有留下来名字，甚至连姓也并不能确实，有的地方说是姓刘。不过她留下的这几首诗却非常有意思。

和崔莺莺之类的女子不一样的是，赵氏看来是非常想让自己的老公杜羔去考功名的。杜羔来到京城，初次应试就碰了壁，他落第了。后来又考了好几次，还是名落孙山。这次，当他凄凄惶惶地往家里走时，家中的妻子赵氏得知了消息，没有等他进门，就让人捎了封信给他，杜羔拆开一看，是这样一首诗：

卷799 19【夫下第】赵氏

良人的的有奇才，何事年年被放回。
如今妾面羞君面，君若来时近夜来。

意思是说，老公你真的有本事啊（这句似为讽刺），那为什么年年都考不上？现在连我都替你感到丢人，你要回来就摸黑回来吧，别让人家看了笑话。可想而知，这首诗无异于三九天给杜羔当头又浇了一盆冷水，历来下第之人，心情最差。有道是"寡妇携儿泣，将军被敌擒。失恩宫女面，下第举人心"——此乃有名的"人生四悲"，下第就是其中之一。被赵氏一笑话，杜羔羞惭难当，当下连家门也没有进，就又回长安去了。

杜羔受此刺激，更加头悬梁、锥刺股地苦读，第二年发榜，他

终于金榜题名了。喜讯传来,赵氏喜不自胜,当时就赋诗道:

卷799 22【杂言】赵氏

上林园中青青桂,折得一枝好夫婿。
杏花如雪柳垂丝,春风荡飏不同枝。

然而,赵氏欢喜了半晌后,突然又疑虑起来,她又写下了这首:

卷799 21【闻杜羔登第又寄】赵氏

长安此去无多地,郁郁葱葱佳气浮。
良人得意正年少,今夜醉眠何处楼。

赵氏心想,春风得意后的她老公杜羔,自然成为众人邀请的对象,有没有别的女人看上他呢?他又会不会去青楼妓馆里吃花酒呢?今夜酣醉中的他身边肯定睡着另一个女人吧?于是赵氏又转喜为怒,心中很不是滋味。

其实我们今天也有赵氏这样的女子,像《中国式离婚》里的林小枫,先是嫌弃老公宋建平不争气,以儿子"上不了好的小学就上不了好的中学,上不了好的中学就上不了好的大学,上不了好的大学,儿子这一辈子就完了"为理由,逼宋建平下海干事业,而当宋建平真的事业有成时,却又疑神疑鬼,怀疑他变心,有外遇。简直和这个赵氏的思想并无二致。

从《新唐书·杜羔传》中叙述的情况看,杜羔是唐德宗贞元初年考上的进士,此后杜羔官运还可以,曾做过户部郎中,又当过振武节度使,最终在工部尚书这个职位上退休。杜羔为人非常孝顺,他幼年因战乱和父母失散,后终于找到母亲,侍母至孝。后来又费尽心思找到父亲的坟墓,使父母得以合葬。看来是个有德之人。虽然,赵氏和杜羔以后的故事并无记载，但料想杜羔并非薄情寡义之人，赵氏应该不会被抛弃。不过赵氏的做法，江湖夜雨觉得也不是太恰当，男人其实也不容易，外表坚强的他们心中照样脆弱，奉劝天下女子们，还是多来点雪中送炭，少来点伤口撒盐的举动吧。

九、乔氏

卷799 3【咏破帘】乔氏

已漏风声罢，绳持也不禁。一从经落后，无复有贞心。

乔氏也是名门闺秀，她是武周时代人，她的哥哥乔知之及兄弟乔侃、乔备都是一时才俊，诗名远播。但乔知之有一爱姬名碧玉，为武则天的侄子武承嗣所夺，乔知之写诗偷寄给碧玉，碧玉为之感慨，投井而死，武承嗣迁怒于乔家，将之灭门。

观此诗，似是感慨女子失贞之意，诗中以帘作喻，感慨家中败落遭难后，无法再保贞节。按唐代制度，满门抄斩时，只是将家中的男人斩首，女子会籍没入宫中掖庭作粗役，或者没为官婢。乔氏大概也是此等遭遇，为奴为婢之际，恐有贞节难保之事，故作有此诗。正所谓："可怜金玉质，终陷淖泥中"，"红颜固不能不屈从枯骨"，岂不哀哉！

十、杨容华

卷799 1【新妆诗】杨容华

啼鸟惊眠罢,房栊乘晓开。凤钗金作缕,鸾镜玉为台。
妆似临池出,人疑向月来。自怜终不见,欲去复裴回。

这首诗的作者杨容华,是"初唐四杰"之一,大诗人杨炯的侄女。故而明陆时雍的《唐诗镜》卷八称:"清丽,故有家风。"确实,诗中虽只是写少女对镜梳妆这一件小事,但却写得气度雍容,整丽精工,自是名门风范。相传此诗是杨容华十三岁时所作,少女神童,更是难得。但不知为何杨容华只留下了这一篇诗作,是早夭而亡,还是其他诗没有传下来,史书及笔记资料中似乎无载。

明代程羽文的《鸳鸯牒》中说:"杨容华,莺吭亮溜,鸹鸰非群,宜即配王子安、骆宾王、卢升之,蜚声振藻,不忝四家",意思是觉得杨容华才情过人,嫁给初唐四杰中的另外三人倒不错,但骆宾王、卢升之(卢照邻)比杨容华的叔叔杨炯还要大一二十岁,王勃虽然年轻,和杨炯同岁,相貌也俊美,但杨炯历来讨厌王勃,他曾说过"愧在卢前,耻居王后",所以这份姻缘实在难成。

十一、蒋氏

卷799 46【答诸姊妹戒饮】蒋氏

平生偏好酒,劳尔劝吾餐。但得杯中满,时光度不难。

这位非常有趣的"女酒鬼"蒋氏,是湖州司法参军陆濛的夫人,她生平好酒,并精擅诗文,颇有女中太白之风。此诗前面有一小注说:"蒋以嗜酒成疾,姊妹劝其节饮加餐,应声吟答",是说姊妹们担心她喝酒伤身,劝她少喝酒多吃菜,结果蒋氏张口就来了这么一首诗。此诗平白如话,但气韵贯通,大有挥洒自如之意。"但得杯中满,时光度不难",回味深长,耐人寻味,由此可见这个蒋氏的诗才还是相当不错的。

卷七 静拂桐阴上玉坛——女冠卷

在唐代，有个比较独特的现象，就是有相当多的女子去当女道士。也就是所谓的"女冠"。我们前面讲玉真公主的时候曾说过，唐代女道士的生活并非只是青灯黄卷，寂寞深山，而是相当的自由随意，想饮酒就饮酒，想弹琴就弹琴，甚至想约会男人也无人过问。唐代当女冠的什么人也有，上至公主、贵族夫人小姐，下至放出来的宫人、弃妇及色衰的妓女等等，都有可能入观为女冠。

所以，对于唐代女冠，不能一概而论。有人一提唐朝的女道士，就嗤之以鼻，将她们归入妓女一类，或者称之为"半娼"式女子，这应该是不恰当的。诚然，女道士中确实有不少人行为放荡，甚至出卖色相换取钱财。像韩愈的《华山女》一诗中描写的那样："华山女儿家奉道，欲驱异教归仙灵。洗妆拭面著冠帔，白咽红颊长眉青"，这个长得十分漂亮的女道士吸引来一大批男人——"豪家少年岂知道，来绕百匝脚不停"，韩愈是大儒身份，没有好意思详写"床上镜头"，只是用"云窗雾阁事恍惚，重重翠幔深金屏"来暗中讽刺女道士的暧昧行为。

然而，不得不承认，虽然女冠中有这样一批"半娼"式女子，但一竿子打翻一船人也是不对的，你不能据此就说所有女冠都是妓女。就像我们现在女大学生中也有一些进"夜店"做"生意"的，但你不能说女大学生就全是"小姐"吧。尤其是像玉真公主之类的，更不能算"半娼"式女子。当女冠的贵族夫人小姐也有不少，她们都是不愁钱的。像李白的夫人宗氏，就诚心信道，她曾专门去找宰相李林甫的女儿李腾空学道。李白还写两首诗：

卷184 51【送内寻庐山女道士李腾空二首】李白

君寻腾空子，应到碧山家。水春云母碓，
风扫石楠花。若爱幽居好，相邀弄紫霞。

多君相门女,学道爱神仙。素手掬青霭,
罗衣曳紫烟。一往屏风叠,乘鸾著玉鞭。

像宗氏夫人和李腾空这样的,应该是诚心学道的,当然其中还有像李季兰(李冶)之类的,行为比较放纵,所以不少后人将她也归入妓女一类,但我觉得李季兰也并非是妓女型的女子,她只是在男女关系上比较随便罢了,正如我们现在的某些美女作家一样,虽阅男人多矣,绯闻多多,但和完全以卖身为职业的妓女还是有本质区别的。

在唐代,佛道都很盛行,但因为道家的始祖老子姓李,于是李唐家族就认了亲。唐太宗曾下诏明示"道士女冠可在僧尼之前",道士女冠享受十方供养,衣食一般来说还是充足无忧的,又没有劳役之苦,这对很多人来说也相当有吸引力。不过,唐代也规定,不是所有人都想出家就可以出家,对于不会识字念经的人,官府会强制还俗的。就女冠来说,还有一个吸引人的地方就是,女冠可以不受束缚,非常自由地和男人交往。而一些寒窗冷板凳下读书的文人,对于相貌娇美的女冠,也是看得眼发直,腿发软,心中大唱"读你千遍也不厌倦"。所以在唐代诗人的笔下,还是有相当多的诗句是写给女道士们的,这类诗相当多,我们看首李白的:

卷177 5【江上送女道士褚三清游南岳】李白

吴江女道士,头戴莲花巾。霓衣不湿雨,特异阳台云。
足下远游履,凌波生素尘。寻仙向南岳,应见魏夫人。

从李白笔下可知,这个叫褚三清的女道士,头戴莲花巾,身穿华美的霓裳,四处云游,无拘无束,何等的潇洒自在。比起一般足不出户待在家中生儿育女,围着锅台转一辈子的女人来,是不是更让女子们羡慕?

唐代女诗人中最出色的人物，也出自这些获得自由天空的女道士中，其中像李季兰、鱼玄机等就是其中的佼佼者。至于薛涛，虽然也有很多人将她列入女冠诗人之列，但是薛涛原为官妓，是老年后才穿上道袍，以女道士的身份出现的，所以本书中还是将她列入名妓卷中。

一、吴兴宝贝李季兰

　　"吴兴宝贝"这个名字，是江湖夜雨在写《印象盛唐——唐才子评传》一书时想出来的。江湖夜雨觉得李季兰和现在那些什么"上海宝贝"之类的美女作家们相比，无论是比才情，还是比放纵，都要远胜之。李季兰和她们比起来更美女更作家。

经时未架却，心绪乱纵横——有关李季兰的幼时传说

　　李季兰（又名李冶）出生在浙江吴兴，此地在唐代就已经是文化灿烂、经济繁荣的地方，当时就有大名鼎鼎的"吴中四士"——贺知章、张旭、张若虚和包融。这四人，除了包融大家可能不熟外，其他三人都各有名传千古的诗篇，决非等闲之辈。关于李季兰的身世，历史上留下的记载非常少，不过，从李季兰深厚的诗文功底和精擅琴

棋书画的不凡素养来看,她十有八九也是出身于豪门富户的小姐。前面说过,富家小姐不愿平平凡凡地嫁人,而入道观过自由生活的也不乏其人。

对于李季兰的童年,《唐才子传》只写了这样几句:"始年六岁时,作《蔷薇诗》云:'经时不架却,心绪乱纵横。'其父见曰:'此女聪黠非常,恐为失行妇人'。"意思是说李季兰六岁那年,就写了一首咏蔷薇的诗,其父亲看了觉得,她这样小的年纪,居然春心萌动("架却"谐音"嫁却"),性情不宁(心绪乱纵横),长大恐怕也是个放纵不检的女子。

这个故事,多半是后人附会而来,六岁女童,哪会有这样的心思,也太早熟了吧。六岁的女童也就只会玩泥球布娃娃,当然,有的人说,六岁儿童也会玩婴媳妇,过家家,但那只是她们看着结婚的仪式比较热闹好玩,小女孩看到新娘子打扮得漂亮,心中羡慕,就也学着上花轿,这也是常有的事。但爹妈也不能据此就心中认定她必为"失行妇人"吧?小女孩对于结婚时的"实质性"内容,还是根本不了解的。要说还是李商隐诗中描写得比较真实:"十四藏六亲,悬知犹未嫁。十五泣春风,背面秋千下。"女孩大概怎么也要到十四五岁,才懂得点男女之情。对于李季兰这个童年轶事,其实正如过去评书小说中编的什么真龙天子出生时异香满室,红光冲天之类的事情一样,因果关系其实是颠倒的,正是由于李季兰在旧时人的眼里是"失行妇人",才有了这段附会的故事。

天女来相试,将花欲染衣——李季兰的"八卦"绯闻

据《唐才子传》一书中所说,李季兰"美姿容,神情萧散。专心翰墨,善弹琴,尤工格律"。天下美姿容的女子不少,但"神情萧散",

气质极佳的女子却向来少有。想来李季兰就和现在的"小资型"美女大有相似之处。李季兰容貌出众,才华过人,性情又是开朗放纵,所以她就交了一大堆"男朋友"。当然,这其中,或许有些真的只是朋友关系。

从存留下来的记载中看,和李季兰关系比较密切的人,主要有刘长卿、陆羽、朱放、皎然、阎伯钧等人。这些人经常在一起聚会吟诗,《唐才子传》上记载了这样一个故事:

(李季兰)尝会诸贤于乌程开元寺,知河间刘长卿有阴重之疾,诮曰:"山气日夕佳。"刘应声曰:"众鸟欣有讬。"举坐大笑,论者两美之。

意思是说李季兰在乌程县开元寺,和一些文人学士聚会时,她知道刘长卿有"阴重之疾",也就是有"疝气"病,我们知道得疝气的人,会肠子下垂,使睾丸肿胀。当时患者没有手术治疗这样的途径,经常要用布兜托起睾丸,以减少痛楚。李季兰知道刘长卿有这种病,所以用陶渊明的诗:"山气(谐音疝气)日夕佳"(《饮酒诗二十首》之五)来笑话刘长卿的疝气病。刘长卿也用一句陶渊明的诗来回答:"众鸟欣有讬。"(《读山海经诗十三首》之一)这个"讬"字借作"托"字,"众"字借作"重"字,这个"鸟"字也作水浒中骂人用的"鸟"字来讲。

我们看李季兰在公开场合,居然大讲"黄段子"不脸红,确实令人惊讶,这恐怕就算在唐代,一般人听了,也会像我们现在听木子美和男记者说"要采访我,必须先和我上床,在床上能用多长时间,我就给你多长时间的采访"这样的话差不多的感觉。另外,李季兰既然连老刘这种隐私都知道,那证明她和刘长卿的关系恐怕非同一般,难说没有上过床。当然,李季兰的朋友中,也有人坚决抵制她那风情万种的诱惑,像和尚皎然就是。他写过这样一首诗:

卷821 42【答李季兰】皎然

天女来相试，将花欲染衣。禅心竟不起，还捧旧花归。

从诗意看，李季兰非常主动，有"诱僧"之举，但皎然却和唐僧有一比，不为其美色所诱，也没有像武松一样"恼将起来"，而是很礼貌地还了她这样一首诗，果然是高僧气度。于是《唐才子传》中就损李季兰说"其谑浪至此"。其实，正是因为后世中清规戒律越来越多，对于男女大防越来越严格，所以再看李季兰的所为，就觉得她似乎淫荡不堪，出奇地放浪。事实上，在初唐、盛唐时期，男女方面的事情似乎比现在都开放得多，像太平公主、上官婉儿、玉真公主等都是男宠成群，贵族妇女中"出轨"者也不在少数。有记载说，杨国忠外出多年，他老婆不知和什么野男人搞得怀上了孩子，杨国忠也不追究，还自我解嘲说："此盖夫妻相念情感所致。"当时的社会风气相当开放，"一夜情"这样的事情也屡见不鲜，李端有首诗中就写道："妾本舟中女，闻君江上琴。君初感妾意，妾亦感君心。遂出合欢被，同为交颈禽。"看见了么？只是琴歌有情，就上床了。而且他们要的不是"天长地久"，而是"曾经拥有"："徒结万重欢，终成一宵客。王敬伯，绿水青山从此隔！"虽然这首诗中的"王敬伯"是晋朝人的名字，但恐怕就是以此作代号罢了，该诗以优美缠绵的口吻来叙述此事，可见唐代人对"一夜情"的态度。所以放在这个"社会大环境"下看，李季兰的所作所为虽然前卫，但不算特别秽亵不堪。正像我们今天一样，"运用你的智慧，炫耀你的身体"，向来是美女作家们的拿手好戏。

而且，我觉得，李季兰虽然放纵大胆，但却出乎真情，不是像妓女一样靠出卖美色来换取钱财。她所交往的全是才华横溢的文人，和现在有些专傍大款的美女大不相同。我们看和李季兰来往密切的这些人，先说刘长卿，此人在诗坛倒是有一席之地，有什么"五言长城"之称，但仕途坎坷，在官场上却是个倒霉蛋，冤大头。他屡次被贬官，甚至还蹲了回大狱，和李季兰相识时，官职一直在六品以下，也不是什么有权势的人。皎然是个和尚，不用说，也是要钱没钱，要权没权的主；而陆羽，虽后世有"茶圣"之称，但当时就是一个山村野人。陆羽早年是个孤儿，三岁时被老和尚拾去，学得识字烹茶。后来他不耐寺庙清规，逃走后加入一个戏班子当优伶演戏。说到演戏，你可别认为陆羽长得漂亮，他长得奇丑，还有点口吃，他演的全是丑角，靠逗人发笑赚上座率。后来他又学着当隐士，这等人能有钱吗？没有半点油水可榨，也就喝他两壶茶水罢了。朱放和李季兰在一起厮混时，也是穷书生一个，没有功名在身，直到大历中，才被聘为江西节度参谋，终其一生也没有做过大官。所以，在这一点上，我觉得李季兰的行为虽然在我们今天也有所非议，但却也是"发乎真情"，并不是肮脏可耻的行为。我也非常反对将她归于妓女一类。

离人无语月无声——依旧难耐的寂寞

李季兰虽然到处留情，广交朋友。然而，这些男人行踪不定，他们要忙"事业"，忙学业等等。因此和李季兰的欢会也只是如水中浮萍一般，聚散无常。有道是"男人一夜，女人一生"，虽然李季兰未必就如此执迷不悟，但李季兰再洒脱，作为一个女人，还是会很看重这些感情的。所以，她和这些男人们欢聚的日子总是显得那么短暂，而离情别恨也成了她诗集中的主旋律：

卷805 15【明月夜留别】李冶

离人无语月无声,明月有光人有情。
别后相思人似月,云间水上到层城。

这首诗写得相当不错,我觉得和李白的《静夜思》有相通之处,都是借月光写思情,都显得是那样的高洁脱俗。月光如水,水长天阔,这情境是那样的深远清峭。李季兰泛舟湖上,满怀离情望着明月,她多么盼望能"云间水上到层城"(层城:昆仑山之最高处),此情此境,殊为优美。然而,诗中的惆怅迷茫也是悠悠不尽。

从李冶的诗集中来看,可以确信是她情人的当属阎伯钧了,然而,两人经历了一段甜甜蜜蜜之后,阎伯钧却要离开她去剡县了,李季兰依依不舍地写下了这首诗:

卷805 11【送阎二十六赴剡县】李冶

流水阊门外,孤舟日复西。离情遍芳草,无处不萋萋。
妾梦经吴苑,君行到剡溪。归来重相访,莫学阮郎迷。

诗中李季兰自称为"妾",呼阎伯钧为"阮郎",当真是郎情妾意,缠缠绵绵。所谓"阮郎迷",是这样一个典故:相传汉明帝时刘晨、阮肇二人入山遇到仙女,恰似李逍遥遇到赵灵儿,于是二人都被仙女揪入洞房,成为夫妇。山中方十日,世上已百年,当两人终于乐而思蜀,想回家去时,家中早已沧桑巨变,只打听到他们的七世孙。此处李季兰用此典故,是说希望阎伯钧能不时回来看看她(剡县并不是太远),不要像阮肇一样一去不归。

然而,从另一首诗看,阎伯钧也是负心之辈,李季兰这首《得阎伯钧书》就证实了这一点:

卷805 12【得阎伯钧书】李冶

情来对镜懒梳头，暮雨萧萧庭树秋。
莫怪阑干垂玉箸，只缘惆怅对银钩。

所谓"阑干垂玉箸"，是指泪流满面的样子，"玉箸"，在古人诗中往往形容长垂的双泪（不过江湖夜雨觉得这个词比较别扭，泪水一般来说不可能成为长长的一条，鼻涕倒是可以）。从诗中来看，李季兰得到阎伯钧的书信后，大哭一场，懒得再梳妆打扮，那姓阎的这封信十有八九就是和李季兰的分手信。有道是"多情总被无情伤"，李季兰不免经常暗自伤情，她有一首诗说："心远浮云知不还，心云并在有无间。狂风何事相摇荡，垂向南山复北山"。是啊，李季兰一颗心，也是如狂风中卷起的蓬草一样，起起落落，飘荡无依。酒席欢宴散时，良辰酒醒之后，依旧逃不掉那如影随形的寂寞：

卷805 8【感兴】李冶

朝云暮雨镇相随，去雁来人有返期。
玉枕只知长下泪，银灯空照不眠时。
仰看明月翻含意，俯眄流波欲寄词。
却忆初闻凤楼曲，教人寂寞复相思。

当李季兰生病时，她更加感到寂寞苦闷。然而，好多的男人们都是有酒场饭局，寻欢作乐时才来，真正需要帮助和关怀时却一个个都踪影全无。好在"茶圣"陆羽还不错，在阴冷的大雾天中，前去探望李季兰，于是李季兰写下了这首诗：

卷805 1【湖上卧病喜陆鸿渐至】李冶

昔去繁霜月,今来苦雾时。相逢仍卧病,欲语泪先垂。

强劝陶家酒,还吟谢客诗。偶然成一醉,此外更何之。

病中憔悴不堪的李季兰看到身上满是清霜的陆羽,不免打心底感到一丝温暖。"相逢仍卧病,欲语泪先垂",想来此时李季兰正处在感情受伤的时刻,恐怕是心病更多于身病。不过在陆羽的劝慰下,两人饮酒赋诗("陶家酒"指陶渊明的酒,"谢客诗"指谢灵运,都是借指),心情也渐渐开朗了起来,说来也是,人家陆羽原来当过优伶,专演逗人乐的角色,想来哄李季兰一笑也不难。但是从诗中看,李季兰把陆羽只是当作朋友,并没有什么特别亲昵的语言。钟惺《名媛诗归》卷十一说:"微情细语,渐有飞鸟依人之意矣",这句江湖夜雨倒并不是很赞同,我觉得此诗潇洒磊落,纯为抒发友情而写,就算放入孟浩然和李太白集中也不见逊色,并无一般女子那种"小鸟依人"的媚态。

李季兰可能一开始也是满怀真情,但是带给她的却是屡屡受伤,像她的《春闺怨》又说:"百尺井栏上,数株桃已红。念君辽海北,抛妾宋家东。"这个"抛"字,很能表现出李季兰的愁怨。在心中刻满伤痕后,李季兰可能真的想通了,她写下这样一首至情至理之诗:

卷805 10【八至】李冶

至近至远东西,至深至浅清溪。

至高至明日月,至亲至疏夫妻。

这四句平白如话,但却意味深长。可谓精警千古。前三句其实全部是衬托最后一句,"至亲至疏夫妻",此六字写世事人情,堪称入木三分。即使现代社会中,依然是这样。夫妻间亲密起来可以无话不说，让对方从身上咬口肉也心甘，但如果恨起来，却恨不得你吃了我，我吃了你，倒似有不共戴天之仇一样。钟惺《名媛诗归》评此诗说："字字至理，第四句尤是至情。"我觉得此诗"字字至理，第四句尤是至理"。清黄周星《唐诗快》中说："大抵从老成历练中来，可为惕然戒惧"，这句话意思倒还对付，但"老成历练"恐怕用词不当，应该说是李季兰从无数次伤心之泪中领悟出来的吧。由于有关李季兰的资料太少，不知道她是否正式结过婚，但从这句"至亲至疏夫妻"一句话来看，想必也是"翻过筋斗来的"。

无才多病分龙钟——晚景凄凉的李季兰

据《唐才子传》上说，天宝末年，唐玄宗也得知了李季兰的诗名，特意宣她入宫面见皇帝。然而，此时李季兰已经不再年轻了，张爱玲常说"出名要趁早"，确实，对于自负美貌的才女来说，老来方才出名，不能在世人面前一展自己的绝代风姿，那是何等的遗憾！于是李季兰写了这样一首诗：

卷805 9【恩命追入，留别广陵故人】李冶

无才多病分龙钟，不料虚名达九重。
仰愧弹冠上华发，多惭拂镜理衰容。
驰心北阙随芳草，极目南山望旧峰。
桂树不能留野客，沙鸥出浦谩相逢。

据闻一多先生考证说，李季兰可能生于景龙三年（709年），如果确实如此的话，李季兰到了天宝末年，已是四十多岁的人了。怪不

得她叹着气望着镜中仿佛繁霜染过的白发，无奈地叹息。据说李季兰面见了皇帝后，"评者谓上比班姬则不足，下比韩英则有余，不以迟暮，亦一俊媪"，虽然将她的才华夸奖了一番，认为她仅次于班昭，比韩英（也是古代才女）还要强，但却称其为"俊媪"（俏老太婆），对于一向以美貌自负的李季兰恐怕也是心有余恨，怅然不快吧。对于女子来说，美貌似乎最为重要，脸上多一道皱纹，皮肤略微粗糙了一些，就耿耿于怀，日夜不安。但时光却怎么也不会停下来，岁月毫不留情地在那些绝色美人们的脸上刻下一道道皱纹，使人不免感叹，又仿佛在提醒人们，什么也挡不住岁月的沧桑。

"自古美人如名将，人间不许见白头"。可想而知，晚年的李季兰，日子过得也非常的艰难。年轻的时候，男人们倾慕她的芳名，为之趋之若鹜，李季兰又是广于应酬的人，因此度日不难。而一旦人老珠黄，顿时门庭冷落，无人理睬。

李季兰最后也死得非常凄惨，关于她的死，见于唐人赵元一所写的《奉天录》卷一中：

> 时有风情女子李季兰，上泚诗，言多悖逆，故阙而不录。皇帝再克京师，召季兰而责之曰："汝何不学严巨川有诗曰：手持礼器空垂泪，心忆明君不敢言？"。遂令扑杀之。

是说唐德宗年间，叛臣朱泚篡位，立国号大秦。而李季兰却给伪帝朱泚献诗称贺，这种行为在当时，就像抗日战争中当汪伪汉奸差不多的性质。李季兰为什么要蹚这个浑水呢？如果不是受胁迫的话，就是李季兰当时穷困已极，十分落魄。这也很有可能，因为像李季兰这样的女人晚景一般比较凄凉。像一代名妓赛金花，晚年也十分落魄，据说接受过韩复榘的资助，还写了首诗给老韩："含情不忍诉琵琶，几度低头掠鬓鸦；多谢山东韩主席，肯持重币赏残花。"然而，不管

怎么说，李季兰的"附逆"行为在当时来说是非常严重的大罪。从德宗责斥她一点思念故君的感情也没有看，很有可能李季兰是主动献诗给逆贼朱泚的。于是德宗盛怒之下，命人将李季兰乱棍打死。算来李季兰当时已是个七十多岁的老太太了，临老却惨死在棍棒之下，也很是可怜。下手行刑的人可能根本不知道，这个枯瘦的小老太太当年在江南是那样的光彩照人，倾倒众生。

形气既雄，诗意亦荡——李季兰的精妙诗篇

李季兰在后世恪守礼教的人看来行止甚是不端，临老还"附逆"于贼，"人品"很是糟糕，所以后世人们夸女子有才时，很少用"李季兰"作比喻。然而，李季兰的文采却是他们不得不服气的，确实，李季兰留下来的诗虽然不多，只有十六首，但篇篇精彩，没有一篇平庸乏味之作。不少人都觉得这一首诗最好，《唐诗鉴赏词典》中也选了这首：

卷805 2【寄校书七兄（一作送韩校书）】李冶

无事乌程县，蹉跎岁月余。不知芸阁吏，寂寞竟何如。
远水浮仙棹，寒星伴使车。因过大雷岸，莫忘八行书。

对于这首诗，唐人高仲武《中兴间气集》中就没命地夸："如'远水浮仙棹，寒星伴使车'，盖五言之佳境也。"明胡应麟《诗薮·杂编·闰余上》中也夸："李季兰'远水浮仙棹'二语，幽闲和适，孟浩然莫能过。"其实，依我来看，这首诗比较平平，比李季兰的其他诗篇并不强，古人称道她这首好，主要是觉得此诗中不露痕迹地化用

诸般典故，比如"远水浮仙棹，寒星伴使车"，不了解典故，从字面上也能想象出一个水陆兼程的行旅图景，但其中却暗含了下面的典故："远水浮仙棹"，是指汉代博望侯张骞奉使乘槎探索河源的故事。"寒星伴使车"则是《后汉书·李郃传》中的故事——汉和帝派使者到各州县去微服察访，汉中小吏李郃会看天象，他见二座星向他这里移动，因而就知道有使者前来。"星使"一词也是出于此处。"大雷岸"云云，是指鲍照写给其妹鲍令晖的《登大雷岸与妹书》。这些在古时都是学子们必读的文章，因此在当时来看，他们会觉得李季兰熟用诸般典故，巧妙妥帖，甚是高妙。但我们今天来看，不免觉得生疏隔膜。所以我并不最喜欢李季兰这一首诗。

李季兰的才情是非常高的，我觉得她的诗在唐代女诗人中当属第一。薛涛虽然写得也不错，但是她因身为官妓，有好多诗不免有刻意迎合官长之嫌，阿谀拍马的违心之作也不少。而李季兰的诗却清气满怀，萧然有林下之风。李季兰的诗带有浓郁的盛唐气息，严羽《沧浪诗话》说："盛唐诸人惟在兴趣，羚羊挂角，无迹可求。故其妙处透彻玲珑，不可凑泊，如空中之音，相中之色，水中之月，镜中之象，言有尽而意无穷。"李季兰的诗确实有这样的意味，我尤其喜欢李季兰这首诗：

卷805 7【相思怨】李冶

人道海水深，不抵相思半。海水尚有涯，相思渺无畔。
携琴上高楼，楼虚月华满。弹著相思曲，弦肠一时断。

有人常称叹孟浩然的诗是"语淡而味终不薄"，依我看，李季兰的这首诗也当之无愧。这首诗中，没有生涩难解的典故，字句虽然平易，但却诗味醇永，韵致天然。读来如行云流水，风神疏朗，悠然有林下风致。有道是"诗必盛唐"，所以，有着盛唐之音的李季兰，她的诗才在唐代女诗人中堪称艳绝群芳，高居魁首。

二、风情万种鱼玄机

关于鱼玄机，她的名气在唐朝才女中倒是相当响亮，在人们眼中，她身上集中了晚唐时那种慵倦浓艳、脂香粉腻的色彩，有人说她是才女，有人说她是荡妇。曾有过一部港产电影，讲鱼玄机的故事，名曰《唐朝豪放女》。不少人知道鱼玄机这个名字，就是来自此片。然而，片中之豪放，主要是体现在床上的"豪放"，这只是鱼玄机的一个侧面罢了，其中戏说成分多多，与真正的鱼玄机相差甚远。当然，也有另一个倾向，就是着意美化鱼玄机，一些文章百般为鱼玄机开脱，证明她多情而不滥情，就连打死了女僮绿翘，也是"失手"，并将绿翘贬称为"小狐狸"，似乎被打死乃是"罪"有应得。所以我们要想了解真实的鱼玄机，还是要从她自己的诗文及第一手的资料中去寻找，这样才会和"小马过河"一样，在真实中了解到"河水"既不像老牛说的那样浅，也不像松鼠说的那样深。

易求无价宝，难得有心郎——鱼玄机之爱的初体验

鱼玄机现在名气虽大，却难以跻身于旧时专为帝王将相，金枝

玉叶作史的《两唐书》内。她的资料只零星见于《唐才子传》、《北梦琐言》及《三水小牍》等笔记之中。鱼玄机原名鱼幼薇，又字慧兰。出身十分贫寒。像《三水小牍》中就说她是"长安倡家女"。当然在比较照顾鱼玄机形象的文章中，称鱼玄机家里也是读书人，父亲是个不及第的秀才，因膝下无子，于是一肚子诗文都传给了鱼幼薇。但她的父亲早早就去世了，鱼家母女只好住在长安郊区的贫民窟里，那里附近就是平康里，是妓女云集的地方。母女俩只能靠给附近的青楼娼家做些针线活或浆洗一下衣服赚点小钱度日。有道是"孟母择邻"，不管怎么说，幼年时的鱼幼薇肯定受到了那些青楼女子们的不良影响，这也是毋庸置疑的。

　　鱼幼薇据说自幼聪颖过人，五岁就能诵诗数百首，七岁就开始作诗，十一二岁时，她的诗作就传到众多长安文人的耳中。长安文人之中，有不少人也是轻薄之士，常流连于酒肆妓院等处。温庭筠就是其中代表，温庭筠虽然名字叫得非常雅，又经常写脂香粉腻、镂金贴翠的花间词，不了解的人可能还以为他是个翩翩佳公子。岂知此人其貌不扬，有"温钟馗"之称。温庭筠不但相貌丑，而且脾气怪，喜欢搅闹科场，帮人作弊，并放浪形骸，常流连于妓院之中，不过据说，他和鱼幼薇之间，是纯粹的师友关系，姑信之。相传温庭筠赞赏鱼的才华，在诗文上也经常详加指点，鱼幼薇得到温庭筠这样的名师指教，不禁大有长进。她的诗也越发与众不同，这样过了几年，鱼幼薇已成为一名嫩得可以掐出水来的才女加美女。鱼幼薇也是自信满满，一日她到崇真观南楼附近，见到新科进士发榜时的情景，心中又羡又恨，只恨自己是个女子，不能参加考试，于是她写了这样一首诗：

卷804 19【游崇真观南楼，睹新及第题名处】鱼玄机

　　云峰满目放春晴，历历银钩指下生。
　　自恨罗衣掩诗句，举头空羡榜中名。

鱼幼薇恨自己是个女子，不然就也可以像那些及第举子一样赢得功名，披红戴花骑上高头大马，一日看遍长安花，这是何等的惬意！《唐才子传》中也感叹："观其志意激切，使为一男子，必有用之才，作者颇赏怜之。"然而，这事可保不齐，就算是男子，也未必有才者就能高中榜首，像贾岛那样"十举不第者"极多，鱼幼薇的温老师明摆着是个男人，诗才也比他的女徒儿鱼美女只高不低，但还是一生白衣，终生潦倒。

　　在当时，对于女子来说，求功名是镜花水月，还是嫁个好男人比较现实。据说经温庭筠介绍，一个叫李亿的贵家公子结识了鱼幼薇，他们两人一起过了段甜甜蜜蜜、如胶似漆的日子。然而好景不长，李亿本来是有老婆的，而且是豪门大户的裴氏女。裴氏女见李亿久久不肯回家，于是就来信让李亿把她也接到长安，李亿不敢不听，于是匆匆回乡。鱼幼薇情知不妙，李亿走后，她惆怅不已，写了好几首诗，《唐诗鉴赏词典》上选的是其中这首《江陵愁望寄子安》（子安是李亿的字）：

　　枫叶千枝复万枝，江桥掩映暮帆迟；
　　忆君心似西江水，日夜东流无歇时。

　　这首诗是鱼玄机很有名的一首诗，但是江湖夜雨觉得此诗在鱼的诗集中仅是中等成色，并不多好。诗中之意，完全脱胎于建安七子之一徐干的《室思》："自君出之矣，明镜暗不治。思君如流水，何有穷已时。"鱼的诗因袭其意，并无特别精妙之处。以流水喻情，前人说的不少，像李白的"请君试问东流水，别意与之谁短长"，还有白居易的什么"泗水流，汴水流……思悠悠，恨悠悠……"之类的；后人说的也不少，像李煜著名的"问君能有几多愁，恰似一江春水向东流"等等，好像说的都比这首诗更出色。因此，向大家推荐鱼玄机的另一首：

卷804 11【春情寄子安】鱼玄机

山路欹斜石磴危，不愁行苦苦相思。
冰销远涧怜清韵，雪远寒峰想玉姿。
莫听凡歌春病酒，休招闲客夜贪棋。
如松匪石盟长在，比翼连襟会肯迟。
虽恨独行冬尽日，终期相见月圆时。
别君何物堪持赠，泪落晴光一首诗。

这是一首长律，诗中不仅诉说了自己的相思之情，而且对李亿关心备至，劝他不要多喝酒，不要通宵下棋，以免劳神伤身，又盼着李亿会在月圆之时归来和自己相见，深情款款，极是感人。结句也相当精彩："别君何物堪持赠，泪落晴光一首诗"——我所能赠给你的，只是沾满我相思之泪的这篇诗。明钟惺《名媛诗归》卷十一说："如此持赠，恐不堪人领取也。"是啊，李亿收到这样一封充满泪情的书信，又会是何等的心情？鱼玄机另一首写给李亿的诗也相当不错：

卷804 38【隔汉江寄子安】鱼玄机

江南江北愁望，相思相忆空吟。
鸳鸯暖卧沙浦，䴔䴖闲飞橘林。
烟里歌声隐隐，渡头月色沈沈。
含情咫尺千里，况听家家远砧。

鱼玄机这首诗，是一首六言诗。六言诗这种体裁在全唐诗中也不多见，写得好更是难上加难。然而，鱼玄机这首诗却充分展现了她

的功力。前三联都对仗工整,而不觉其板,诗的意境也好。鱼玄机独立江畔,惦念着远走的李亿,愁虑未知的将来,看着鸳鸯暖卧,鸂鶒闲飞(鸂鶒,是一种长有彩色毛羽的水鸟,经常雌雄相随共宿),心中倍增伤感,江上的烟波正如她心头的迷雾,她预感到等待她的将是一场疾风暴雨。

俗话说:"男人靠得住,母猪能上树。"等了又等,盼了又盼,她的情郎李亿终于回来了。然而他不再只属于她,他的身旁是满脸杀气的原配夫人——裴氏。"卧榻之旁岂容他人来睡",也不能只怪人家裴氏,任何女人也不会高兴自己的老公找小老婆。古时妻妾之间等级分明,妻可以有权打骂妾。我们知道冒襄的《影梅庵忆语》中写过,董小宛来到冒家后,每当吃饭时,连安生地坐在桌边吃的份儿也没有——"之侍左右,服劳承旨,较婢妇有加无已。烹茗剥果,必手进;开眉解意,爬背喻痒。当大寒暑,折胶铄金时,必拱立座隅,强之坐饮食,旋坐旋饮食,旋起执役,拱立如初。"看到了吗,小宛在吃饭时,要站在冒襄和他大老婆身后服侍,唉,简直就和丫环差不多,是非常受气的。从后来鱼玄机打死女僮之事来看,恐怕她的脾气一点也不像董小宛一样温婉和顺。于是李亿家里肯定经常闹得鸡飞狗跳,不得安生。

两个女人都挺厉害的,无法相容。李亿无奈,只好抛弃鱼玄机。我们前面说过,对于旧时婚姻来说,男人们也不是全看美色,虽然男人多是"未见好德如好色"者,但姻亲关系他们也是很看重的。如果你的老丈人是京官,大舅子是刺史,小舅子是驸马,你身世却是寒门书生出身,你敢抛弃你老婆吗?那意味着前面原来可以在仕途上对你鼎力相助的这些人,都成为你的敌人。所以,就算鱼玄机有倾国之色,被抛弃的却还只能是鱼玄机。李亿看着鱼玄机实在待不下去了,暗地里派人在曲江一带找到一处僻静的道观——咸宜观,出资予以修葺,又捐出了一笔数目可观的香油钱,然后把她悄悄送进观中,由此鱼玄

机才正式取了"玄机"的道号。关于"咸宜观",有的地方说成是鱼玄机改的名,意思为贵贱不论,老少咸宜,有钱就陪。打趣说说可以,但莫当真。咸宜观之名,并非鱼玄机艳帜高张的招牌,据说是唐玄宗曾宠爱过的武惠妃之女咸宜公主出家为女道士时修的观。故名"咸宜"观。

鱼玄机和李亿分手后,心情是相当痛苦的,她写诗道:

卷804 9【书情寄李子安】鱼玄机

饮冰食檗志无功,晋水壶关在梦中。
秦镜欲分愁堕鹊,舜琴将弄怨飞鸿。
井边桐叶鸣秋雨,窗下银灯暗晓风。
书信茫茫何处问,持竿尽日碧江空。

"饮冰"是《庄子·人世间》中的典故:"今吾朝受命而夕饮冰,我其内热欤?"比喻自己心烦如焚。"食檗"作茹苦讲,"檗"即黄柏,味道极苦。诗中"秦镜欲分"等也是离别的典故,不再细解,从诗中看,这次分手给鱼玄机带来的痛苦是相当深的,可谓铭心刻骨。

鱼幼薇的初恋以悲剧收场,这场悲剧最该怪的是谁呢?是李亿家那个凶狠的大老婆?但平心而论,裴氏也没有什么大过,其实不像有些地方说的那样,李亿像李益一样,是后来又攀高门和裴氏结婚,人家裴氏成婚在先。那该骂的是李亿?李亿该如何做?抛弃原配娶鱼幼薇?似乎也不对。那只有怪鱼幼薇了?但像鱼幼薇这样天生丽质,才情过人的女子,又怎么会找个平凡的男人嫁掉呢?鱼幼薇曾写过这样一首诗:

卷804 7【卖残牡丹】鱼玄机

临风兴叹落花频,芳意潜消又一春。

应为价高人不问,却缘香甚蝶难亲。

红英只称生宫里,翠叶那堪染路尘。

及至移根上林苑,王孙方恨买无因。

从此诗中来看,鱼幼薇自视甚高,"应为价高人不问",一般的男人她是不搭理的。"却缘香甚蝶难亲",这句说的不是太贴切,香得厉害怎么蜂蝶反而不亲?说不过去。看鱼玄机的意思其实应该是不许寻常蜂蝶亲,所谓"红英只称生宫里,翠叶那堪染路尘"。既然这样,鱼幼薇未免希望越大,失望越大。她曾经全心全意地将所有的希望都寄托在李亿身上,她曾经捧出来过一颗纯净晶莹的少女芳心,然而李亿手却一直在颤抖着不敢接,终于,这颗心被人打落在地上,鱼幼薇的心完全碎了,这是谁也补不好的!

唐代女子对待男人负心的态度也是因人而异的,莺莺对负心的元稹是宽容大度地说:"还将旧时意,怜取眼前人";而霍小玉却愤愤而亡,临死之前满怀怨毒地对负心人李益说:"我为女子,薄命如斯,君是丈夫,负心若此!……我死之后,必为厉鬼,使君妻妾,终日不安!"而鱼玄机,和这两位女子的做法又有所不同,她用放浪情怀来报复李亿,报复男人,报复这个不公平的世界!然而,女人用这种方式来报复男人时,往往相当于武侠小说中的"七伤拳"一样,是先伤己,后伤敌!有道是"爱比恨更难宽恕",正是因为女人们爱得真切,所以亦会恨得入骨。

自能窥宋玉,何必恨王昌——放纵情怀的鱼玄机

鱼玄机心灰意冷之后,一腔爱意化作了满腹凄凉,她干脆随意

和男人们来往调笑，打出"鱼玄机诗文候教"的告示，弄得咸宜观车水马龙，众多无行文人如蜂蝶般纷纷而来。鱼玄机和众人诗酒相酬，忙得不亦乐乎之际，写下了这样一首诗：

卷804 2【赠邻女（一作寄李亿员外）】鱼玄机

羞日遮罗袖，愁春懒起妆。
易求无价宝，难得有心郎。
枕上潜垂泪，花间暗断肠。
自能窥宋玉，何必恨王昌。

（王昌为魏晋时人，风神俊美，史载其人也无薄幸故事。此处仅是借用而已）。

此诗流传甚广，"易求无价宝，难得有心郎"这一句，千百年来不知让多少女儿家为之感叹神伤，从诗句中看，鱼玄机似乎从"枕上潜垂泪，花间暗断肠"的伤痛里走了出来，高傲地昂起头，铿锵有力地说道："自能窥宋玉，何必恨王昌"——意思是凭我这样花容月貌的，宋玉那样的帅哥也不难找，何必和那些一个无情无义的三四流男人王昌生气呢？这最后两句的意思和莫文蔚所唱的一首歌倒是很相似："我不是桑田，你不是沧海；你不要以为你特别可爱。很多人恋爱，很多人分开，我不会以为我特别失败；我不是庸才，你不是天才，也不是伤害我的那种人才；不爱就不爱，难挨就不挨，只给你一分钟想想怎么说拜拜。"

鱼玄机从此艳帜高张，迎来送往，不是妓女，胜似妓女。《北梦琐言》就说她"自是纵怀，乃娼妇也"。对此，虽然说得略有些刻薄，但是也差不了多少。从鱼玄机的若干诗文中，也可以看出来，比如我们来看这一首：

卷804_23【闻李端公垂钓回寄赠】鱼玄机

无限荷香染暑衣,阮郎何处弄船归。
自惭不及鸳鸯侣,犹得双双近钓矶。

我们看这首诗里面,鱼玄机听说这个"李端公"钓鱼归来,就写诗给他,直呼此人为"阮郎"(古诗是情郎的代称),并说"自惭不及鸳鸯侣,犹得双双近钓矶"。这样的话或许我们今天看起来还算比较含蓄,但是当时放在诗中,已经相当直白了,就等于说:"我的郎,咱们做对鸳鸯吧"——相当于以诗拉客。

还有这首《迎李近仁员外》十分恶俗,以至于有段时间严重影响了我对鱼玄机的印象:

卷804_43【迎李近仁员外】鱼玄机

今日喜时闻喜鹊,昨宵灯下拜灯花。
焚香出户迎潘岳,不羡牵牛织女家。

这首诗写得太俗了,依鱼玄机的水平,应该不至于这样差。但之所以写成这样,恐怕正是写给"李近仁员外"这个俗人看的,写这样的媚诗献媚于李员外这样满身铜臭的俗人,鱼玄机可真够掉价的,和那些迎新送旧的青楼女子也差不多了。有的研究者为了"顾全"鱼玄机的名声,将这个"李近仁员外"也"考证"成李亿,实属牵强附会。李亿字子安,从来没有叫过什么"李近仁"。

然而,嬉笑乐宴、云雨欢会之后,男人们该走的都走了,留给她的却依旧是寂寞、空虚和不安。"今年欢笑复明年,秋月春风等闲度",转眼间,她已经二十七岁了。虽然,她依旧明艳动人,然而,她也不禁要问一下,自己还有多少青春可以挥霍?

卷804 21【秋怨】鱼玄机

自叹多情是足愁，况当风月满庭秋。
洞房偏与更声近，夜夜灯前欲白头。

从这首诗中，可以看出，鱼玄机的内心依旧是焦虑不安的，她的脾气也越来越暴躁，终于，她失手杀了自己的贴身女僮，成了杀人犯。

揉碎桃花红满地——鱼玄机之死

鱼玄机杀死女僮绿翘一事，我们看到的故事中往往是这样说：十来岁的"小狐狸"绿翘是鱼玄机的小女徒（兼做她的侍婢），她也渐渐长大了，受鱼玄机的熏陶，居然小小年纪就会勾引和鱼玄机交往的男人——一个叫陈韪的乐师。鱼玄机得知后恼怒异常，拼命责打绿翘，并把她的头向墙上撞，结果打完后绿翘居然就死了。

但查第一手资料《三水小牍》，并无陈韪这个名字，也并没有绿翘勾搭男人的情节，只是鱼玄机自己疑神疑鬼罢了。我们来看《三水小牍》中的记载（古人记载此事的资料只有本书最早）：

一女僮曰绿翘，亦特明慧有色。忽一日，机为邻院所邀，将行，诫翘曰："无出。若有熟客，但云在某处。"机为女伴所留，迨暮方归院，绿翘迎门曰："适某客来，知炼师不在，不舍辔而去矣。"客乃机素相昵者，意翘与之狎。及夜，张灯扃户，乃命翘入卧内。讯之，翘曰："自执巾盥数年，实自检御，不令有似是之过，致忤尊意。且某客至，款扉，翘隔阖报云：'炼师不在。'客无言，策马而去，若云情爱，不蓄于胸襟有年矣，幸炼师无疑。"机愈怒，裸而答百数，但言无之。既委顿，请杯水酹地曰："炼师欲求三清长生之道，而未能忘解佩荐枕之欢。反以沈猜，厚诬贞正，翘今必死于毒手矣。无天则无所诉；若有，谁能抑我彊魂？誓不蠢蠢于冥莫之中，纵尔淫佚！"言讫，绝于地。

从文中来看，人家绿翘这孩子挺可怜的。鱼玄机有事出门，让她在家看门，吩咐她说，有熟客就告诉她到哪去了。结果鱼玄机直到天黑才回来，绿翘和她说，某人来了，你不在，随即就走了。结果鱼不信，就怀疑绿翘和这个男人上了床。于是到了晚上，把绿翘叫到她的卧室，鱼点上灯关上门，审她。绿翘说侍候鱼（炼师即指鱼）好几年了，一直没有什么过错，那客人来时，绿翘是隔着门和他说话的，那人随即就走了，根本不可能发生什么事。但鱼十分恼怒（鱼可能不知受了哪个男人的冷落，一肚子邪火），扒光绿翘的衣服，用竹板抽打她上百下，但绿翘始终不承认。绿翘委顿将死之时，拿了杯水洒在地上祷告，指斥了鱼玄机的不端行为。她说："你是女道士，求三清长生之道，按说该清静无为，但却不能舍男女之欢，又胡乱吃醋猜疑，诬赖清白无辜的我。如果真有上天神灵的话，我一定要去告你，不能让你这种淫荡的坏女人逍遥世上！"说完，绿翘就死了。估计是听到绿翘说这样的话，鱼又下狠手，终于将绿翘打死了。

由此可见，有些小说或电影之类，有意将绿翘描写成一个心中满是坏水的"小狐狸"，无非是想替鱼玄机开脱罪责罢了。话说回来，就算绿翘真的勾搭了她的男人（那些男人能算鱼的吗？），也不应该就被鱼活活打死啊。别说绿翘也是爹娘生养的，就算是小狗小猫，这样残忍地打杀，也是相当恶劣的行为。

鱼玄机打死绿翘后，并没有直接向"公安机关"投案自首。而是在后院挖了个坑，偷偷埋了尸体。有客人倒还纳闷，问你这里那个小丫头怎么没有啦？鱼撒谎说："春雨初晴时，她偷偷跑掉了。"这些寻欢作乐的客人又不是绿翘的亲爹亲妈，只不过随口问问，也不深究。也是合该有事，鱼玄机观里成天欢宴，人来人往，有个客人去鱼玄机观中后院僻静处撒尿（唉，鱼的客人都什么素质的），却见有一大群苍蝇围在土上，挥之不去。此人大奇，心想自己还没有尿怎么苍蝇就来了，细看之下，发现土上似有血痕，还透出一股尸臭味。此人多半也是文弱书生，惊惧之下，尿也没有撒完，回去悄悄地和仆人说了这事。仆人回去后，又和他哥哥讲了。他哥哥正好是官府衙役，据说曾向鱼玄机借钱，鱼玄机没有搭理他。于是此衙役带领人闯入咸宜观中，挖出了绿翘的尸体。经审讯，鱼供认不讳。

很多故事中说，鱼玄机正好碰上了裴澄来审判她。她原来因为裴澄姓裴（和情郎李亿的大老婆同姓），所以当裴澄去向她求欢时，鱼玄机坚决不理他，就此结怨。故而裴澄官报私仇，杀了鱼玄机。其实，第一手资料上，都说当时断案者乃是京兆尹温璋。温璋一向以严酷著称，《北梦琐言》说："温璋为京兆尹，勇于杀戮，京邑惮之。"并讲了一个乌鸦告状的故事，说有只乌鸦飞到官衙"挽铃"告状，温璋说，必是有人去掏小乌鸦，于是派人跟随这只乌鸦到了一棵大树下，果然有人在掏乌鸦窝，温璋命将此人拿下，当场杀之。可见温璋之严酷。严刑嗜杀的温璋判鱼玄机斩首弃市。据说鱼玄机在狱中写过这样两句诗："明月照幽隙，清风开短襟"，也许原诗不止这两句，可惜没有传下来。这年的秋天，鱼玄机就被斩首示众。十字长街，那摊殷红的鲜血，为一代才女鱼玄机的生命画上了句号。

对于鱼玄机的死，很多人都惋惜感叹不已。当然，按唐律，如果绿翘算是奴婢的话，鱼玄机尚罪不至死，《唐律疏议》卷第二十二之"斗讼"条说："诸奴婢有罪，其主不请官司而杀者，杖一百。无罪而杀者，徒一年。"然而，绿翘未必就可以算是鱼的奴婢。而且以现代的观点看，鱼玄机杀死未成年女童，性质相当恶劣，事后又隐瞒不报，被判死刑也并非冤枉。诗是诗，人是人，写好诗就是好人吗？诗人杀人就不应该负刑事责任吗？所以，我不喜欢在这个问题上刻意为鱼玄机开脱，她并不是像窦娥一样是蒙冤而死，杀人偿命，也是天理人情。

鱼玄机虽然也有诗道："道家书卷枕前多"，但是恐怕她没有认真领悟道家经典，鱼玄机的诗中，只有很少数能体现出那么一点点逍遥世外的道家意味，比如这首诗我就非常喜欢：

卷804 25【题隐雾亭】鱼玄机

春花秋月入诗篇，白日清宵是散仙。
空卷珠帘不曾下，长移一榻对山眠。

如果鱼玄机真能如濠水鱼一样畅游在人生的江湖里，真正像她这首诗中所写的一样，逍遥度日，对山而眠，有如散仙，悟出"天下莫大于秋毫之末，而太山为小，莫寿于殇子，而彭祖为夭。天地与我并生，而万物与我为一"的至理，那有多好。

卷八 绿珠垂泪滴罗巾——家姬卷

家姬，也可以称之为家妓。这类女子是一种半婢半妾的角色，她们在豪门之中，地位非常低。一般都是买来的，她们多数能歌善舞，在豪门中以声色娱悦主人及来客。古诗中所谓"千金骏马换小妾"，这里的"小妾"指的就是家妓。她们可以被主人随意买卖，或者送人。就算侥幸和主人生下子女，也未必能摆脱低下的身份，所生的子女也根本不被主人家看重。像韦应物有个爱姬，他们生有一女，韦应物虽是朝廷命官，经常当刺史什么的，但是因为此女是家姬所生，所以依旧委身乐部，流落潭州，人们感叹："姑苏太守青娥女，流落长沙舞柘枝。满坐绣衣皆不识，可怜红脸泪双垂。"

说来家妓过的日子是非常辛苦的，唐明皇李隆基的兄弟岐王家中姬女极多，冬天手冷时，岐王就把手伸到家妓怀中"暖手"，风大时，又让家妓团坐于他身边挡寒，呼为"妓围"。五代时的孙晟大有岐王遗风，每次进餐，令众家妓执菜盘、饭碗、汤盆等环立身前，号"肉台盘"。如果碰上性情暴戾的主人，家姬的遭遇更惨，西晋权臣王恺有次请王敦到家中喝酒，命家妓吹笛助兴，结果这个家妓吹奏时忘了曲谱，王恺大怒，当场将她活活打死。宋代将军杨政更为可恶，家姬"小不称意，必杖杀之，而剥其皮，自首至足，钉于壁上"。简直就是杀人恶魔，但是也无人过问，家姬之悲惨可见一斑。当然，像王恺、杨政这样的人在当时也仅是少数，不是说人人都这样。不过对于家妓来说，她们的命运只能看所属主人的人性是善还是恶了，主人脾气好，是她们的幸运，主人脾气坏，是她们命苦。不少的家姬也不愿意认命，于是大胆地逃出去，去寻找自己的幸福，把握自己的人生。

在唐代，家妓依然非常流行，一些名门仕宦之家普遍都有家妓。在这些朱门甲第中，她们往往被视为和马匹、物品一样，但是她们依然是有感情的，而且她们既然能成为多才多艺的家妓，也是非常聪明伶俐的，所以《全唐诗》中时常有她们的身影，也有她们的诗句在闪耀。

一、樊素、小蛮

说起家姬，不能不说樊素和小蛮。她们俩是著名诗人白居易的家妓。托白居易之名，这俩美女不但名闻遐迩，而且在一贯以严肃著称的史书中也留下了姓名："樊素、蛮子者，能歌善舞"（《旧唐书·白居易传》）。要知道新旧唐书一向以严谨精练闻名，连岑参这样既是堂堂四品的朝廷命官，又是非常知名的边塞诗人，也居然没有立传。樊素和小蛮能在史书中留名，也算是十分难得了。

白居易对樊素小蛮是相当喜爱的，他曾有诗道："十年贫健是樊蛮"，白老爷子诗集中关于樊素的诗也不少，我们先来看这样一首诗：

卷458 35【春尽日宴罢，感事独吟（开成五年三月三十日作）】

五年三月今朝尽，客散筵空独掩扉。
病共乐天相伴住，春随樊子一时归。
闲听莺语移时立，思逐杨花触处飞。
金带缃腰衫委地，年年衰瘦不胜衣。

这是唐文宗开成五年（836年）的春天，此时的白居易已是满头白发，病驱奄奄。他已是六十四岁的老人了。在"人活七十古来稀"的旧时，已经是风烛残年。酒宴散后，正值暮春三月，春尽花残，更添伤感。白居易突然感到莫名的惆怅和寂寞，他又想起了他最心爱的歌姬樊素，然而正像诗中所说的——"病共乐天相伴住，春随樊子一时归"。樊素和那烂漫春光仿佛一起走远了，留下来的只有满怀的病愁。

樊素、小蛮为什么走了呢？不是她们私奔而逃，而是白居易自己让她们离开的。在白居易六十多岁时，他得了风疾，半身麻痹，于是他卖掉那匹好马，并让樊素离开他去嫁人。可是，他那匹马反顾而鸣，不忍离去。樊素也感伤落泪说：

"主乘此骆五年，衔橛之下，不惊不逸。素事主十年，巾栉之间，无违无失。今素貌虽陋，未至衰摧。骆力犹壮，又无尪瘠。即骆之力，尚可以代主一步；素之歌，亦可以送主一杯。一旦双去，有去无回。故素将去，其辞也苦；骆将去，其鸣也哀。此人之情也，马之情也，岂主君独无情哉？"

从上面的文字看，樊素不但文采极高，而且对白老爷子还是很有感情的。白居易心中又怎么能不难过？但是白居易之所以让"未至衰摧"的樊素早点离开他，也是为了樊素将来的幸福着想。白老爷子去世时是七十四岁，距樊素离开时又过了十多年，如果再留樊素十多年，樊素怎么也会有三十多岁了，在古代这个年龄就算相当大了，远不如二十来岁时的她更能选得好人家。于是白居易还是长叹一声，挥手作歌让她们离去：

骆骆尔勿嘶，素素尔勿啼；骆返厩，素返闺。
吾疾虽作，年虽颓，幸未及项籍之将死，何必一日之内弃骓兮而别虞姬！
素兮素兮！为我歌杨柳枝。我姑酌彼金缶，我与尔归醉乡去来。

意思是说，马儿你别叫了，素素你也别哭了，马要回圈，素素要回家。我现在虽然老病缠身,要离开你们,但还是比项羽当年对着乌骓马别虞姬的时候还要强点吧。素素,你再给我唱首杨柳枝的歌吧,我要醉一场。

有的文章说,白居易当时生了病又没有钱,因经济窘迫才不得不将樊素"转手",这完全不符合事实,即使到了开成五年,白居易也没有退休。就算是退休后,白居易还捐资做善事,雇人凿开黄河龙门附近的滩石,以利于航行。可见白居易晚年经济并不拮据。由此可见,白居易对樊素小蛮是相当好的。

近来网上有一股风气,直斥白居易是"老流氓",以白居易曾蓄妓,并宠爱樊素小蛮为证据,对白老爷子口诛笔伐,大有斗倒批臭之势。以至于不少对唐代历史背景缺乏了解的读者,误信为真,严重影响了白居易的声誉。好好的一个大诗人,现在几乎等同于老淫魔。溯其本原,大概是因为1997年,舒芜曾在《读书》杂志第三期上发表过一篇文章,叫做《伟大诗人的不伟大的一面》而引起的。

白居易的罪名一般有两个,一是"逼死"关盼盼。这个我们在下一篇中细说。另一个就是蓄妓了,当然包括樊素小蛮的事情。有人将白居易想象成整天抱着樊素、小蛮玩"双飞"的老色鬼,"樱桃樊素口"一句也被联想成樊素的"口活"很妙。更有人搬出白居易这样一首诗来"批斗":

卷457 63【追欢偶作】白居易

追欢逐乐少闲时,补贴平生得事迟。
何处花开曾后看,谁家酒熟不先知。
石楼月下吹芦管,金谷风前舞柳枝。
十听春啼变莺舌,三嫌老丑换蛾眉。
乐天一过难知分,犹自咨嗟两鬓丝。

此诗中的"十听春啼变莺舌,三嫌老丑换蛾眉"一句被人揪将出来,并且"十听"又误传为十载,于是变成这样的意思:"我家里养的家妓,每过三几年,我就嫌她们老了丑了,又换一批年轻的进来,十年间换了三次了。"其实,白居易并非实指,他的意思是说,再好的歌听多了也厌,再美的人看多了也"审美疲劳",意为感慨世间乐事不可长久之意。另外,唐代的家妓,主要是以歌舞娱人,如同现在日本的"艺妓"一样。"妓"之所以和"技"有半边相同,正是因此而来。到了我们今天,一说妓,就全是床上的那些功夫,古代则不然。比如晋朝时殷仲文劝宋武蓄妓,宋武说:"我不解声。"意思是宋武说,我不懂音乐,要妓做什么?由此可见,古代的"妓"主要是唱歌跳舞来供人欣赏的。

白居易一生喜欢音乐,放今天肯定是个超级音乐发烧友,白居易非常喜欢音乐,他在《好听琴》中写到:"本性好丝桐,尘机闻即空。一声来耳里,万事离心中"。另外大家学过他的《琵琶行》一诗,大概还记得有这样几句:"岂无山歌与乡笛,呕哑嘲哳难为听。今日闻君琵琶语,如听仙乐耳暂明",白居易被贬之后,吃住方面并没有觉得如何不好,最难以忍受的就是听不到美好的音乐了,所以一见到琵琶女,才发出"如听仙乐耳暂明"的感慨。所以樊素和小蛮主要是给白居易献歌献舞,绝没有某些人想象的那样秽亵不堪。在我们今天,喜欢音乐,买张CD就是了,甚至不用花钱,直接从网上下载随时可听,想听王菲听王菲,想听张韶涵就张韶涵,但唐代怎么可能?要想听音乐,只有让歌妓们来弹奏演唱。所以"十载春啼变莺舌,三嫌老丑换蛾眉",其实就相当于我们现在听腻了某张唱片,再换一张一样。

不过话说回来,假如有人质问江湖夜雨,你能保证樊素、小蛮和白居易就真的清清白白,什么事也没有吗?这倒也难以下包票。唐代风气一向开放,男女关系也十分随便,我们前面说过杨国忠的老婆偷人怀了孕，杨国忠也并不严究。白居易的弟弟白行简还写过一篇文章，叫做《天地阴阳交欢大乐赋》。称男女欢爱为"虽则猥谈，理标佳境。具人之所乐，莫乐如此"，意思是说男女性事虽然说起来似乎比较低俗不堪，但实际上是很快乐的事情，人生之乐，没有比这事更爽的了。公然把性爱看成享受。所以如此环境下，樊素、小蛮侍奉白居易这十年中，也难保没有什么事。但白居易身体不好，这方面"活动"纵有也非常有限。他有一首诗说："自知清冷似冬凌，每被人呼作律僧。今夜酒醺罗绮暖，被君融尽玉壶冰"，意思说那方面比较"冷淡"，因此常被人看作守戒的和尚一样不沾女人。今夜酒意醺醺，又有暖暖的被窝儿，所以才春风一度，很是畅快。但不知这个"被君融尽玉壶冰"中的"君"是谁，也有可能是樊素、小蛮中的一位。

虽然如此，我们评价古人时不能脱离当时的社会环境，白居易之所以受非议，是因为他的诗作极多，流传又广，将日常诸事都写得十分详尽。以致于樊素等家姬都广为人知罢了。其实唐朝但凡是官宦之家，几乎人人蓄妓，据载，宁王曾有"宠妓数十人"，周宝有"女妓百数"，李愿有"女妓百余人"。郭子仪更牛，据说有"十院歌妓"。说起文人诗人，也有不少蓄妓无数，像当时的裴度、刘禹锡、包括写"锄禾日当午"的李绅等，都有不少的家妓。散发着儒学气息的韩愈，曾写有《原道》、《原毁》等，在人们心目中似乎是道貌岸然的正人君子。然而，他也有不少家妓，《唐语林》中记载说，他有最宠爱的两个家妓，一名绛桃，一名柳枝。而且，当韩愈出公差时，叫柳枝的家妓，趁机逃跑，结果没有成功，被韩愈的家人追上捉住，韩愈写诗叹道："别来杨柳街头树，摆乱春风只欲飞。惟有小桃园里在，留花不发待春归。"从此以后，韩愈专宠绛桃。韩愈晚年极为好色，有记载说："昌黎公晚年，颇亲脂粉，故事服食用硫黄末搅粥饭，啖雄鸡，不使交千日，烹庖，名火灵库，健阳；公间日进一只焉。始亦见功，终致殒命。柳枝逾墙，反是爱公以德。"意思是说，韩愈为了壮阳，每天吃硫黄拌饭，并吃关起来长期不见母鸡、"禁欲"达千日的公鸡一只，刚开始虽然起了点作用，韩愈的性能力大增，但终于由此伤身而死。因此人们评论说，家妓柳枝逃走，其实倒是对韩愈好。这并非后人笔记小说中杜撰，白居易《思旧》一诗中就说："退之服硫黄，一病讫不痊。"

由此看来，韩愈老师这样看似正统的人，在狎妓方面其实比白居易有过之无不及。从樊素和白居易临别时伤心落泪看，白居易待她们倒是有真情的。换成韩愈的"柳枝"，本来就想跑，一说放她走，还不拔腿飞奔绝尘而去。白居易对樊素是非常有感情的，并不像别人诬蔑的那样，什么"三嫌老丑换蛾眉"，喜新厌旧，整天换新人，夜夜做新郎。樊素一直陪伴在白居易身边达十四年之久，白居易曾向当时的宰相裴度要了一匹好马，裴度大概听说过樊素的芳名，于是写信给白居易，并附诗说："君若有心求逸足，我还留意在名姝。"以古人"千金名马换小妾"为借口想要走樊素，虽然裴度是当朝宰相，有权有势，但白居易却不买账，他难以割舍樊素，写诗婉拒了裴度，说："安石风流无奈何，欲将赤骥换青娥。不辞便送东山去，临老何人与唱歌？"由此可见，白居易还是相当深情的。这比苏轼拿春娘换马，让春娘一怒之下碰槐树而死要强多了。在樊素和小蛮走后，白居易有很多诗怀念她们，我们再来看一首：

卷458 8【病中诗十五首·别柳枝】白居易

两枝杨柳小楼中，袅袅多年伴醉翁。
明日放归归去后，世间应不要春风。

白居易其实很舍不得让她们走，但为了她们将来的幸福着想，还是让她们离开了。

所以说，痛骂白居易是"老流氓"的人，一定要充分了解当时的社会环境再下结论，其实白居易的行为在当时完全没有什么出格的地方，古时也没有人以此事来非议他。我们看古人，不能以现在的道德标准来看，如果按现代的观念，贾宝玉还未成年，就和袭人试了"云雨情"，又和秦钟等搞同性恋，肯定是不良少年，还值得林妹妹爱得一塌糊涂吗？铁面无私的包公公开有二奶（小妾），杜牧公开嫖娼，放现在肯定要因"生活作风"问题而弄得影响极坏，要丢官罢职。

其实我们了解了唐代诸多家妓的命运后，我们会觉得，樊素她们遇到的是白老爷子，还是相当幸运的。樊素跟了白老爷子十多年，以她的聪明劲儿，肯定学到不少东西。白老爷子诗文盖世，琴棋书画也是无所不通，在他身边待十几年，可以说比现在念中文系研究生都强得多。我们看上面樊素和白居易临别时说的那段话，文采斐然，远胜一般寻常学究老儒。有记载说："闻有军使高霞寓者欲聘娼妓，妓大夸曰：'我诵得白学士《长恨歌》，岂同他妓哉？'由是增价。"能背过白居易的诗，就身价大增，而白家樊素得白老爷子十几年耳提面命、言传身教，岂不如鲤鱼登龙门，身价陡增百倍？

二、关盼盼

卷802 1【燕子楼三首】关盼盼

楼上残灯伴晓霜，独眠人起合欢床。
相思一夜情多少，地角天涯不是长。
北邙松柏锁愁烟，燕子楼中思悄然。

自埋剑履歌尘散,红袖香销已十年。

适看鸿雁岳阳回,又睹玄禽逼社来。

瑶瑟玉箫无意绪,任从蛛网任从灰。

既然说到了樊素、小蛮和白居易,那么接下来就说说关盼盼吧。上面说过,白居易另一个"罪行",就是"逼死"关盼盼。《全唐诗》802卷中录有上面这三首诗,题为关盼盼所作,并对盼盼作了如下介绍:

关盼盼,徐州妓也,张建封纳之。张殁,独居彭城故燕子楼,历十余年。白居易赠诗讽其死,盼盼得诗,泣曰:"妾非不能死,恐我公有从死之妾,玷清范耳。"乃和白诗,旬日不食而卒。

所以,后人就以此为据,大讲白居易写诗逼死关盼盼。其实这件事,主要是后人将白居易和张仲素唱和的三首诗添枝加叶,附会而成的。这里面有两个明显错误先加以澄清:一是盼盼(在唐代资料中,盼盼没有姓,后世变成姓关)是张建封之子张愔的家妓,并非是张建封之妓。二是,上面这三首燕子楼的诗,并非为盼盼所写。这三首诗是张仲素为盼盼所作的,白居易和诗时序言中明确写有"爱绘之(张仲素)新咏"的字样,可参看《唐诗鉴赏词典》中的解释。

白居易曾经见过盼盼一面,当时还赠诗云:"醉娇胜不得,风袅牡丹花"。他听说张愔死后,盼盼独居燕子楼十余年不嫁,十分感动,因此和了以下三首诗:

卷438 50【燕子楼三首】白居易

满窗明月满帘霜,被冷灯残拂卧床。

燕子楼中霜月夜,秋来只为一人长。

钿晕罗衫色似烟,几回欲著即潸然。

自从不舞霓裳曲,叠在空箱十一年。

今春有客洛阳回,曾到尚书墓上来。

见说白杨堪作柱,争教红粉不成灰。

我们看白居易这三首诗,纯为感慨盼盼的遭遇而写,对盼盼念旧爱不嫁的深情是充满怜悯和感伤的。在此中,看不出有逼盼盼死之意。其实对于唐朝那个时代来说,盼盼为故主(盼盼似乎没有资格称张愔为夫)张愔守身不嫁,已经是相当难得了。唐代时,即便是正妻,夫死后一嫁再嫁的也大有其人。唐代对于贞节观的要求也远不如后世严格。比如张籍写过一首《节妇吟》:

君知妾有夫,赠妾双明珠。感君缠绵意,系在红罗襦。
妾家高楼连苑起,良人执戟明光里。知君用心如日月,
事夫誓拟同生死,还君明珠双泪垂,恨不相逢未嫁时。

诗中"节妇"的行为,在唐代是非常赞扬的。但后世的明代腐儒们看来看去,却觉得很别扭。明末的唐汝询就说:"系珠于襦,心许之矣。以良人贵显而不可背,是以却之。然还珠之际,涕泣流连,悔恨无及,彼妇之节,不几岌岌乎?"意思说,这个女人既然要了野男人的珍珠,也是动了心的,因为自己的老公显贵(妾家高楼连苑起)才没有背叛,如果要是穷老公呐?还珠时,还哭了一场,这种女人的贞节,不是岌岌可危吗?于是另一酸儒(瞿佑)将诗改为:"妾身未嫁父母怜,妾身既嫁家室全。十载之前父为主,十载之后夫为天。平生未省窥门户,明珠何由到妾边。还君明珠恨君意,闭门自咎涕涟涟"(《续还珠吟》)。其同乡杨复初读了他这诗,还吹捧说:"心正词工,使张籍见之,亦当心服。"真是胡说八道,张籍如果见了他们这些迂腐之儒,肯定笑倒。到了明代,意思就是,有男人示爱赠珠,就当如受了侮辱一般,"感君缠绵意"?那不成了小淫妇?就算身体没

有出轨,思想出轨也不成,要"恨君意"才是。更有人主张应"怒形于色,掷珠痛骂"。当场把野男人送的礼物扔出去。

所以,也许是后人觉得盼盼在燕子楼上苦守,还不算彻底地节烈,于是就编出白居易写诗讽刺,盼盼毕竟"从容自尽"这样的故事。那白居易讽刺盼盼的诗是哪一首呢?上面三首《燕子楼》中看不到有明显的讽刺之意。于是后人就找了这样一首诗来充当:

卷436 55【感故张仆射诸妓】白居易

黄金不惜买蛾眉,拣得如花三四枝。
歌舞教成心力尽,一朝身去不相随。

其实本诗根本不是写给盼盼的,张仆射也不是张愔,而是其父张建封。味诗中之意,也主要是感叹世事无常。意思是说,不惜重金买来诸多如花歌妓,但一旦身死,纵有美女如云,又怎么能将之带到地下?纵观整个唐代,并无让姬妾殉葬的习惯,家妓更是视做如金银珠宝、名马豪宅一样的物品。在人们连正妻是否守节也不在意的唐代,怎么可能会苛求经常被随意送人的家妓守节呢?

也可能有人说,翻开《全唐诗》,盼盼还有这样一首诗哪:

卷802 2【和白公诗】关盼盼

自守空楼敛恨眉,形同春后牡丹枝。
舍人不会人深意,讶道泉台不去随。

这不是铁证如山,明摆着是盼盼作诗来回答白居易嘛?所以似乎白居易无论如何也脱不了干系,于是网上铺天盖地,到处可见"白居易逼死关盼盼"之类的标题,很多人怒斥:"向来都很悲天悯人的白居易不仅不同情她的境遇,还狠推一把,认为她应该自杀殉情,用粗暴的男权主义给她指出一条绝路",这些人倒也知道白居易是一向悲天悯人的,其实如果深入了解白居易,你会知道他不但同情卖炭翁之类的穷人,也很同情女人,他有诗道:"为君委曲言,愿君再三听:须知妇人苦,从此莫相轻。"从他对待樊素小蛮的态度看,也是相当宽容厚道的。有人觉得这些似乎有些矛盾,难以解释,就又"发挥"成"关盼盼以自己高贵的死,回敬了大诗人白居易。白居易听闻死讯也大为后悔。若干年后……就遣散了侍姬樊素与小蛮,不想她们像关盼盼一样悲剧"。并评说道:"知错能改,自然是好的,但在关盼盼一事上,白居易确实多管闲事,逼人太甚。"

其实细查资料,我们会发现,盼盼这首和诗是伪作,应该是编故事的人写的,绝非出自盼盼之手。此诗写得水平很差,什么"不会人深意",不大像诗且不多理论,我们前面说过,《感故张仆射诸妓》一诗不是说关盼盼的"老公"张愔的,而是说的她"老公爹"张建封。她按着这首诗和将起来,是何道理?这是一大破绽。大家不要迷信古人,古人当年资料没有咱们全。另外,这诗中称白居易为"舍人",虽然白居易后来常被呼为"白舍人",但当时的白居易还没有当过"中书舍人"。另宋元时,"舍人"一词也用来称呼权贵子弟,但这也与白居易当时的身份不合。再有,如果白居易真的是因为逼死盼盼后心中内疚,从而改变了对樊素等的态度的话,那他肯定会在盼盼殉情后,再写诗感叹的。白居易一生写了三千多首诗,几乎每事必题,而且诗保存得非常全,不会有佚失现象。所以综上所述,盼盼殉节的故事,为后世人添油加醋而成。

我们知道,明代文人有种不好的习气,就是喜欢假托古人作伪,"古籍"、书画、古董等等,明代都造出不少假货。故事也被明代文人乱编,像什么卓文君写的"数字诗"啦,金圣叹家中的"古本"水浒啦等等,都是这种产物。关盼盼被"逼死"的故事,就是明代人的"杰作"。当然,依明人的思维,就是让盼盼最后殉节而后快,所以借了白居易的"手"来推动，其意并非是贬白居易，而是"歌颂"关盼盼。岂知到我们今天，以现在的观点看，白居易一下子倒成为"罪魁祸首"，实际上白居易却是为明代的迂腐文人"顶罪"。

说了这半天，一方面是想替白老爷子洗刷一下平白无故惹上的恶名，再一个就是扫清了这些，我们才有心情欣赏上面那两组《燕子楼》的好诗。如果让这些说法一干扰，这些优美动人的诗，全成了杀人之刀，煞风景之事，莫此为甚。

《燕子楼》三首诗虽非盼盼所作，但是这并不妨碍我们为盼盼的真情而感动。那个貌如牡丹，心如美玉的女子，为了一生所爱的人，枯守在燕子楼中，一住十年。一个人生命中有几个十年？一个女子花朵盛开的年华能经得住十年的光阴吗？其实对当时的盼盼来说，只要她愿意，不是没有出路，以她出众的美貌，完全可以再寻找新的主人，新的男人。可是，她怎么也忘不了那个男子——张愔，所以，她年复一年地守在他们曾经共同拥有过良辰美景的这座燕子楼中，回忆从前的欢笑。明月清霜，备感凄凉，遥望北邙，愁烟漫漫。十年了，她的张郎墓木已拱，然而她依然期盼，他能够回来。

三、红绡妓

卷800 3【忆崔生】红绡妓

深洞莺啼恨阮郎，偷来花下解珠珰。

碧云飘断音书绝，空倚玉箫愁凤凰。

这是《全唐诗》中题为红绡妓所作的一首诗。身为家妓，像樊素、小蛮及盼盼那样对主人感情深厚的只是极少数。多数家妓还是过得非常苦闷的。她们无时无刻不渴望自由，哪怕是能过上平凡夫妻的生活。所以，她们其中比较大胆的，往往抓住机会，逃了出去，从此"柳暗花明又一村"。

红绡妓的故事，出于裴铏所撰的唐代传奇《昆仑奴》，故事大致是这样的：

唐朝大历年间，有崔姓书生，其父和"盖代之勋臣一品者"是老朋友。这个所谓的"勋臣"恐怕就是指郭子仪。因为此文中，"勋臣"的形象十分不佳，所以作者大概是"为贤者讳"，没有提真名。有次郭子仪病了，崔生的父亲就让他去探病，我们知道，唐代的家妓往往要担负招待客人的"工作"，郭子仪有十院歌妓，这时自然也唤出三个家妓，让她们招待崔生。

家妓们拿着金盘所盛的鲜红樱桃，并将樱桃掰开，灌上甜奶，劝崔生吃。崔生大概还是处男，突然被三位美女环绕，不禁羞怯万分，不敢吃。郭子仪见了大笑，命三位美女中那个穿红纱的（就是红绡）亲手喂崔生吃。崔生更是羞得满脸通红，三个家妓都掩口而笑。然而，就在这一刹那间，天雷勾动地火，美佳人和少年郎爱芽已萌，彼此再也割舍不下。

红绡送崔生出门时，她脉脉含情，崔生也依依不舍地回头相望。这时红绡伸出三个手指，接着又翻了三下手掌，并指着胸前一个小镜子，说："郎君千万要记得啊！"崔生比孙悟空的悟性差远了，人家孙猴被祖师在头上敲三下就明白是啥意思，但这个崔生愚钝，一时也不明其意，回到家中闷闷不乐，就此害起了相思病。他"神迷意夺"、"日不暇食"，心中全是红绡的影子，吟诗道："误到

蓬山顶上游，明珰玉女动星眸。朱扉半掩深宫月，应照璚芝雪艳愁"。意思说，自己似乎到了蓬莱仙境中，见了仙女，遥想深掩的朱门之后，"仙女"也应该同样寂寞吧。确实，此时的红绡也正在愁闷中期待，从我们前面所引的《忆崔生》一诗看，她也是时刻渴望能有个相知相守的情郎的。

然而，只凭这俩人吟诗对句，临风洒泪，对月伤情，是根本解决不了半点问题的。郭子仪是朝廷重臣，家中护卫森严，崔生一个文弱书生，又怎么能进得去？好在崔生有个仆人，他就是奇侠磨勒（梁羽生《大唐游侠传》写有此人，应该是源于此处）。铁磨勒是昆仑奴，据说是黑人，或许来自非洲或者印度，他询问崔生有何烦恼之事。崔生起初不知磨勒身具绝艺，开始很不屑于告诉他。但后来当崔生说出心里话后，磨勒哂然一笑说："此小事耳，何不早言之，而自苦耶？"崔生又将红绡临别时做的手势告诉他，磨勒不假思索，就答道："伸出三个手指是说郭子仪有十院歌姬，她是第三院。翻掌三次，是十五之数，胸前小镜子，意指明月，十五之夜月圆如镜时，约你前去。"

到了十五之夜，磨勒先用大铁锤打死了郭子仪家中一条非常厉害的恶狗，据说此狗"其警如神，其猛如虎"，恐怕比现在的藏獒还要厉害。然后用布绢缠住崔生背在身上，如飞鸟一般跃过郭子仪家中数丈高的院墙，来到歌妓们所住的第三院。看来磨勒轻功卓绝不凡，堪称一流高手。到了院中，只见房门虚掩着，金灯微明，红绡妓正坐在门前长叹，似乎在等待。灯下的红绡妓刚卸了妆，明眸含悲，珠泪盈盈。崔生挑帘而入，红绡又惊又喜，拉住他仔细看了又看，疑是梦中。

红绡对崔生说，自己本是富家之女，家在朔方一带。郭子仪任朔方节度使时，将她抢入军中，成为家妓。这些年来忍辱偷生，强颜欢笑，虽然"玉箸举馔，金炉泛香，云屏而每进绮罗，绣被而常眠珠翠"，然而不得自由，如在监牢中无异。既然你的仆人有如此功夫，何不救我出去，我情愿一生一世服侍你。崔生是个绣花枕头，听了踌踟不语。有道是"百无一用是书生",这些穷酸们要力气没力气,要胆没有胆。就在此时,磨勒插话了,他说:"娘子既然坚决要这样,那也是小事一桩。"崔生是个毫无主见的人,再说他也打心眼里喜欢红绡,于是也没有反对。磨勒不慌不忙,往返三趟,先把红绡的东西都运了出去,然后才背起崔生和红绡两人,依旧脚下生风,从容遁去。

对于夜里的这些事,郭子仪的家将家丁一无所知,天亮后,才有人发觉狗被打死,红绡也不见了。郭子仪惊骇万分,说:"我家的门户严密非常,墙垣高耸,守备森严,若非飞檐走壁的侠客高手,如何能办得了这等事,有此人在世,实是一大祸患。"

红绡女和崔生过了两年多,渐渐放松了警惕。这年春天,他们驾小车去看花踏青,结果被郭子仪家中的人认了出来。郭子仪将崔生唤来询问,崔生不敢隐瞒,说出前后经过。郭子仪倒还比较宽容,说:"红绡虽然私自逃走,罪过不小,但是她和你过了这么多年,我也不追究了。但是那个磨勒,必须除掉。"于是郭子仪派五十名甲兵,手持戈矛弓箭,前去捉拿磨勒,然而磨勒手持匕首飞出高墙,犹如肋生双翅一般,快如鹰隼,兵士们急忙放箭,但谁也射不中他。顷刻之间,磨勒就不见踪影。

郭子仪听了,相当惊惧,生怕磨勒回来报仇,到府中刺杀他。于是每天晚上,都派人密密麻麻地手拿刀剑围在身边提防,然而磨勒大概并无报仇之意,过了一年多,也没有什么事,郭子仪才放松下来。据说十年后有人见到磨勒在洛阳市上卖药,容颜和十年前一样,一点也没有变老。

以上就是红绡妓和这首诗的故事。虽然裴铏是高骈的幕僚,高骈信道术,喜欢听奇谈怪闻,这篇文章中未必没有夸张的地方。红绡的这首诗,也未必真的就是她本人所作。但是这个故事绝不是空穴来风,真实的唐代社会中,一定经常有红绡这样的家妓,她们情怀也约

略相似，只可惜，磨勒这样的侠士却是难得一见。

四、李节度姬

卷800 25【书红绡帕】李节度姬

囊裹真香谁见窃，鲛绡滴泪染成红。
殷勤遗下轻绡意，好与情郎怀袖中。

金珠富贵吾家事，常渴佳期乃寂寥。
偶用志诚求雅合，良媒未必胜红绡。

如果说红绡的故事和她的诗，或许掺杂了不少文人们自己的创作，那么《全唐诗》中题为"李节度姬"的这几首诗，似乎更能体现出家姬们真实的口吻。

这个身为李节度使家姬的女子，她平日里像鸟儿一样被关在李节度使的府里，难得见到外人。于是，多情又大胆的她，趁元宵节可以外出游玩的机会，用一块红绡裹了上面这两首诗丢在路上，约拾到者第二年的元宵节在"相蓝后门"见面，车前有双鸳鸯灯的便是。

依照后世迂腐之儒的观点看，这个"李节度姬"似乎十分淫荡，公然把"情书"撒到大街上勾引男人。其实，这并没有什么可耻的，李节度使倚仗权势，将众多姬女据为己有，以满足他一人之淫欲，这才是最丑恶的。这个女子抛出一方锦帕，寻找自己的情爱，又何耻之有？正如她在诗中所说："良媒未必胜红绡"。古时男婚女嫁，往往全靠父母之命，媒妁之言，中间多掺杂着攀附财势、互相利用等因素，说来非常丑恶不堪，远不如男女私下里两相悦慕，发自于真心来得健康高尚。

幸运的是，"李节度姬"的这个红绡帕，被一个叫张生的人拾到了，说来"李节度姬"想的这个方法倒也不错，古代又无法上网交友，平日里门第森严，见不着什么人，只好靠这个方法了。而且题诗于帕，得帕后有心相会者也必为读书之人，不然连上面什么字也不认得。这个张生读了诗后，感叹良久，也和诗一首道：

自睹佳人遗赠物，书窗终日独无聊。
未能得会真仙面，时赏香囊与绛绡。

不过依江湖夜雨看，这个张生的才学也相当有限，这首诗写得还不如身为女子的"李节度姬"水平高。人家那两首诗虽然也没有什么高深的典故，但情真意切，流畅自然。而张生这首诗，废话多多，什么佳人"遗赠物"，啰里啰嗦，意思重复，冗词赘句极多。其实将他这首诗压缩成五言也完全可以："自睹佳人物，书窗独无聊。未得真仙面，时赏绛红绡"。

当然，我们也不能要求太高，"水至清则无鱼，人至察则无徒"嘛。几千年就那么一个诗仙，都按那标准，可要等来等去，美女变成老太婆了。第二年的元宵之夜，张生早早地在"相蓝后门"等候，果然不一会过来一辆挂鸳鸯灯的车，但是周围却跟着密密麻麻的家人侍卫。张生倒也福至心灵，他高声吟诗于车后，车里的"李节度姬"当然也听到了。于是她借口到尼姑庵中拜佛，悄悄地让尼姑接张生进来，两人于是成就好事。欢会之际，李节度姬又吟诗一首：

卷800 26【会张生述怀】李节度姬

门前画戟寻常设，堂上犀簪取次看。
最是恼人情绪处，凤凰楼上月华寒。

这首诗，写明了她的心情，虽然门第高贵，宝物众多，但是却寂寞难耐，情爱无依。所以她才不顾一切地大胆约会情郎。她要的不是富贵尊荣，她要的是一个真心爱她的男人。据说她和张生一起远逃到了苏州，在那个有"天上天堂，地下苏杭"之称的美丽地方终老一生。可想而知，这位女子直到生命的最后，也会不时把那方红帕拿出来细细把玩，她不会忘记那一年的元宵节，她抛出这方火一样红的锦帕，抛出火一样热的深情。她是幸运的，她从此拥有了一个火红的人生。

然而，并不是所有的家姬都能像她一样幸运，家姬们偷情出轨，往往要被责打，甚至丢掉性命。步飞烟就是一例。

五、步飞烟

步飞烟，有的本子上也写做步非烟，像《全唐诗》集中就也这样写。要挑战金庸的新武侠作者步非烟的名字就来于此处。不过我觉得步飞烟这个名字似乎更显得有诗意一些。

《全唐诗》里所收录的步飞烟三首诗，全部见于皇甫枚写的《飞烟传》中，但皇甫枚是从步飞烟的情人赵象口中得知此事的，赵象感于旧情，也可能真的保存有步飞烟和他酬和的诗句，所以这些诗也极有可能真正出于步飞烟之手。

卷800 12【寄诗答赵象】步非烟

绿惨双蛾不自持，只缘幽恨在新诗。

郎心应似琴心怨，脉脉春情更泥谁。

这是步飞烟写给赵象的第一首诗，事情是这样的，步飞烟是河南府功曹参军武公业的家姬。金庸说"步非烟"是歌妓的名字，虽也不能说全错，但步飞烟最多是家姬的身份。并非每日里迎新送旧，艳帜高张的寻常妓女。飞烟长得纤弱秀丽，据说穿一件绮罗轻衣对她来说似乎都显得有些厚重。有些文章，见武公业是功曹参军，再加上武公业的名字也有类似"武功"的字样，就想当然地说他是一名五大三粗，不通半点文墨的武将。其实未必，功曹参军其实是幕僚身份，主管人事任免、升降、记功记过等文书工作，绝不可能不识字。有些著名文人，都做过这种职位。像老杜（杜甫）做过华州司功曹参军，萧颖士（开元进士，和写过《吊古战场文》的李华是好友）也做过扬州功曹参军。

当然，从《飞烟传》中所说的"鄙武生粗悍"来看，武公业可能确实长得不怎样，脾气也暴躁，但我们不能以为他就是胸无点墨的文盲。但是，就算武公业并非文盲，也不能代表他和步飞烟就情意相投。步飞烟心中始终渴望有个风流俶傥的公子陪在她身边。恰好她的邻院住着一个名叫赵象的书生，从墙缝里看到了步飞烟婀娜的身姿，不禁顿时失魂落魄。于是他用上好的薛涛笺写了首诗，托人送给飞烟。诗曰："一睹倾城貌，尘心只自猜。不随萧史去，拟学阿兰来。"此诗中的"阿兰"是指东汉仙女杜兰香。相传是仙女，却降于人间，嫁凡人为妻。陆象意思是说，他对飞烟一见倾心，希望"仙女一样高贵"的飞烟能够眷顾一下他。结果飞烟看诗后，也春心萌动，说："我亦曾窥见赵郎,大好才貌,此生薄福,不得当之。"看来唐代女子,觉得嫁个有才有貌的男子才是一种幸福。于是飞烟写了上面那首诗答复赵象。飞烟说,只因你送来的新诗,让我双眉长敛,更增愁苦,你的心意可以像司马相如用琴声挑动文君一样,但是我的心事又能向谁诉说呢?

  赵象接过这首诗一看,喜出望外,味诗中之意,知道此事有门,于是他赶快又用剡溪玉叶纸写了一首诗,诗曰:"珍重佳人赠好音,彩笺方翰两情深。薄于蝉翼难供恨,密似蝇头未写心。疑见落花迷碧洞,只思轻雨洒幽襟。百国消息千回梦,裁作长谣寄绿琴。"其实赵象写的诗,确实并不怎么好。怪不得步飞烟后来和他开玩笑说:"赖值儿家有小小篇咏,不然,君作几许大才面目?"——幸亏我也能写点小诗,不然你不知道要摆有多大的架子装作有才学的样子呢。大家看赵象这首诗,水平不过尔尔,远非一流,请看什么"薄于蝉翼难供恨,密似蝇头未写心"粗看倒也可以词藻华丽,对仗工整,但细品其意——如蝉翼般的薄纸难以承载心中恨意,密如蝇头般的字也写不尽我的心意,一般我们说纸短情长,倒还符合逻辑,但薄纸无法载恨一说,实在比较牵强,薄纸无法载恨,难道换牛皮纸就能载恨了吗?分明就是为了和下一联对仗工整凑句罢了。

  然而,赵象将此信送去以后,一连过了十多天,飞烟也没有回复他,当然,飞烟并不是嫌他诗写得不好,而是飞烟病了。飞烟的病刚好,就挣扎着起来,在碧苔笺上给赵象回了这样一首诗,并附上一个蝉锦香囊:

卷800 13【寄赠蝉锦香囊】步非烟

  无力严妆倚绣栊,暗题蝉锦思难穷。
  近来赢得伤春病,柳弱花欹怯晓风。

《红楼梦》中曾这样写林妹妹："闲静似娇花照水，行动如弱柳扶风"，从"柳弱花欹怯晓风"这句诗看，步飞烟也像林妹妹一样，是个多愁多病的身。赵象收到香囊，乐得将香囊放入怀中，昼夜舍不得解。赵象生怕步飞烟愁坏了身子，于是又写了一首诗给步飞烟："应见伤春为九春，想封蝉锦绿蛾颦。叩头为报烟卿道，第一风流最损人。"我们看赵象的诗，确实不如飞烟写得好，像什么"叩头为报烟卿道"就非常别扭，虽然也能看出赵象连头也不吝于大磕特磕的"诚恳"，但诗意粗鄙不文，"第一风流最损人"此句也半通不通。

不过对于步飞烟来说，有个俊秀书生再三写诗送句给她，就早已让她芳心暗许，难以自己。她心潮澎湃，思绪万千，她终于做了一个大胆的决定——和赵象幽会。她给赵象写了封长信，信中说"犹望天从素愿，神假微机，一拜清光，九殒无恨"，意思说只要能上天可怜，让她和赵象能够见上一面，那死上多少次也心甘情愿。在信的最后，飞烟又写了这样一首诗：

卷800 14【寄怀】步非烟

画檐春燕须同宿，兰浦双鸳肯独飞。
长恨桃源诸女伴，等闲花里送郎归。

意思是说，画檐下的燕子都是同宿，兰浦的鸳鸯也没有独飞的。我恨桃源里的那些仙女们，为什么要把如意郎送走呢？诗中分明就是想和赵象共度良宵之意。武公业经常要在府里值班，所以步飞烟就趁他不在时，约了赵象前来幽会。赵象此人，乃是懦弱书生，半夜里爬个墙头还得搬了梯子，步飞烟还特地在墙内叠放了床来接他。赵象和步飞烟来到罗帐之中，极尽缠绵欢乐，这里不用多说。每次天不明，赵象就匆匆离去。第二天，赵象托人又去了一首诗说："十洞三清虽路阻，有心还得傍瑶台。瑞香风引思深夜，知是蕊宫仙驭来。"步飞

烟回了这样一首诗:

卷800 15【答赵象】步非烟

相思只恨难相见,相见还愁却别君。

愿得化为松上鹤,一双飞去入行云。

确实啊,有情人难得相见,相见后却又要匆匆而别,此句和"相见时难别亦难"大有相通之处,步飞烟所说的"愿得化为松上鹤,一双飞去入行云"恐怕有想和赵象一起逃走到远方的意思。然而,赵象此人,纯粹脓包书生,并非果断有为之男儿,飞烟的这个希望算是落空了。

就这样,每当武公业去值班的时候,赵象就来欢会,如此有一年多。俗话说没有不透风的墙,飞烟的一个婢女悄悄告了密,武公业留了心,这天夜里假意去值班,却悄悄溜了回来,正好碰到赵象骑在墙头上。武公业大吼一声就扑了过去,一把抓住了赵象的衣袖,赵象惊骇下一挣扎,将袍袖撕坏了,武公业手中只抓住半边衣袖。说来这古人的衣袖不够结实,倒也很有好处。想当年荆轲刺秦王时也是因秦王衣袖被撕坏而脱险,假如秦王和赵象穿的都是皮夹克……话扯远了,还说武公业,他拿了赵象的半边衣袖,来到房中,质问步飞烟,步飞烟虽然柔弱,性格却十分倔强,她知道事情已败露,虽然吓得浑身发抖,脸色惨白,但始终不肯讲出赵象的名字。武公业见她如此维护"奸夫",不禁大怒,将她绑在柱子上,用皮鞭狠打。娇弱的飞烟被打得遍体鳞伤,但是她依然誓死不屈,并说:"生得相亲(和赵象),死亦何恨!"武公业听了,暴跳如雷,更加下死手痛打飞烟。武公业打得累了,就去睡觉。等武公业起来还想再打时,发现飞烟早已气绝身亡。武公业声称飞烟得暴病而死,将她草草葬在北邙山,也无人过问。

赵象这个脓包书生,吓得一溜烟逃了,并改名为赵远(意思可能是逃得越远越好？），流窜到江浙一带，不敢再回中原。赵象此人，也够薄情寡义的，别看写的诗中又叩头又作揖的，然而一旦事到临头，他溜之大吉，真是"负心多是读书人"。有意思的是，《飞烟传》的最后，作者又写了这样一件事，说是有姓崔姓李的两个书生，和武公业是朋友。得知此事后，二人都写有诗篇。崔生的诗最后两句是："恰似传花人饮散，空抛床下最繁枝"，结果他梦见步飞烟说，我的容貌不及桃李，但受到的摧折却尚有过之，看了你夸我的佳作，很是惭愧。而另一个李姓书生却写："艳魄香魂如有在，还应羞见坠楼人"，以绿珠忠于主人来讽刺步飞烟出轨，结果他夜里也梦到了飞烟，梦里飞烟指着他怒斥说："有道是'士有百行'，你全能做到吗？你用刻薄的言语诋毁我，我要让你到九泉之下来对证。"李生惊惧不已，没有几天，李生居然真死了。这事或许出于虚构，但也反映出了作者皇甫枚的立场，那就是飞烟值得同情，那些奉旧时礼教为圭臬来贬损步飞烟的家伙都是可恶的。这也为后世很多人由衷地赞同，民国时何海鸣《求幸福斋随笔》中也说："至武公业鞭步非烟大煞风景，诚村夫所为，人皆弗取。李生何人，乃推波助澜，代公业责备冤鬼，死固其罪，似尚须打入拔舌地狱始快人意。"

步飞烟人虽娇弱，但志气高洁，她不甘心就这样日复一日地迁就着过下去，为了她心中的梦，她宁愿付出鲜血和生命，遗憾的是，早早逃之夭夭的赵象会不会始终记得她这段情呢？

家妓由于在旧时被视同物品，所以常有豪强之辈倚势强抢别人家特别美貌出众的家妓，旧时所谓的"杀父之仇，夺妻之恨"，并非指家妓而言。家妓被抢，根本不算是什么大的事情。据说刘禹锡有一个非常美丽出众的家妓，宰相李逢吉听说后，就设计抢夺。他找借口，骗刘禹锡的爱妓进他的府第后，就扣住不放，刘禹锡也无可奈何。另外，晚唐诗人韦庄也有类似遭遇。蜀主王建将他的爱姬夺去，韦庄悲痛不已，写了首词道："记得那年花下，深夜，初识谢娘时。水堂西面画帘垂,携手暗相期。惆怅晓莺残月,相别,从此隔音尘。如今俱是异乡人,相见更无因。"后来这首词传到他的爱姬耳中,她因此悲伤不食而死。

家妓虽然被视为物品一般,但是她们也是有血有肉有感情的人,所以在强横的抢夺中,她们也是相当的痛苦:

六、碧玉(一作窈娘)

卷81 9【绿珠篇】乔知之

石家金谷重新声,明珠十斛买娉婷。
此日可怜偏自许,此时歌舞得人情。
君家闺阁不曾观,好将歌舞借人看。
意气雄豪非分理,骄矜势力横相干。
辞君去君终不忍,徒劳掩袂伤铅粉。
百年离恨在高楼,一代容颜为君尽。

这首《绿珠篇》就包含着一个凄惨的故事,碧玉是武后时代左司郎中乔知之的家姬。乔知之在当时也是一时才俊。他的弟弟乔侃、乔备以及其妹乔氏(《咏破帘》一诗的作者)都能诗善文,乔知之对碧玉十分喜爱,甚至因为她连正式的妻子也不娶。要知道,在当时,家妓是不能成为正妻的。正妻必须是门当户对的大家闺秀才成,所以,乔知之为了和碧玉过甜甜蜜蜜的二人世界，所以他一而再再而三地推迟正式娶妻。说来碧玉真是好幸运，居然遇到了这样的主人，谁知道，这种"只羡鸳鸯不羡仙"的好日子，没有过多久，就惹来一场塌天大祸。

当时被封为魏王的武承嗣，是武则天的侄子，一度曾觊觎太子之位，权势熏天。他不知道从何途径得知碧玉非常美貌，于是就借口让碧玉去教家中的姬妾梳妆，就此霸占了碧玉，将她关在自己的王府中，再不送回乔家。也许对于一般的人家，抢走个家妓，并算不了什么大事。可能有的人还巴不得送女人给炙手可热的武氏宗族呢。但乔知之和碧玉的感情，却非同一般，失去碧玉后，他茶饭不思，夜不能眠。

乔知之倒在病榻上，怎么也难以忘怀碧玉，于是写了这篇诗，托人传到碧玉手里。碧玉看后，泪流滂沱，念及过去的那些恩情，她决意不再偷生，于是将此诗缝在裙子上投井自杀了。武承嗣的家人在井中捞到碧玉的尸身，发现了这首诗，武承嗣推想是乔知之所写，盛怒之下，指使酷吏诬告乔知之谋反，将他下狱处死，并灭三族。说来武承嗣这厮阴毒狠恶，决不是什么好东西，幸好武则天没有立他为太子，不然国家落在他手中，可真是要祸国殃民。

不过从《绿珠篇》这首诗中来看，乔知之对于碧玉的爱，也是非常自私的。味诗中之意，像什么"明珠十斛买娉婷"之语，明显就是视碧玉为他的私有财产。并且诗中以晋代石崇的家妓绿珠为主殉情的故事来诱导碧玉为他效忠而死。诗中说："百年离恨在高楼，一代容颜为君尽"，明摆着就是说人家绿珠为了主人殉节，碧玉你会怎么做呢？前面所谓的白居易逼死关盼盼一事，应该说是子虚乌有。但乔知之这首诗中，确有想"逼死"碧玉之意。当然，碧玉对乔知之也是一往情深的，不然，她对此诗置之不理，全心全意地博得武承嗣欢心，乔知之也无计可施，奈何不了她。

后人评价此事时，一方面固然觉得武承嗣为人暴戾，挺不是东西的，但是也有人觉得乔知之为了一个女人而破家灭族，很是不值。

古代社会中，常以对女人无情绝情为真豪杰大丈夫，而真心真情地爱恋女人者为没出息的男人。由此可见，古时身为家姬的女子想得到一个真心爱自己的男人，是何等之难！

由于政治上你死我活的争斗，失败一方的家妓，往往也成了胜利者的战利品，在唐代，这种情况是经常见到的，杜秋娘就是这样一个女子：

七、杜秋娘

说起杜秋娘，也是唐代一个很有名的女子，她是唐朝元和年间的藩镇——镇海节度使李锜的家妓。说起李锜，应该算是唐室宗亲，他是淮安王李神通（李世民的堂叔）的六代孙。杜秋娘能歌善舞，李锜最喜欢听她唱这首《金缕衣》曲：

卷28 33【杂曲歌辞·金缕衣】

劝君莫惜金缕衣，劝君惜取少年时。
花开堪折直须折，莫待无花空折枝。

这首诗，因选入《唐诗三百首》，故流传极广。当然也有人怀疑并非杜秋娘所作，已难以确切地考证。单说此诗，有人认为此诗是及时行乐的颓废之音，有人却一反其意，将诗意解释成催人"积极上进",激励人把握住少年时光,"好好学习,天天向上"。依我看,未免都有些偏颇。这首诗歌表现的是唐人开朗乐观的精神,如将此诗只理解为沉迷酒色之乐,那就太狭隘了,就像将"醉卧沙场君莫笑"理解成为军纪松懈,战士们临打仗还在酗酒一样。但单纯理解为让人"刻苦上进",也不是此诗的本意。其实,这就是一个认识问题,怎么才算"惜取少年时"?唐人的精神是健康乐观的,所谓"一生大笑有几回,斗酒相逢须醉倒"这样的豪气和精神,正是盛唐人的气质。盛唐时的人个个都想活得精彩,既想享受快乐,美人欢歌一醉方休;也想建功立业,如烟花一样绚烂在天空上,让大家羡慕。这两者,缺了一样就不算精彩的人生。所以,懂得了唐人的精神,才会懂得这首《金缕曲》。

李锜后来因妄图割据一方,被唐宪宗消灭。杜秋娘也被籍没入宫,后来因秋娘灵巧聪慧,被指定为皇子的"傅姆"。所谓"傅姆",就是师傅加保姆——既管生活又管学习。好不容易皇子长大后被封为漳王,此时杜秋娘也年老了,该过个平安的晚年了吧。殊料漳王被"甘露之变"的主谋之一郑注诬告,皇帝削却漳王的爵位,杜秋娘也被打发回老家,晚景相当凄凉。杜牧过金陵时,曾见过两鬓如霜的杜秋娘,并为之感叹,写了这样一首长诗,因此诗比较长,我们一段段地评:

卷520 2【杜秋娘诗】杜牧

京江水清滑,生女白如脂。其间杜秋者,不劳朱粉施。
老濞即山铸,后庭千蛾眉。秋持玉斝醉,与唱金缕衣。

这段说杜秋娘是金陵女子,肤白如脂,相貌极美。"老濞"指李锜,用汉代典故《史记·吴王濞列传》:"(吴王刘濞)乃益骄溢,即山铸钱,煮海水为盐。"旧时铸钱和盐政都是中央才有权办的,私自经营就是不服从中央的表现。这段总体就是说杜秋娘是李锜所贮的家妓之一，经常唱《金缕衣》给李锜听。

    漳既白首叛，秋亦红泪滋。吴江落日渡，灞岸绿杨垂。
    联裾见天子，盼盻独依依。椒壁悬锦幕，镜奁蟠蛟螭。
    低鬟认新宠，窈袅复融怡。月上白璧门，桂影凉参差。
    金阶露新重，闲捻紫箫吹。莓苔夹城路，南苑雁初飞。
    红粉羽林杖，独赐辟邪旗。归来煮豹胎，餍饫不能饴。
    咸池升日庆，铜雀分香悲。雷音后车远，事往落花时。

  这段是说李锜被擒斩时，杜秋娘也不得不告别家乡，被押入宫中。唐宪宗为她的美貌吸引，"宠幸"了她（"低鬟认新宠，窈袅复融怡"）。然而不久，唐宪宗就死去了——"铜雀分香悲"（用曹操临死时分香给众姬妾的典故）。

    燕禖得皇子，壮发绿绥绥。画堂授傅姆，天人亲捧持。
    虎睛珠络褓，金盘犀镇帷。长杨射熊罴，武帐弄哑咿。
    渐抛竹马剧，稍出舞鸡奇。崭崭整冠佩，侍宴坐瑶池。
    眉宇俨图画，神秀射朝辉。一尺桐偶人，江充知自欺。
    王幽茅土削，秋放故乡归。

  这段说杜秋娘被任命为皇子"傅姆"，她精心照料皇子，让他长成一个"崭崭整冠佩，侍宴坐瑶池。眉宇俨图画，神秀射朝辉"的英俊少年，但不幸却被人陷害——"一尺桐偶人，江充知自欺"（用汉武帝时江充诬害太子的典故）。于是"王幽茅土削"——皇子漳王被幽禁，杜秋娘也被遣返回乡。

    觚棱拂斗极，回首尚迟迟。四朝三十载，似梦复疑非。

潼关识旧吏，吏发已如丝。却唤吴江渡，舟人那得知。
归来四邻改，茂苑草菲菲。清血洒不尽，仰天知问谁。
寒衣一匹素，夜借邻人机。

杜秋娘回到故乡，已是三十多年后，她老了，她相识的旧人也老了（"潼关识旧吏，吏发已如丝"），回到家中，也是面目全非，院中全是荒草，四邻也都换了人，早不认识了。杜秋娘叫天不应，悲啼泣血。然而，没有办法，还要生活，她非常穷困，就连织布，也要趁夜深时借邻居的纺机一用。

我昨金陵过，闻之为歔欷。自古皆一贯，变化安能推。
夏姬灭两国，逃作巫臣姬。西子下姑苏，一舸逐鸱夷。
织室魏豹俘，作汉太平基。误置代籍中，两朝尊母仪。
光武绍高祖，本系生唐儿。珊瑚破高齐，作婢春黄糜。
萧后去扬州，突厥为阏氏。女子固不定，士林亦难期。
射钩后呼父，钓翁王者师。无国要孟子，有人毁仲尼。
秦因逐客令，柄归丞相斯。安知魏齐首，见断簧中尸。
给丧蹶张辈，廊庙冠峨危。珥貂七叶贵，何妨戎房支。
苏武却生返，邓通终死饥。主张既难测，翻覆亦其宜。
地尽有何物，天外复何之。指何为而捉，足何为而驰。
耳何为而听，目何为而窥。已身不自晓，此外何思惟。
因倾一樽酒，题作杜秋诗。愁来独长咏，聊可以自怡。

最后这段是说，小杜从金陵这儿过，听到杜秋娘这些事情后，为之感叹不已。小杜这段中大掉书袋，什么"夏姬"、"西施"、"薄姬"、"冯小怜"、"萧后"（隋炀帝萧后）等一系列被人抢掠，经历过好几个男人的著名美人，统统数了一遍。接着又大发感慨，说女子固然红颜薄命，我们文人何尝不是呢。小杜又把管仲、姜子牙、李斯、苏武、邓通等一大堆人的不同命运说了一番，思前想后，还是说造化弄人，任何人都逃不出命运的安排。

确实，人世间无论是男人也好，女子也好，谁也摆脱不了那只看不见的翻云覆雨手。

八、柳氏

卷899 16【杨柳枝】柳氏

杨柳枝，芳菲节，可恨年年赠离别。

一叶随风忽报秋，纵使君来岂堪折。

这首诗和柳氏的遭遇，后来被写成《章台柳》这样一则故事。柳氏原来也是一名家姬，她的主人是长安城中的李生。有一次酒席宴间，柳氏遇到了有"大历十才子"之称的韩翃。古代男女彼此爱恋，往往一见钟情。柳氏频送秋波，韩翃也眉目含情。李生看到这些，不但没有生气，反而大大方方地将柳氏当场送给了韩翃，并拿出三十万钱作喜礼。真是天上掉馅饼啊，韩翃财色双收，也不知在哪烧的高香。

然而，好花不常开，好事不常有。不久，惊天动地的大浩劫安史之乱发生了。贼兵攻陷长安，一时腥风血雨，到处狼烟。韩翃此时投在平卢节度使侯希逸帐下,也无暇去寻找柳氏。柳氏姿色出众,她生怕被乱兵污辱,于是剪去头发,涂黑了脸,寄居在尼姑庙里。

后来安禄山、史思明二贼相继覆灭,天下初平,韩翃才有机会派人寻访柳氏。他命人带了碎金,并写了这样一首诗去寻找:"章台柳,章台柳,昔日青青今在否?纵使长条似旧垂,亦应攀折他人手。"此人费尽周折,终于找到了柳氏。柳氏捧金大哭,于是写下了这首诗回复韩翃。

韩翃虽然诗中写"纵使长条似旧垂,亦应攀折他人手",但是他并没有嫌弃柳氏的意思。后世男人,往往自己的妻子甚至姬妾一旦失身,就绝对不再要她,甚至只有让她死掉才算"干净"。而唐代对于女人所谓的"贞节"并不十分看重。韩翃听到柳氏的下落后,十分高兴,马上派人迎接。岂知半路里杀出个回纥蕃将沙吒利,这厮听说柳氏是个光彩照人的绝色美女,就先下手把柳氏抢到自己府里去了。前面在"太和公主"那一篇中说过,因唐朝平安史之乱时,曾借回纥兵助战,于是这些回纥蛮兵就成了大爷。在大唐以"功臣"自居,"吃孙喝孙不谢孙",抢掠起女人财宝来也是饿狼一般凶悍。史家评曰:"肃宗用回纥矣……所谓引外祸平内乱者也。夷狄资悍贪,人外而兽内,惟剽夺是视。"柳氏被抢,其实只不过是千千万万不幸女子中的一个缩影罢了。

韩翃找不到柳氏,心急如焚,但也无可奈何。偶然的机会,他在道上遇到了柳氏坐的车,得知柳氏被沙吒利抢去,但是沙老粗有兵有将,韩翃一介书生,手无缚鸡之力,又能如何。韩翃失魂落魄地回去后,同事们正饮酒欢宴,韩翃却哪有心思喝酒啊,只是坐在那里发愁。此时有个虞侯叫许俊,问明事情的原委后,拍案大怒,决意要为韩翃出气。他让韩翃写了一封信,然后跨上战马,拿了弓箭就直奔沙吒利的宅第。许俊并非一勇之夫,他知道沙老粗勇猛过人,手下又有不少亲兵,硬拼硬打实在是不理智的。于是他在门前等候机会。老沙是蛮人野性，哪里会整天闷在府里？出门打猎是天天要去的。正好这时老沙又要出门打猎去了，许俊瞅准老沙带着狗、架着鹰走远了，就冒充是老沙的手下，骑着快马慌慌忙忙地冲到沙府门口说："大事不好了，将军突然晕倒了，快请夫人去看视！"护兵信以为真，也不敢拦他。许俊到了府中见到柳氏，将书信给她一看，柳氏登时明白。于是许俊将她带上马，快马加鞭，一下子就跑到韩翃所在的军中大营。

这时候酒宴还没有结束呐，许俊这手，当真够"俊"的，比之"温酒斩华雄"，也不逊色。柳氏与韩翃"执手涕泣"，场面甚是感人。

由此可见，大唐之时，人们确实豪放侠义，若无许俊这等敢做敢当，有勇有谋的好汉，韩翃和柳氏必然百年长恨，永无了期。唉，焉得世上生万千"铁磨勒"、许俊之辈，让天下有情人都成了眷属，那有多好。然而，正如《小窗幽记》中说的那样："而奴无昆仑，客无黄衫，知己无押衙，同志无虞侯，则虽盟在海棠，终是陌路萧郎耳"（黄衫客见于《霍小玉传》，押衙见于《无双传》，也都是侠人义士）。"费长房缩不尽相思地，女娲氏补不完离恨天"，多少女子只能默默地忍受："回首池塘更无语，手弹珠泪与春风。"

卷九

秋月春风等闲度
—— 名妓卷

旧时女子，受到的拘束极多，当时的社会对于女子吟诗作画之类的事情，是一手"提倡"，一手反对。提倡嘛，就是社会上也公认女子们拥有写诗作画的才分是一种高雅华贵的象征，而反对嘛，就是不希望女子们才情外露，到处招摇。所以就形成这样一种风气，寻常文人的诗被四处传诵，那自是无上荣光，而闺阁女子的诗四处传诵，反而不好，似乎有不庄重之嫌。我们看《红楼梦》中宝钗等也埋怨过宝玉将她们的诗外传。所以对于旧时，才女或许不少，但能传名后世的不多，身为闺秀者更少，尤其是明代的才女们几乎全是妓女。

在唐代，社会比较开放，这种情况还不是太严重。但恐怕也有相当一部分豪门闺秀的诗作不被流传，就此湮没无闻。比如我们前面说过的"光威裒三姐妹"，她们的诗作恐怕不仅只有那一首联句诗，而且仅存的那首诗要不是拿给鱼玄机来看，恐怕也就难于流传下来。所以唐代女性诗中也有四分之一左右的诗作是出于妓女之手。

本书"名妓卷"中的女子，不包括家妓。因为我觉得家妓和一般的妓女还是有很大区别的，她们并非是公开向全社会卖艺卖身的女子。唐代的妓女，有官妓、营妓、私妓之分。官妓是直接属于官府的，在官府举办的宴会上献艺，当然也难免有"献身"的行径。营妓则是属于军营中的。官妓、营妓有不少是罪人家属。只有私妓是面向全社会"服务"的。古代的私妓，一般是被卖到妓院中去的，没有人身自由，如果想脱离妓女身份，一般都要有人出钱赎身才行。

有道是"座中泣下谁最多，江州司马青衫湿"，古时的文人和妓女之间似乎有千丝万缕般的联系。他们不但通常交往甚密，而且彼此之间也有一种惺惺相惜的感情，尤其是那些久试不第的书生们。罗隐曾有诗赠妓女云英："钟陵醉别十年春，重见云英掌上身。我未成名君未嫁，可能俱是不如人"，说来也是，有些名妓，姿容才艺俱佳，却依然不得归嫁良人，而寒门苦读之文士，纵才高八斗，也未必就能蟾宫折桂，高中金榜。所以，红袖青衫俱湿的情景还是经常有的。

在唐代非常开放的社会风气下，文人学士们常视游秦楼妓馆为风流韵事。登第后，文人们相约去长安的平康里（妓院云集之处）冶游，甚至成为一种习俗。唐孙棨著《北里志》中言道："诸妓皆居平康里，举子、新及第进士，三司幕府但未通朝籍、未直馆殿者，咸可就诣"。也就是说举子和新及第的进士，只要在朝廷中没有正式入官籍的，都可以去平康里寻花问柳。平康里妓女们的文化素质也相当高——"其中诸妓，多能谈吐，颇有知书言话者"。所以文人和平康里的妓女之间就传下来了好多故事。裴思谦登第后"以红笺名纸谒平康"，大受妓女们欢迎。一名妓女写给他这样一首诗，只可惜竟没有留下这个女子的名字：

卷802 25【赠裴思谦】平康妓

银釭斜背解明珰，小语偷声贺玉郎。
从此不知兰麝贵，夜来新惹桂枝香。

观诗中之意，平康里的众妓们也以接待新及第的举子们为乐事，觉得能和这些"一登龙门，身价百倍"的才俊们春宵一度，倒似乎沾上了福气香气一般——"夜来新惹桂枝香"。

然而，事无绝对，有些穷酸不知道自己几斤几两，过度地张扬狂妄，结果惹得妓女们恼怒，也写诗加以回敬讽刺，甚至赶将出去，进士李标就是一例。此人来到平康里后，喝得半醉，索笔题诗于墙上道："春暮花株绕户飞，王孙寻胜引尘衣。洞中仙子多情态，留住阮郎不放归。"这厮诗中一副摇头晃脑摆谱的模样，什么"洞中仙子多情态，留住阮郎不放归"，意思是说这里的"小姐"个个都要抢着留他，好像他有多香似的。结果名妓王苏苏原来并不认识他，见他如此狂妄，于是也题诗道：

卷802 17【和李标】王苏苏

怪得犬惊鸡乱飞，羸童瘦马老麻衣。

阿谁乱引闲人到，留住青蚨热赶归。

意思是说：我说怎么鸡飞狗跳的，原来来了一个骑着瘦马、跟着瘦书僮，穿着麻衣的穷酸，是谁胡乱引了这个闲人来，赶快拿着你的钱滚出去吧！李标这厮羞得连脖子都红了，气呼呼地走了。此事一时广为传诵，引为笑谈，大家给他起了个外号，叫"热赶郎"。王苏苏有次遇见李标的一个朋友，还开玩笑说："热赶郎在否？"

当然，多数情况下，平康里的妓女们还是比较喜欢这些书生们的，她们很想离开风尘肮脏之地，和这些文人们做明媒正娶的夫妻，甚至哪怕是当妾也好。然而，连这个愿望往往也无法实现。对于举子们来说，娶妓女为妻，基本上根本不可想象，初唐文人薛元超曾说："吾不才，高贵过人，平生有三恨：始不以进士擢第，不取五姓女，不得修国史。"薛元超在唐高宗年间曾当过宰相，位极人臣，但还是以没有娶到贵族家的女子为妻而遗憾。可见当时娶贵族家女儿为妻，不但是攀附财势的一个登天梯，也是一种身份和荣耀的象征。妓女们想做正妻，无异于天方夜谭，就算想做妾，也有不少人嫌弃。王福娘的故事就是这样的。

一、王福娘

王福娘本是解梁（即关公老家）人，是个贫家女儿。但她却容貌清丽，巧于针线，会诵歌诗。童年时就被人骗到长安来，一开始鸨母家里还待她非常亲热，像是亲人一样。但过了一段时间，就强迫她学歌令，并逼她接客。王福娘的兄弟也来寻过她，但他们都是穷人，没钱没势，告官也告不赢，打架也打不过龟公们。王福娘取出数百两银子给她的哥哥，兄妹大哭一场，就此永别。福娘经常和客人们讲这件事，每每泪下如雨。

王福娘虽然是贫家女儿，却长得风姿绰约，并且谈论风雅，气质高华。天官崔知之侍郎曾经在筵席上见到她，一睹之下，惊为天人，当场赠诗，其中有"怪得清风送异香，娉婷仙子曳霓裳"之句，可见福娘确实美貌出众。

一个叫孙棨的文人经常流连于平康里妓馆，与王福娘也非常熟。他曾先后写过四首诗给福娘，王福娘因容貌靓丽，平时经常得到文人的赠诗，但她觉得孙棨的诗最好，于是请他题在窗左的红墙上，而且自己也写了首诗题在旁边：

卷802 11【题孙棨诗后】王福娘

苦把文章邀劝人，吟看好个语言新。

虽然不及相如赋，也直黄金一二斤。

当然，福娘夸孙棨的这首诗，词句比较俗陋，似乎写得不是太好，然而考虑到福娘本是贫家女，没有机会读过什么书，也就别作苛求了。福娘对孙棨已渐渐有意，她经常在欢宴上突然就神情郁郁，十分感伤。孙棨悄悄问她为什么，她说："这个地方（指妓馆）哪里是长久之计，哪能痴迷于眼前的快乐而不为将来打算？然而我一个弱女子，又有什么方法能逃开这个地方呢？"说完又"呜咽久之"。这一天，福娘突然递给孙棨一个红笺，上面有这样一首诗：

卷802 12【问棨诗】王福娘

日日悲伤未有图，懒将心事话凡夫。
非同覆水应收得，只问仙郎有意无。

福娘的意思是钟情于孙棨，想让他和自己成为正常的夫妇。然而，薄情寡义的孙棨推搪说："我知道娘子的意思，但这不是举子们合适办的事。"福娘伤感地说："我不是教坊籍的人，君子倘有意，只费一二百两银子就可以。"但孙棨根本无心赎出福娘，他题诗道："韶妙如何有远图，未能相为信非夫。泥中莲子虽无染，移入家园未得无"，诗中意思，也不难明白，虽然称福娘为莲，但是他还是嫌弃福娘曾坠落风尘，犹如身在污泥。福娘一见，心全凉了，只好忍泪长叹，于是再也不和孙棨说话了。

后来，福娘嫁了一个开彩缬铺的小老板。孙棨有次经过曲水这个地方，正好听到丝竹之声，他听出来是福娘在弹奏。于是又悄悄地过来搭讪，福娘不见他，让自己的小妹团了一个红巾抛给他，里面有这样一首诗：

卷802 13【掷红巾诗】王福娘

久赋恩情欲托身，已将心事再三陈。

泥莲既没移栽分，今日分离莫恨人。

福娘说，我早就想把终身托付给你，再三将心事说给你听，既然你嫌我是"泥莲"不干净，那现在你就别怪我视你如路人，对你不理不睬。

说来就是，孙棨之类的读书人多是这种货色，他们平时勾三搭四，要的就是云雨一时，真要向他们托付终身，却一个个缩头缩得比乌龟都快。福娘可能也并不爱那个满身铜臭的绸缎商，但是她没有更好的选择。男人的爱向来就是比纸还薄，而烟花女子们想要得到真爱更是难上加难。只能感叹：无奈！无奈！

二、颜令宾

这一年，长安满城的桃花又开遍了。"年年岁岁花相似，岁岁年年人不同"，多年的愁病煎心，颜令宾终于支持不住了。她是平康里的名妓，举止风流蕴藉，最喜欢诗文。她每见到来狎游的举子们，都是青眼有加，热情相待。举子们赠给她满箱的诗篇，她都一一珍藏。如今落花缤纷，春光难留，她也要走了，永远离开这个世界。

颜令宾强撑病体，让侍儿扶到阶前坐下，花已落，人将亡。她索来笔墨，写下这样一首诗，让小童送给那些常来此地的举子书生们：

卷802 18【临终召客】颜令宾

气余三五喘,花剩两三枝。话别一尊酒,相邀无后期。

颜令宾摆下酒果,勉力支撑着请前来的书生饮乐。酒席宴罢,颜令宾泪流满面,对这些男人说:"我不久于人世矣,请给我写几首挽诗吧。"这些书生们也感慨不已,于是纷纷奋笔,写下不少诗篇。颜令宾含笑一一珍藏。但鸨母一开始以为她是向旧情人们要钱发送后事,结果见她居然要的是几首一钱不值的"臭诗",心中大怒,怒骂了颜令宾一顿。没有过几天,颜令宾就默默地死去了。鸨母翻箱倒柜,看看颜令宾有没有私自收着什么金银财宝,岂知打开箱子,全是书生们写给她的诗文。鸨母盛怒之下,连箱子带书稿扔到了大街上。

幸好有个叫刘驼驼的人,是个"凶肆乐人",就是专门在丧事上唱挽歌的。他在街上捡到一些残稿。刘驼驼恐怕也暗恋颜令宾,于是在颜令宾出殡之时,刘驼驼在灵柩前一一唱遍,也算是满足了颜令宾生前的心愿。后来有些书生们对此事大感兴趣,就找来刘驼驼,让他再唱唱这些挽诗。刘驼驼忘了好多,只记得以下四首:

一

昨日寻仙子,辀车忽在门。人生须到此,天道竟难论。
客至皆连袂,谁来为鼓盆,不堪襟袖上,犹印旧眉痕。

二

残春扶病饮,此夕最堪伤。梦幻一朝毕,风花几日狂。
孤鸾徒照镜,独燕懒归梁。厚意那能展,含酸奠一觞。

三

浪意何堪念,多情亦可悲。骏奔皆露胆,麋至尽齐眉。
花坠有开日,月沉无出期。宁言掩丘后,宿草便离离。

四

奄忽那如此，夭桃色正春。捧心还动我，掩面复何人。

岱岳谁为道，逝川宁问津。临丧应有主，宋玉在西邻。

这些诗有些写得倒还不错，比如像"客至皆连袂，谁来为鼓盆"，大有讽刺之意——如花似玉的颜令宾当时有那么多的客人争先恐后地踏上门来，但当她樱唇红褪，杏脸香枯，芳魂已散时，又有谁能像丈夫对待妻子一样来为她送丧呢？其他如"花坠有开日，月沉无出期"等在文采上也有可观之处，然而，文人们就是会空谈虚吟，他们却不会真正地帮一下颜令宾，让她逃出火坑。更为可悲的是，有些对"八卦奇闻"感兴趣的人拉住刘驼驼，断定他就是颜令宾的情人，和他开玩笑说，"宋玉在西邻"那句中，宋玉是说你小子吧？刘驼驼哂笑道，"大有宋玉在"——宋玉多得是哪！意思说颜令宾情人多多。我们看，这些人对颜令宾的遭遇并不十分同情，反而加以嘲笑，颜令宾身在妓馆，当然有很多和她来往的男人，这也不能说是颜令宾的过错。如果她是一个公主或贵族小姐，嘲笑一下她情人多多也无可厚非，但嘲笑颜令宾这样一个早逝的风尘女子，不免让人觉得人情是何等凉薄！

可笑的是，有些人写文章时，却胡乱发挥，将刘驼驼升级为第一男主角，并猛灌一段琼瑶剧式的煽情："刘驼驼听到了颜令宾的死讯，无异于遭到五雷轰顶，几乎发疯。因为两人无名无分，他不能去探视病中的颜令宾，也不能去与她诀别，如今她魂归天外，因为鸨母的阻拦，他也不能到她的灵前吊唁，他的悲痛简直无法倾泻，闷在心中，令他心伤欲绝……"真是让人啼笑皆非。从颜令宾故事的出处唐代孙棨（就是上文那个）所写的《北里志》中看，刘驼驼身份低微，名为驼驼，很可能就是个驼背之人，颜令宾素喜书生之辈，哪能看上他。再说既然他口中曾说出"大有宋玉在"这样的话，他也不是钟情于颜令宾之人。

身为妓女，她们都是无时无刻不想逃离这个地方，过上平凡夫妻的生活，虽然妓馆中有肉山酒海、金珠绸缎，但是强颜欢笑，屈膝娱人的日子也是充满泪水的，江淮名妓徐月英就发出过这样的感慨：

卷802 40【叙怀】徐月英

为失三从泣泪频，此身何用处人伦。
虽然日逐笙歌乐，长羡荆钗与布裙。

是啊，青楼女人没有真正的夫君，也没有自己的子女，"三从"无从谈起，而且也受人蔑视。虽然表面上夜夜笙歌，但她们无时无刻不羡慕寻常女子们粗茶淡饭，荆钗布裙的生活。徐月英还有诗："枕前泪与阶前雨，隔个窗儿滴到明。"这句后来被宋代的妓女聂胜琼填进了词中，成为最点睛的一句。确实，青楼女子的泪是一直在滴的，从唐朝到宋代，从来没有停止过。

三、太原妓

当然，有些文人对风尘女子也是有感情的。旧时的婚姻往往是父母包办，或者出于门第联姻等因素。所以古代的婚姻，不但往往是女子们不幸的渊薮，而且男人也颇受其害。当然，男人们活动范围宽，既可以纳妾，又可以逛青楼妓馆。古代文人们真正尝到"恋爱"的滋味，往往是在风尘女子那里。不过，真正痴情的却也不多，欧阳詹应该算是极为罕见的一个。

欧阳詹并非一般平庸书生，虽然现在他的名字不是很响亮，但唐贞元八年的金榜上，欧阳詹名列第二，名列"唐宋八大家之一"的韩愈才是第三，排在后面的还有李绛、王涯这两个后来成为宰相的人，可见欧阳詹是何等的优秀。由于这一年的榜中出了不少名臣，所以这被后人称之为"龙虎榜"。

欧阳詹在太原时，遇到一个妓女，二人一见倾心，两情相悦，说不尽的山盟海誓。俗话说"戏子无义，婊子无情"，妓女逢场作戏惯了，确实也经常是虚情假意。白居易有一首《醉戏诸妓》的诗说："席上争飞使君酒，歌中多唱舍人诗。不知明日休官后，逐我东山去是谁"，意思是说现在歌妓们对着我唱我的诗，但是如果我一休官后，再也不是她们的官长了，那她们谁跟追随我啊？讽刺了歌妓们"人一走，茶就凉"的心态。然而，这个太原的歌妓却不然，她是真心爱上了欧阳詹，而欧阳詹也是一名痴心男子。按说到了这个地步，并无好事不谐之理，但造化弄人，欧阳詹有公务要离开太原，他和歌妓约定不久就回来迎娶她。然而，欧阳詹一去之后，就再也没有回来。

欧阳詹其实倒不是寡情负义之人，他离开太原时，心中十分依恋。他有首诗名叫《初发太原，途中寄太原所思》，其中道"驱马觉渐远，回头长路尘。高城已不见，况复城中人……"可想而知，欧阳詹当时也是一步一回头，一望肠一断。欧阳詹回到京城后，遭遇很多变故，仕途上非常不顺，以至于羁旅京师，生活上也穷愁潦倒，根本无力去迎娶太原妓。而太原妓以为他肯定是变了心，不会来了。于是心痛过度，一病不起。临死前，她剪下自己的头发，装入一个匣中，并写了这样一首诗：

卷802 5【寄欧阳詹】太原妓

自从别后减容光，半是思郎半恨郎。

欲识旧来云髻样，为奴开取缕金箱。

可怜当年山高路远，音信难通。太原妓误以为欧阳詹变了心，于是爱中有恨，恨中有爱，所谓"半是思郎半恨郎"。她临死时对自己的姐妹们说，如果欧阳詹还会再来看我的话，就把这个箱子给他。太原妓死后没有多久，欧阳詹就派人来接她了，然而，此时佳人不在，空留余恨。

当欧阳詹打开她的缕金箱时，忍不住捧着她的发髻痛哭失声，她的发髻，他很熟悉，因为他有多少次亲手为她簪上山花。而如今，芳魂已泯，他能握住的只有这一缕秀发。

寻常男人，就算是有情有义，也就痛一阵，哭一场，然后假惺惺地写上几首悼亡诗就算了。而欧阳詹却是一个至情至性的男子，他居然因此不饮不食，十日之后，欧阳詹就也追随太原妓到了地下。说来太原妓既是不幸的，又是幸运的，不幸的是她和欧阳詹由于世事多变而难渡劫波；而幸运的是，她遇到欧阳詹这样一个重情重义的郎君。世上薄情寡义的男人极多，能为自己心爱的女人哭上几场就算不错了，而欧阳詹居然为她而死，她泉下有知，也该欣慰了。

不过，有很多人并不这样看，他们觉得欧阳詹居然为一个烟花女子殉命，大大地不值。欧阳詹进士出身，正是干事业的大好时候，怎么为了一个女人送了命？多可惜啊！好多人提及此事，都称之为"感太原妓而死"，似乎太原妓相当于妖狐之属，欧阳詹是为她迷惑而死。韩愈因和欧阳詹交情不错，所以在写他的墓志铭时讳言此事，并未提及。而当时的唐代诗人孟简却写了这样一首诗：

卷473 18【咏欧阳行周事】（欧阳詹字行周）孟简

有客西北逐，驱马次太原。太原有佳人，神艳照行云。
座上转横波，流光注夫君。夫君意荡漾，即日相交欢。

定情非一词，结念誓青山。生死不变易，中诚无间言。
此为太学徒，彼属北府官。中夜欲相从，严城限军门。
白日欲同居，君畏仁人闻。忽如陇头水，坐作东西分。
惊离肠千结，滴泪眼双昏。本达京师回，贺期相追攀。
宿约始乖阻，彼忧已缠绵。高髻若黄鹂，危鬟如玉蝉。
纤手自整理，剪刀断其根。柔情托侍儿，为我遗所欢。
所欢使者来，侍儿因复前。抆泪取遗寄，深诚祈为传。
封来赠君子，愿言慰穷泉。使者回复命，迟迟蓄悲酸。
詹生喜言旋，倒履走迎门。长跪听未毕，惊伤涕涟涟。
不饮亦不食，哀心百千端。襟情一夕空，精爽旦日残。
哀哉浩然气，溃散归化元。短生虽别离，长夜无阻难。
双魂终会合，两剑遂蜿蜒。丈夫早通脱，巧笑安能干。
防身本苦节，一去何由还。后生莫沉迷，沉迷丧其真。

孟简这首诗，叙事倒比较详细，等于将上面的事情又讲了一遍，全诗大致可分为五段，从"有客西北逐"到"中诚无间言"一段，写太原妓和欧阳詹（有客）相恋的经过，"此为太学徒"至"滴泪眼双昏"一段说欧阳詹因公务在身而不得不暂时分手。"本达京师回"到"为我遗所欢"写太原妓死前剪发留给欧阳詹。从"所欢使者来"至"两剑遂蜿蜒"写欧阳詹看到信物后悲痛而死的情节。其中像"詹生喜言旋，倒履走迎门。长跪听未毕，惊伤涕涟涟"，将当时的情景描写得十分细腻生动——刚开始欧阳詹以为太原妓跟着使者回来了，喜得倒穿着鞋出门去迎，但听到的却是噩耗。他长跪于地，泪下如雨。此段后来写"双魂终会合，两剑遂蜿蜒"，大有祈愿两人在泉下谐好之意，但最后一段却突然又变了味："丈夫早通脱，巧笑安能干。防身本苦节，一去何由还。后生莫沉迷，沉迷丧其真。"意思是告诫世人尤其是年青人（后生），莫要沉迷于女色，以免像欧阳詹一样丧身殒命。

宋人《韵语阳秋》一书中，也指责欧阳詹说："呜呼！詹能义陈蕃之不从乱，而不能割爱于一妇人……殆有所蔽而然也。"意思说，欧阳詹能像汉代陈蕃一样正直，却割舍不下一个女人的感情，实在是非常不明智的。

然而，"知我者谓我心忧，不知我者谓我何求？"有人将情字看得一分不值，有人却看得比生命还贵。正所谓："问世间情是何物，直教人生死相许！天南地北双飞客，老翅几回寒暑。欢乐趣，离别苦，就中更有痴儿女"，有些人，是一辈子也不会明白这些的。

四、楚儿

楚儿这个姑娘也是平康里的名妓。她字润娘，非常聪明伶俐，亦精通诗文。她性格相当外向，十分开朗活泼，时人评为"狂逸特甚"。后来，鸨母贪图钱财，将她卖给捕贼官郭锻为妾。郭锻是个粗人，自称是郭子仪的后人（郭子仪儿孙众多，孙子辈的他自己都认不全，倒也难说），但其人却早无乃祖郭子仪的大智大勇，据载"为人异常凶忍且毒"。他将楚儿纳为小妾后，并未带回家，而是在外找了处房子，安置楚儿。

郭锻事务繁忙，又是喜新厌旧之辈，因此到楚儿这里来的时间很少。楚儿被锁在这个院子里，很是不耐。她性格倔强开朗，虽然被锁在房中，但她并没有像一般女子那样终日郁郁苦愁，泣血悲啼。她整日隔着窗子向外望，遇到以前的旧相识，就打招呼。隔着窗儿聊得

不亦乐乎,并从窗缝中递出去红巾香帕,或者题着诗的彩笺。不过,这一切一旦被郭锻知道后,就会遭到一顿毒打。然而打归打,楚儿依旧我行我素,还是不改原来的脾气。

这天,一个叫郑光业的书生经过此处,楚儿瞅见后,就掀开帘子,向他招手,呼他过来说句话。不想郭锻正好来到,他大怒之下,将楚儿揪过来,直拉到大街上,用马鞭子狠狠地抽打她。楚儿惨叫声震天,众人纷纷驻足,围上来观看。郑光业惊惧,一溜烟跑了。第二天,郑光业倒还有点良心渣渣,悄悄地又来到楚儿窗前,只见楚儿正在窗前拨弄琵琶解闷呢。楚儿看到郑光业又来了,对他嫣然一笑,并在彩笺上题了首诗给他:

卷802 16【贻郑昌图】楚儿

应是前生有宿冤,不期今世恶因缘。
蛾眉欲碎巨灵掌,鸡肋难胜子路拳。
只拟吓人传铁券,未应教我踏金莲。
曲江昨日君相遇,当下遭他数十鞭。

楚儿在诗中说,应该是前世的冤孽吧,我居然和他(郭锻)结了这样一段恶姻缘。他那巨灵神一样大的手掌,子路(孔子的徒弟中武功最高的)一样猛的铁拳打得我好惨。"只拟吓人传铁券",大概是说郭锻自称是郭子仪的后人,家中有免罪铁券,打死人不用抵罪,以此恐吓楚儿。"未应教我踏金莲"一句,用步步生莲的典故:南齐时东昏侯萧宝卷宠爱潘妃,于是凿金为莲花状贴在地面上当地板砖,让潘妃在上面走,名曰:"步步生莲"。这里是指对女子的娇宠。此联意为,郭锻对我只是打骂,一点也不对我怜爱娇宠。"曲江昨日君相遇,当下遭他数十鞭"这句明白如话,不用解释。不过从诗歌艺术上讲,楚儿尾联这两句是"败笔",结句平淡,了无深意。但楚儿身为完全凭自学写诗的青楼女子，总体也算写得不错了。

郑光业文人德行，干大事不行，吟诗唱和倒是麻利，于是马上取笔，当场也回了一首诗："大开眼界莫言冤，毕世甘他也是缘。无计不烦乾偃蹇，有门须是疾连拳。据论当道加严篆，便合披缁念法莲。如此兴情殊不减，始知昨日是蒲鞭。"观郑光业诗中之意，对楚儿并无太多的同情，反而洗白自己——"无计不烦乾偃蹇"，"偃蹇"一词，出于楚辞"望瑶台之偃蹇兮，见有女戎之佚女"，用来比喻自己倾慕的女子。这里郑光业是说，我并不想着招惹你。更可恶的是，郑光业竟然说："如此兴情殊不减，始知昨日是蒲鞭"——我看你今天兴致还挺高的，依旧和男人调笑，看来昨天还是打得轻（蒲鞭是用很轻的蒲草制成的鞭子，落身不痛）。然而，郑光业这还算是大胆的呢，毕竟还敢和楚儿搭讪。因为郭锻当捕贼官，历来警匪一家，郭锻和当时社会上的流氓黑势力关系很深，很多泼皮无赖，都为他效命，所以"闻者为缩颈"，所有人都非常怕他。

好在楚儿的性格比较开朗乐观，换个多愁善感的恐怕早就死了。然而，谁又能体会到楚儿的辛酸？"哭不得，所以笑"，楚儿有多少泪，多少痛？也许她早已麻木和习惯。其实，历史上很多的青楼女子都像楚儿这样，她们虽然无力摆脱泥潭一般的命运，但却依旧不停地抗争，以她们自己的方式躲开现实中的风刀霜剑，她们正像一株株野草花，疾风暴雨之中，虽弯腰低首，但却依然牢牢地将根扎住，有点阳光，有点土壤，她们就顽强地活着。

我们看楚儿从良后的命运，也不是很好。青楼卖笑这个行当当然是属于吃"青春饭"的，所以青楼女子们都不得不为自己的将来打算。一般来说，烟花女子们的出路大致有三种：第一种是多年"媳妇"熬成婆，转化成鸨母的角色，甚至当上"老板"。第二种就是从良嫁人。《卖油郎独占花魁》上的刘四妈，曾详细分析过，有什么"真从

良"、"假从良"、"苦从良"、"乐从良"等多种，差不多可以算篇小论文。然而身为风尘女子，接触到的也多是浪荡之徒，想找个真心真意的好男人实在难上加难。想学唐传奇《李娃传》中那样由妓女变成贵夫人，比现在中千万元大奖的彩票还难。大多数的青楼女子，就只能是"门前冷落车马稀，老大嫁作商人妇"。有人说："遗老吊故国山河，商妇话当年车马，人生古今一概。"旧时商人的地位非常低，而且行踪不定，经常漂泊在外，文化素质也不高，所以"嫁作商人妇"，在当时是一种辛酸无奈的选择。不像现在，众多明星们都以嫁"商界精英"为荣。第三种当然更凄惨，就是老来之后，并无着落，流落街头，沦为乞丐。

在唐代的名妓中，名气最大，诗才最高，归宿又比较好的，应该非薛涛莫属。

五、扫眉才子是薛涛

唐代的女诗人，最出名的除了李季兰、鱼玄机外，薛涛也是一位重量级的人物。薛涛的诗雍容大气、高华不俗，很多人都觉得她的诗在女诗人中应该是魁首。前面说过，江湖夜雨觉得李季兰的诗颇有林下之风，更为自然，而薛涛的诗中有不少奉迎之作、应酬之作，这是她的瑕疵所在。不过我也不得不承认，薛涛的诗确实相当不凡，世人称薛涛"工绝句，无雌声"，她的很多诗雄浑大气，格调高古，不仅在唐代，就算放在整个中国古典诗歌全集中也是相当有亮色的。

对于薛涛，有人将她也算作女冠诗人，但是我并不这样认为。薛涛是到了晚年，才隐居在望江楼中，穿起女道士的服装。她一生中的大多数时间，都是以官妓的身份出现的。所以我觉得她应该算名妓诗人之列。当然，说起薛涛的身份，也有人坚称薛涛并非妓女，而是乐妓（伎）的身份。我们知道唐代的"乐妓"主要是以歌舞娱人，薛涛身在乐籍，似乎于歌舞却并不十分擅长，而是靠诗才成名，大概可称之为"诗妓"。我的看法是，不能将薛涛看成是后世那种专门以卖身为"主营业务"的妓女。然而，也不能说薛涛就完全守身如玉，唐代风气一向开放，薛涛周旋于这些官员们之间，一点事情没有，恐怕也很难置信。到了宋时，曾有明令禁止官妓"私荐枕席"（陪睡），但仍时有这样的事发生。而在唐代那种普遍视男女关系为家常便饭的情境下，这等事肯定少不了。

不过，薛涛确实无论是做诗还是做人，都透着一种庄重高贵的气象，相比之下，"女道士"李季兰、鱼玄机等人，倒显得不是妓女而胜似妓女，更加放浪无忌。也许正像有人所说，男人就喜欢风尘女子中带有闺秀的气质，良家女子中带有风尘味。

万里桥边女校书——韦皋的赏识

薛涛才情美貌非常出色，有人说"凡历事十一镇，皆以诗受知"，蜀地前后十一镇节度使分别是：韦皋、袁滋、刘辟、高崇文、武元衡、李夷简、王播、段文昌、杜元颖、郭钊、李德裕。当然，这其中不免有夸大之处，像袁滋上任时，刘辟正在闹"独立"，想割据一方，袁滋吓得根本没敢进四川，连薛涛的面也没有见过，"以诗受知"从何谈起？但即便如此，薛涛能在历届蜀地节度使在任时一直受赏识，也是相当难得了。最先赏识她的是韦皋。

对于西川节度使韦皋，在历史上倒是个相当有名的人物。金庸先生的小说《鹿鼎记》中，有人拍韦小宝的马屁，说他是"忠武王"韦皋的后人，这当然是虚构。韦皋谥号忠武，赠太师，并没有封王。他曾杀了反贼朱泚的使者，击败吐蕃的进犯，威震蜀中，倒是事实。但韦皋也十分骄横跋扈，大有割据一方的意思，西川后来几乎成了他的独立王国，手下的官职任用，全凭韦皋一句话。

贞元元年（785年），韦皋出镇蜀地，他听说薛涛貌美才高，于是将她召来侍酒赋诗。当时薛涛还是个正值豆蔻年华的少女，也就十六岁左右，她即席写下了这样一首诗：

卷803 11【谒巫山庙】薛涛

乱猿啼处访高唐，路入烟霞草木香。
山色未能忘宋玉，水声犹是哭襄王。
朝朝夜夜阳台下，为雨为云楚国亡。
惆怅庙前多少柳，春来空斗画眉长。

如果我们通读了《薛涛集》中所有诗篇的话，就会觉得这首诗写得尚且稚嫩，并不是薛涛的最佳诗作。诗中"朝朝夜夜阳台下，为雨为云楚国亡"这两句对仗并不工整，看样子也不像李白的"登舟望秋月，空忆谢将军"那样挥洒自如地故意不对仗。就整篇诗来说，绕来绕去，无非就是说楚王云雨巫山的典故而已。不过这也难怪，当时薛涛还是十六岁的小姑娘嘛。

但韦皋看了后，却觉得眼前一亮，不禁大声称赞。因为一般的欢场女子，就算有几分才情，也只是像《红楼梦》中陪薛蟠等作乐的云儿那样，只会说些什么"女儿愁，妈妈打骂何时休。女儿喜，情郎不舍还家里"这样的句子。再不就是"闷来时独自在月光下，想我亲亲想我的冤家"之类的话,哪有薛涛这种雍容大气的神采?所以韦皋见了,惊叹不已,他又将诗遍传客人,众宾客也莫不叹服称绝。于是犹如现在春晚上少不了某些主持人一样,每逢蜀中的官场盛宴,韦皋必定要召薛涛前来侍宴赋诗。

韦皋渐渐发现,薛涛聪慧过人,有时韦皋让她在身边试着做些文书方面的处理工作,感觉她灵巧仔细,比那些胡子老长的幕僚们强多了,于是薛涛慢慢地就充任了韦皋的"女秘书"。韦皋觉得薛涛确实非常胜任这个职位,并突发奇想,想上奏朝廷,正式"下文件"让薛涛任校书郎的官职。有人劝阻说:"军务倥偬之际,奏请以一妓女为官,倘若朝廷认为有失体统,岂不连累帅使清誉;即使侥幸获准,红裙入衙,不免有损官府尊严,易给不服者留下话柄,望帅使三思!"看来,就算是唐代,也有"影响不好"的问题。所以此事不了了之。不过我们说过,韦皋专权一方,薛涛虽然没有转入"正式编制",但却实实在在地担任起了校书郎的工作。当时的人也都呼之为"女校书"。诗人王建有诗送薛涛:

寄蜀中薛涛校书

万里桥边女校书,琵琶花里闭门居。

扫眉才子知多少,管领春风总不如。

薛涛的名气越来越大,粉丝们也越来越多,一时间,不单是蜀中之地,就连长安城内,也到处传播着薛涛的芳名。然而,"自古名高累不轻",凡名易居,清名难居,薛涛名气大了之后,是非也悄悄地逼来。薛涛当时尚是个不谙世事的纯真少女,想必在那些如蜂似蝶般逐来的贵家公子的迷魂汤内,也有些晕晕乎乎的。薛涛于是和他们往来唱和，一时不亦乐乎。然而，她忘了，她再有名气，也只是一个官妓，她的命运掌握在韦皋的手心里，韦皋如果不高兴，轻轻一翻手掌就可以让她苦不堪言。

闻道边城苦，今来到始知——被罚边地后的辛酸

韦皋这时候开始不高兴了，他可能有些吃醋。其实官妓们的地位是非常低下的，全唐诗中有这样一首诗，名曰《示妓榜子》："绿罗裙下标三棒，红粉腮边泪两行。叉手向前咨大使，这回不敢恼儿郎。"这诗是说一个官妓在酒席上不慎得罪了客人，被当场打了数棍，哭得脸上脂粉全花了，还要委委屈屈地向客人赔罪。薛涛虽然极受韦皋宠爱，但韦皋是什么人？那是跺一下脚整个四川都要地震的主，薛涛现在居然将他冷落，哪里还有好果子吃？于是他轻轻一句话就将薛涛贬到偏远的松州。松州是什么地方？就是现在的四川西部，即今阿坝藏族自治州境内，属于松潘高原，是荒无人烟的偏远之地，后来红军过草地就走的那地方。薛涛娇弱的身子如何吃得了这番苦，于是她明白了，既在矮檐下，怎能不低头。于是她在路上先写了这样两首诗：

卷803 9【罚赴边有怀上韦令公二首】薛涛

闻道边城苦，今来到始知。羞将门下曲，唱与陇头儿。
黠虏犹违命，烽烟直北愁。却教严谴妾，不敢向松州。

从繁花似锦的成都，到荒凉苦寒的松州，简直就是两个世界。薛涛真正体会了现实的惨酷，而她也从此明白，她的命运完全掌握在人家手里，天堂地狱，全在别人的一念之间。当时的松州，是唐朝和

吐蕃两军对峙的地方，经常战火不断，所以有"黠虏犹违命，烽烟直北愁"之说。薛涛十分害怕，这简直是让她去送死啊！于是她思前想后，还是要向韦皋苦求，所以她又写下了这组著名的《十离诗》：

卷803 60【十离诗·犬离主】薛涛

驯扰朱门四五年，毛香足净主人怜。
无端咬著亲情客，不得红丝毯上眠。

卷803 61【十离诗·笔离手】薛涛

越管宣毫始称情，红笺纸上撒花琼。
都缘用久锋头尽，不得羲之手里擎。

卷803 62【十离诗·马离厩】薛涛

雪耳红毛浅碧蹄，追风曾到日东西。
为惊玉貌郎君坠，不得华轩更一嘶。

卷803 63【十离诗·鹦鹉离笼】薛涛

陇西独自一孤身，飞去飞来上锦茵。
都缘出语无方便，不得笼中再唤人。

卷803 64【十离诗·燕离巢】薛涛

出入朱门未忍抛，主人常爱语交交。
衔泥秽污珊瑚枕，不得梁间更垒巢。

卷803 65【十离诗·珠离掌】薛涛

皎洁圆明内外通，清光似照水晶宫。
只缘一点玷相秽，不得终宵在掌中。

卷803 66【十离诗·鱼离池】薛涛

跳跃深池四五秋，常摇朱尾弄纶钩。
无端摆断芙蓉朵，不得清波更一游。

卷803 67【十离诗·鹰离韝】薛涛

爪利如锋眼似铃，平原捉兔称高情。
无端窜向青云外，不得君王臂上擎。

卷803 68【十离诗·竹离亭】薛涛

蓊郁新栽四五行，常将劲节负秋霜。
为缘春笋钻墙破，不得垂阴覆玉堂。

卷803 69【十离诗·镜离台】薛涛

铸泻黄金镜始开，初生三五月裴回。
为遭无限尘蒙蔽，不得华堂上玉台。

这十首诗用犬、笔、马、鹦鹉、燕、珠、鱼、鹰、竹、镜来比自己，而把韦皋比作是自己所依靠着的主、手、厩、笼、巢、掌、池、臂、亭、台。只因为犬咬亲情客、笔锋消磨尽、名驹惊玉郎、鹦鹉乱开腔、燕泥汗香枕、明珠有微瑕、鱼戏折芙蓉、鹰窜入青云、竹笋钻破墙、镜面被尘封，所以引起主人的不快而厌弃。有些人评价薛涛这首诗时，常觉得薛涛将自己比成狗之类的，太低卑不堪，有点掉价儿。那纯是站着说话不腰疼，薛涛身处在那个状况下，不委曲求全行吗？韦皋看到薛涛这十首悲悲切切的诗句，心中也软了下来，其实韦皋的本意也并非想一下子将薛涛置于死地而后快，而是给她个教训罢了。所以，韦皋又轻轻一翻手，薛涛就从边地调回了成都。

薛涛经此一事，成熟了很多。她更加明白了世事人情，对韦皋也更加曲意逢迎，韦皋心中大悦，亲自批示，为薛涛解除了乐籍，从此薛涛成了自由之身，她退隐于西郊浣花溪，在门前种满了枇杷花，这时薛涛年方二十岁。

言语巧似鹦鹉舌，文章分得凤凰毛——周旋于历任节度使前的薛涛

韦皋不久病逝。韦皋死后，朝廷派大臣袁滋来接替西川节度使。但当时全国到处藩镇割据，人人都想高度自治，韦皋当时也有这种倾向，只不过没有公开向朝廷叫板而已。于是原为韦皋属下的刘辟就自封为西川节度使，并得寸进尺，还要将东川和山南都归自己管。袁滋脓包一个，看此阵势，吓得没有敢进川。皇帝唐宪宗大怒，将其贬官。唐宪宗是一位英明神武之主，他派大将高崇文将刘辟击败后活捉，后押到京城斩首。刘辟其人，也是进士出身，《全唐诗》存诗两首，要说这首还不错："皎洁三秋月，巍峨百丈楼。下分征客路，上有美人愁。帐卷芙蓉带，帘褰玳瑁钩。倚窗情渺渺，凭槛思悠悠。未得金波转，俄成玉箸流。不堪三五夕，夫婿在边州。"在他统治时，不知是否和薛涛有所唱和，但因刘辟后来是被朝廷明正典刑的反臣，所以薛涛就算和他有彼此唱和的诗作，料想也销毁了。

高崇文率大军入蜀后，当地官吏士绅又请薛涛去迎接。薛涛于是献了这样一首诗：

卷803 13【贼平后上高相公】

惊看天地白荒荒，瞥见青山旧夕阳。

始信大威能照映，由来日月借生光。

"惊看天地白荒荒"，荒荒，指黯淡无际貌。杜甫有诗："野日荒荒白。"这里指天日无光的样子，形容刘辟统治时一片昏暗。"由来日月借生光"当然是写高崇文平乱后，川中百姓重获光明。这诗中逢迎之词当然是有的，但是写得也确实气势不凡，尤其是出于一红裙女子之手。高崇文只粗知文字，薛涛这首诗估计也就看个半懂。《全唐诗》中也录有高崇文的一首诗："崇文宗武不崇文，提戈出塞号将军。那个髇儿射雁落，白毛空里乱纷纷。"大家一看便知，这位高崇文十足的武夫本色，实在应该改名叫高崇武才对。

在蜀地士绅招待高崇文的酒席宴上，高崇文（旧本诗话有的作高骈，误，高骈生活时代和薛涛完全不吻合）起令道："口，有似没梁斗。"薛涛当即机敏地回答："川，有似三条橼。"薛涛的回答，不但十分贴切，而且落在"川"字上，比高崇文随口乱说的更有意义。高崇文还有点不服气，挑剔说："你那个三条橼中怎么有一条是弯的啊（指川字第一笔是撇）？"薛涛答道："阁下是堂堂节度使，却用'没梁斗'，我一个小女子，用个弯了一条的橼有什么不可啊？"逗得高崇文听了大笑。元稹后来有诗夸薛涛是"言语巧似鹦鹉舌"，实在也并非过誉之词。如果薛涛生活在现在，当个电视节目主持人什么的，肯定随机应变，妙语连珠，远胜当下某些花瓶似的女主持人。

高崇文虽然打仗在行，但毕竟是武人，搞政治管理不行，四川被他管得一团糟。朝廷于是派武元衡代替高崇文，武元衡是武则天一族的后人，但为人却并不坏，长得一表人才，性情也温和闲雅，雍容大度。武元衡开始很不愿意到蜀地来，他动身之际，曾在嘉陵驿题诗一首："悠悠风旆绕山川，山驿空蒙雨似烟。路半嘉陵头已白，蜀门西更上青天。"对出任蜀中充满踌躇沮丧之意。薛涛知道后，写了这样一首诗给他：

卷803 57【续嘉陵驿诗献武相国】薛涛

蜀门西更上青天,强为公歌蜀国弦。

卓氏长卿称士女,锦江玉垒献山川。

薛涛此诗,巧妙地先借了武元衡诗的最后一句,然后三句诗一续下来,立改武元衡诗中那种阴霾之气。她夸蜀中山河锦绣,才子才女俱佳,暗示武元衡会不虚此行。武元衡读了后,顿时转愁为喜,觉得蜀中之游,倒也不错。由此可见,薛涛的才情和巧思。武元衡叹服之下,对薛涛敬慕有加,到任后,就正式上书向朝廷申奏,授薛涛校书郎一职。

他家本是无情物,一任南飞又北飞——薛涛茫然无依的爱情

薛涛一生,以美貌和才情著称,宠爱她的人应该有不少,但这些人并非是出于真正的爱情。她曾发明了用胭脂染成,花纹精巧、颜色鲜丽的薛涛笺,成为后世男女们互达情意的必用纸品。然而,薛涛此生,却找不到真正爱她之人。

作为一个寂寞的女人,薛涛诗中也常常流露出爱无所依的感慨,比如这四首《春望词》:

卷803 2【春望词四首】薛涛

花开不同赏,花落不同悲。欲问相思处,花开花落时。

揽草结同心,将以遗知音。春愁正断绝,春鸟复哀吟。

风花日将老,佳期犹渺渺。不结同心人,空结同心草。
那堪花满枝,翻作两相思。玉箸垂朝镜,春风知不知。

读罢这四首诗,我们不难从其中读到薛涛当年那颗空荡荡的心。虽有人称她为"管领春风总不如",但明艳的春光却并不属于她。在喧闹的酒宴之间,招惹她的男人自然不少,然而,她真正想要的,是一个能和她两心相知,陪她花开同赏,花落同悲,共尝甘苦,共度风雨的人。

《牡丹》这首诗也表达了薛涛寂寞的心情:

卷803 12【牡丹】薛涛

去春零落暮春时,泪湿红笺怨别离。
常恐便同巫峡散,因何重有武陵期。
传情每向馨香得,不语还应彼此知。
只欲栏边安枕席,夜深闲共说相思。

"只欲栏边安枕席,夜深闲共说相思",薛涛虽然在当时人的眼中,如同一朵解语花,时常逗得那些官绅们开颜解颐,但是她自己的寂寞愁苦却无处可诉。

薛涛一度和来四川巡视的元稹,有过一段情缘。当时是元和四年(809年)。据说元稹自负才高,开始还非常看不起薛涛。然而当他读到薛涛的《四友赞》时,却不得不惊服。薛涛此文以拟人的手法说砚、笔、墨、纸:"磨润色先生之腹,濡藏锋都尉之头,引书媒而黯黯,入文亩以休休",前面我们说过,元稹是那种"情多累美人"的男人,他确实有才有貌,也挺有女人缘的。薛涛也很喜欢他,当时元稹才三十岁,薛涛已经是四十多岁,所以现在很多文章,称之为薛涛和元稹的"姐弟恋"。据说下面这两首诗就写于薛涛和元稹共度的这段甜蜜时光中：

卷803 7【池上双鸟】薛涛

双栖绿池上，朝暮共飞还。更忆将雏日，同心莲叶间。

卷803 8【鸳鸯草】薛涛

绿英满香砌，两两鸳鸯小。但娱春日长，不管秋风早。

诗中充满了温馨甜蜜的气息，这是薛涛其他诗作中所没有的。然而，好景不常在，元稹随即就要离开蜀地。薛涛恋恋不舍，写下这样两首诗：

卷803 54【赠远二首】薛涛

芙蓉新落蜀山秋，锦字开缄到是愁。
闺阁不知戎马事，月高还上望夫楼。

扰弱新蒲叶又齐，春深花落塞前溪。
知君未转秦关骑，月照千门掩袖啼。

这两首诗，应该是写给元稹的。"月高还上望夫楼"，在薛涛的心目中，元稹似乎就已是她的夫君。元稹或许在枕边说过无数的甜言蜜语，两人私下里或许也以夫妻相称，但元稹却不会给她真正的名分。后来元稹再也没有到过四川，只是又寄了首诗，夸薛涛说："锦江滑腻峨嵋秀，生出文君与薛涛；言语巧似鹦鹉舌，文章分得凤凰毛。纷纷辞客多停笔，个个公侯欲梦刀；别后相思隔烟水，菖蒲花发五云高"——这就是这段爱情的休止符。

元稹并非专情之人，他是以始乱终弃闻名的情场杀手，薛涛虽然冰雪聪明，却也入其彀中。所以，这注定是一场只能开花不能结果的因缘，薛涛惆怅中写道：

卷803 56【柳絮】薛涛

二月杨花轻复微，春风摇荡惹人衣。
他家本是无情物，一任南飞又北飞。

晚岁君能赏，苍苍劲节奇——晚年阅尽沧桑的薛涛

薛涛年纪渐老，青丝间也换了星星白发，她也渐渐厌倦了这些应酬。于是当长庆元年（821年），节度使段文昌再邀薛涛参加宴会时，薛涛就婉言谢绝了：

卷803 58【段相国游武担寺，病不能从，题寄】薛涛

消瘦翻堪见令公，落花无那恨东风。
侬心犹道青春在，羞看飞蓬石镜中。

"羞看飞蓬石镜中"，意思是说自己已经容光不再，两鬓如蓬了。从而谢绝了这类邀请。然而，必要的应酬还是免不了的，薛涛写过诗给段文昌的儿子段成式（《酉阳杂俎》的作者），夸他："公子翩翩说校书，玉弓金勒紫绡裾"，当然，段公子和薛涛之间不会有什么"故事"，薛涛此时，已是五十多岁了。

时光匆匆，急如流水。转眼间已是太和四年（830年），蜀中又换了三任节度使。这一年，新任剑南西川节度使的李德裕建了一座雄

伟壮观的筹边楼，"筹边楼"高大雄伟，是节度使与僚属将佐们瞭望远近情况并筹谋大策的地方；楼上四壁彩绘着蛮夷地形险要图，作战时此楼还可以充当最高指挥所。高楼建成之日，李德裕大摆酒宴，一时冠缨四集，高朋满座。其中一个身穿道袍白发苍苍的老妇人特别引人注意，有好多人不知道，她就是当年明媚照人的薛涛，她老了。然而，当李德裕请她即席赋诗时，她铺开白纸，饱蘸浓墨，落笔如风，气势苍劲如松，写下了这样一首诗：

卷803 71【筹边楼】薛涛

平临云鸟八窗秋，壮压西川四十州。
诸将莫贪羌族马，最高层处见边头。

此诗意境豪迈，风格雄浑，见地深远。历经诸多的沧桑，多年的校书生涯，使薛涛对于军国大事，也有一般人莫及的高瞻远瞩。"诸将莫贪羌族马，最高层处见边头"这句就是告诫众将不要贪功轻动，以致兵祸相连。我们知道，但凡用兵老手，都是谨慎再谨慎。越是赵括之类坐而谈兵的人，什么也觉得容易，恨不得一天席卷三千里，立马就把对方干掉。其实越是这样，越败得惨。我们看薛涛此诗的气度，老辣沉稳之极，简直就是久经沙场，胸有百万甲兵的军中主帅。所以在座诸公，纷纷对薛涛油然而生一种敬仰之意。此时的薛涛，已不是那种凭媚姿讨人欢喜的官妓了，她已是历任节度使们了解蜀中军政大事，风土人情的重要参谋。

薛涛晚年，隐居在望江楼中。她穿起道服，静心读经。所以，有人也将薛涛归于女冠诗人之列。以薛涛的性格，倒是适合隐居读经的生活，也许，只有到了晚年，她才能安安心心地过一段自己想要的日子。大家不要只看到薛涛经历十一镇节度使，却始终如月季花一般无时不艳——"只道花无十日红，此花无日不春风"，可你知道，在此背后，又有多少辛酸和艰难？十一镇节度使，哪个是好对付的，这里面要花多少心思，赔多少小心？实在是如履薄冰，如临深渊。晚年的薛涛，才终于可以舒一口气。

有人说："我想薛涛这样的女子，还是做妓的好；如果不去做妓的话，还真没有更好的职业适合她"，对此，我很不同意。从薛涛一生的性格看，她不是那样的女子，如果说李季兰、鱼玄机从骨子里就有一种放荡基因的话，而薛涛却是始终带着高贵、超脱的气质。如果不是造化弄人，薛涛完全可以成为尚宫五宋、上官婉儿，甚至武则天那样的人。薛涛这首诗，很能反映她一生的风骨：

卷803 1【酬人雨后玩竹】薛涛

南天春雨时，那鉴雪霜姿。众类亦云茂，虚心能自持。
多留晋贤醉，早伴舜妃悲。晚岁君能赏，苍苍劲节奇。

《全唐诗》的编者，将薛涛这首诗放在她集中的第一篇，想来也是最为推崇此诗吧。清代陈矩刻本的《洪度集》中也说："《雨后玩竹》一诗，何啻涛自写照"，是啊，这首诗更像是晚年薛涛的写照，她晚岁的苍苍劲节，更让人崇仰。

如果有机会让我去见一见薛涛的话，我更想去拜访晚年的薛涛，穿过那片凤尾森森，龙吟细细的竹林，来到一灯如豆的望江楼，坐在白发苍苍的薛涛面前，听她讲蜀中的风云变幻，世情的空幻炎凉。

太和六年（832年），薛涛安然离世，享年六十三岁。一年后，段文昌又来到蜀中，亲自给她题写了墓碑，上书"西川女校书薛涛洪度之墓"。薛涛一生少有才名，老得安乐，生前享高寿，身后有盛名，过得也并不算太差。成都至今尚有望江楼的古迹，相传曾有这样一副对联：

　　古井冷斜阳，问几树枇杷，何处是校书门巷？
　　大江横曲槛，占一楼烟雨，要平分工部草堂。

　　扫眉才子、西川校书薛涛，能直追诗圣老杜，要平分工部草堂，谁敢以轻贱视之？

卷十

那作商人妇,愁水复愁风
——商妇卷

这里所说的"商妇"，是指商人妇。前面说过，在唐代，商人的地位相当低，经常为士人所歧视。当时的官员并不像今天这样四处招商引资，将那些大老板们奉为上宾。他们对商人通常都非常看不起，甚至厌恶。元稹《估客乐》的诗中就斥责商人"父兄相教示，求利莫求名，求名有所避，求得无不营"，意思是说商人毫无道德的约束，唯利是图。刘禹锡也说："贾客无定游，所游唯利并"，虽然个别富商也比较有钱，但是他们却很难混入社会的贵族阶层。个别情况下，如中宗皇帝当政时，韦后、安乐公主等收了钱就给官做，商人也有可能当官。但此举颇受人非议，时称"斜封官"。很快也就被朝廷废止。

　　所以，在当时商人就算有钱，在政治上也没有发言权，社会地位不高。加之不少商人也确实唯利是图，见风使舵，甚至坑蒙拐骗，无所不为。故旧时常有"无商不奸，无奸不商"一说。而且商人行踪不定，古时路途艰险，也经常出事故，所以唐代的女孩很少有喜欢嫁给商人的。当时社会上的人对于商人乃至商人妇，都有一种歧视的眼光，白居易曾写过这样一首诗：

卷427 18【盐商妇】白居易

盐商妇，多金帛，不事田农与蚕绩。南北东西不失家，
风水为乡船作宅。本是扬州小家女，嫁得西江大商客。
绿鬟溜去金钗多，皓腕肥来银钏窄。前呼苍头后叱婢，
问尔因何得如此。婿作盐商十五年，不属州县属天子。
每年盐利入官时，少入官家多入私。官家利薄私家厚，
盐铁尚书远不知。何况江头鱼米贱，红脍黄橙香稻饭。
饱食浓妆倚柂楼，两朵红腮花欲绽。
盐商妇，有幸嫁盐商。终朝美饭食，终岁好衣裳。
好衣美食来何处，亦须惭愧桑弘羊。
桑弘羊，死已久，不独汉时今亦有。

白居易诗中对这个嫁给盐商的女子，进行了辛辣的讽刺。说她本是扬州穷人家的女儿，嫁了盐商后吃得肥胖，连原来的银钗也戴不住了，她穷人乍富，作威作福，随意叱骂奴婢。白居易认定盐商们的所得，都是非法收入，他们不耕田，不做工，却"终朝美饭食，终岁好衣裳"。他呼吁官府要像汉代桑弘羊那样严厉打击"投机倒把"的行为，打击富商大贾的势力。这很能代表当时人们对于商人的态度。

不过，相当多的商人和商人妇，也并非像白居易说的那样可恶，其中很多商人妇更是值得可怜。李白出身于富商家庭，可能对商人家的生活更熟悉一些，李白这首《长干行》，讲的就是身为商人妇的苦恼：

卷163 25【长干行二首】李白

妾发初覆额，折花门前剧。郎骑竹马来，绕床弄青梅。
同居长干里，两小无嫌猜。十四为君妇，羞颜未尝开。
低头向暗壁，千唤不一回。十五始展眉，愿同尘与灰。
常存抱柱信，岂上望夫台。十六君远行，瞿塘滟滪堆。
五月不可触，猿声天上哀。门前迟行迹，一一生绿苔。
苔深不能扫，落叶秋风早。八月胡蝶来，双飞西园草。
感此伤妾心，坐愁红颜老。早晚下三巴，预将书报家。
相迎不道远，直至长风沙。

忆妾深闺里，烟尘不曾识。嫁与长干人，沙头候风色。
五月南风兴，思君下巴陵。八月西风起，想君发扬子。
去来悲如何，见少离别多。湘潭几日到，妾梦越风波。
昨夜狂风度，吹折江头树。淼淼暗无边，行人在何处。
好乘浮云骢，佳期兰渚东。鸳鸯绿蒲上，翡翠锦屏中。

自怜十五余，颜色桃花红。那作商人妇，愁水复愁风。

身为商人之妇，最不堪忍耐的就是离别。李益曾有诗说："嫁得瞿塘贾，朝朝误妾期。早知潮有信，嫁与弄潮儿。"非常简练透彻地表达了商人妇的情怀。这商人一走就没个准儿，只不定哪天才能回来，也不知道是不是还会回来。寻常人有家有田，一般不会随处就安家，而商人却不然，他们往往有时候就干脆住在异地，家中的老婆却不管不问了，这等事丝毫不稀罕。

江南名伶刘采春，常在民间走动，接触客商及其家眷的机会比较多，所以她所唱的这六首曲子，反映商妇的心情，别具滋味：

卷802 4【啰唝曲六首】刘采春

不喜秦淮水，生憎江上船。载儿夫婿去，经岁又经年。
借问东园柳，枯来得几年。自无枝叶分，莫恐太阳偏。
莫作商人妇，金钗当卜钱。朝朝江口望，错认几人船。
那年离别日，只道住桐庐。桐庐人不见，今得广州书。
昨日胜今日，今年老去年。黄河清有日，白发黑无缘。
昨日北风寒，牵船浦里安。潮来打缆断，摇橹始知难。

元稹曾写诗夸刘采春道："更有恼人肠断处，选词能唱《望夫歌》。"所谓《望夫歌》就是指的这六首曲子。总体说来，这六首都相当不错，而最妙的当属第一首、第四首。第一首写商人妇独在江边，盼自己的丈夫回来，心事百无聊赖之际，不免就恨水恨船，可谓常中见奇，别有风味。第四首则写夫君远去，音信相隔，只道是在桐庐做生意，然而突然收到一封家书，才知道老公居然又跑到离家乡更远的广州去了。陆机有一首诗叫《为周夫人寄车骑》："昔者得君书，闻君在高平。今者得君书，闻君在京城"，和刘采春这首类似。陆机虽是历史上有名的文坛大腕，这首诗却不及刘采春的。两者相比，陆机写得比较粗直平淡，而刘采春更加婉转生动。究其原因，正是因为刘采春充分了解商人妇的生活，才能够道出她们的心声。

我们再来看一首真正出于商人妇之口的诗，郭绍兰是长安的一名女子，她的丈夫任宗到湖南去经商，数年不归。郭绍兰思念不已，也不知道任宗身在何处，失望之中，写了一首诗系在燕子的足上。也许是她的真心感动了上苍，任宗当时正在荆州，这只燕子忽然就落在他的肩上，他惊奇地发现信后打开一看，原来是这么一首诗：

卷799 7【寄夫】郭绍兰

　　我婿去重湖，临窗泣血书。殷勤凭燕翼，寄与薄情夫。

明钟惺《名媛诗归》中曾说："本不成诗，以其事之可传耳"，意思是说郭绍兰这首诗并不怎么样，只是因为故事比较奇特而流传罢了。看郭绍兰的这首诗，确实平白如话，然而这并不代表这首诗就没有价值，我觉得这首诗和故事的流传，正是因为它能够代表了商人妇的心声，也并非完全是因故事离奇。郭绍兰是比较幸运的，任宗看了这首诗后，"感泣"而归。他们终于夫妻团圆。

可是，有些商人妇就没有这样的好运了，她们好不容易盼星星盼月亮，盼回了自己的老公，却发现他身边又有了新人，而自己却被抛弃了。像李端的《代弃妇答贾客》一诗就描述了这样的情形："玉垒城边争走马，铜鞮市里共乘舟。鸣环动佩恩无尽，掩袖低巾泪不流。畴昔将歌邀客醉，如今欲舞对君羞。忍怀贱妾平生曲，独上襄阳旧酒楼。"

当然，话说回来，商人们也不容易，自古钱能招盗，商海风险多多。尤其在古时社会不安定的情况下，商人到处奔波，也非常凶险，刘驾有一首《贾客词》写道：

贾客灯下起,犹言发已迟。高山有疾路,暗行终不疑。
寇盗伏其路,猛兽来相追。金玉四散去,空囊委路岐。
扬州有大宅,白骨无地归,少妇当此时,对镜弄花枝。

诗中写这个商人天不亮就起早赶路,不想遇到强盗劫道,又遇到猛兽相追,结果金银财宝被强盗抢走,尸身也全喂了野兽。而此时他远在扬州的大宅里,他那毫无所知的娇妻此时还正怡然自得地在对镜梳妆哪。可见,商人也不是那么好干的。敦煌曲子词里有一组按《长相思》的词牌而填,题为"作客"的三首词,其中两首也道出商人在外的辛酸:

作客在江西。寂寞自家知。尘土满面上。终日被人欺。
朝朝立在市门西。风吹泪点双垂。
遥望家乡长短。此是贫不归。

作客在江西。得病卧毫厘。还往观消息。看看似别离。
村人曳在道傍西。耶娘父母不知。
身上缀牌书字。此是死不归。

是啊,商人在外面经商,虽然古时没有交通事故,但却有强盗猛兽的威胁。此外,生意场上也是风波多多,赔钱乃至血本无归的事情是常有的,这些商人有的穷困不堪,没有路费,回不了家,有的甚至直接死在异乡,被当做无主野尸处理掉了。

当然,所谓风险越大,收益也越大,不少商人还是发了财的,前面所说的曲子里,除了"贫不归"、"死不归"外,也有"富不归"一说:

作客在江西。富贵世间稀。终日红楼上。□□舞著词（原本缺二字）。

频频满酌醉如泥。轻轻更换金卮。

尽日贪欢逐乐。此是富不归。

商人在外面，发了财就大吃大喝，去青楼妓馆偎红倚翠，从而乐不思蜀。而如果失败了，就又潦倒不堪，难以回乡。所以似乎身为商人妇，怎么着也没好。那商人妇就注定就要寂寞孤独？也不尽然。我们现在有首叫做《闷》的歌中唱道："谁说爱上一个不回家的人，唯一结局就是无止境的等。是不是不管爱上什么人，也要天长地久求一个安稳？"在唐代，也有一部分女子这样想，于是她们也选择了出轨。

柳祥《潇湘录》一书中有这样一个故事，维扬有个叫万贞的人，是个巨商，他的妻子孟氏，十分美貌，又能歌善舞，并会吟诗作文。这天孟氏在自家花园中独游，看到春光明媚，自己却孤身一人，于是吟诗道：

卷800 22【独游家园】孟氏

可惜春时节，依前独自游。无端两行泪，长只对花流。

这时忽然有一个美少年从墙外跳了进来，和孟氏诗文互答，孟氏于是春心萌动，就将这个少年偷偷带回自己的房里。两人同居有一年之久，直到万贞回来，该少年才恋恋不舍地离去。

孟氏的行为，虽然在旧时看来十分不端，但是也有情可原，商人在外边可以随意寻花问柳，难道商人妇就只能当金丝笼中寂寞的鸟儿吗？这也是不公平的。说来商人妇和后妃宫女什么的有点相似之处，都是物质生活还相对宽裕，但却情爱难求。

卷十一

蓬门未识绮罗香
——贫女卷

唐代社会虽然曾经盛极一时，但毕竟有高低贵贱分明的社会阶层。唐代的"士族门阀"虽远不如两晋时更典型，但我们也能从历史中明显感觉到"士族"阶层的存在。出身寒族的李义府，欲为儿子在当时的七大名门望族中找个媳妇，竟到处碰壁。人家七姓豪门一般是相互通婚，平常人家根本不入眼。李义府气得不行，便劝说皇帝下诏，禁止这七姓子女互相通婚。当然，李义府其人，名声不好，一般认为他是个奸臣。但我们从此事中也可以看出来，那些所谓的高门大姓是何等的傲气。

翻看唐朝历史上大官的花名册，我们会发现，什么姓崔的、姓卢的、姓郑的、姓裴的、姓杨的数量极多，这些人都是出身贵族。正像顾炎武所说过的那样："高门巨族，以泰山压卵之势，凌忽寒士。稍铄其锋者，驱迫有司，排抑多端"，寻常寒士想跻身于贵族阶层，那是相当不容易的。

不过，对于男人来说，还有科举这条通天之路可走，只要你寒窗苦读，坐冷板凳，下死功夫，一朝金榜有名，那就可以一登龙门，身价百倍，并有可能风风光光地娶到贵族家的"五姓女"，从此成为社会上流人物，再也不是那个满身牛粪味的穷小子了。对于女子，却没有这样的门路好走。贫家女被贵族之家娶为正妻者，极为罕见。就算是你容貌出众，品质高洁，也没有人理睬，秦韬玉这首《贫女》说得很深刻：

卷670 5【贫女】秦韬玉

蓬门未识绮罗香，拟托良媒益自伤。
谁爱风流高格调，共怜时世俭梳妆。
敢将十指夸偏巧，不把双眉斗画长。
苦恨年年压金线，为他人作嫁衣裳。

当然，身为穷书生的秦韬玉，在诗里寄托了一些自己怀才不遇的种种感慨,而另一方面从中我们也可以知道,唐代时的贫家女儿也是那样的悲苦——自己地位低贱,就算再心灵手巧,再吃苦耐劳,却也比不上人家既骄又娇的富家女。

邵谒为县吏时,被县令找碴开除,邵谒气愤欲狂,截下发髻挂于城门,就此发愤读书,但一直到了三十多岁,也没有考上,因此他对穷苦生活的体会更为深刻,这首诗说得也是非常细致生动:

卷605 21【寒女行】邵谒

寒女命自薄,生来多贱微。家贫人不聘,一身无所归。
养蚕多苦心,茧熟他人丝。织素徒苦力,素成他人衣。
青楼富家女,才生便有主。终日著罗绮,何曾识机杼。
清夜闻歌声,听之泪如雨。他人如何欢,我意又何苦。
所以问皇天,皇天竟无语。

确实如此,贫家的女儿生来就要织布养蚕,日夜不能好好地歇息,因家里穷得叮当响,所以没有人来提亲,而人家那些富家女儿,生来就有豪门大户来礼聘,正是"他人如何欢,我意又何苦",苦乐何其不均!这种现象,就算在我们今天似乎依然存在。像我所在的这种小城市里,介绍对象时,往往一说就是看有没有"正式"工作,所谓"正式"工作,一般就是指在事业单位,工资丰厚且有保证的。比如在各大行政机关的,在医院、学校工作的美女,一般非常"抢手",而如果你没有固定工作,家中父母双下岗,往往被"一票否决"。就算你温婉娴淑,也很难找到如意的男朋友。再退一步说,就算费尽千辛万苦嫁过去,也常受到婆婆等夫家人的轻视。穷人家的女孩,家里穷,往往没有读过大学什么的,所以就更加难找到好工作。而富家美女,人家财大势大,可以"低分上大学,白手开公司",自然始终被当公主一样宠着,想要好的工作,好的老公,都是唾手可得,堪称一顺百顺。

其实，娶富家女的人未必就家庭生活幸福，《围炉夜话》中曾道："最不幸者，为势家女作翁姑，最难处者，为富家儿作师友"，也就是说有财有势家的女儿，大多骄横，十分难缠，却又说不得骂不得，公婆（翁姑）只有忍气吞声的份儿。同样道理，给富家儿当师傅，也是件棘手的事情。白居易有一首诗曾劝诫过世人：

卷425 2【秦中吟十首·议婚（一作贫家女）】白居易

天下无正声，悦耳即为娱。人间无正色，悦目即为姝。
颜色非相远，贫富则有殊。贫为时所弃，富为时所趋。
红楼富家女，金缕绣罗襦。见人不敛手，娇痴二八初。
母兄未开口，已嫁不须臾。绿窗贫家女，寂寞二十余。
荆钗不直钱，衣上无真珠。几回人欲聘，临日又踟蹰。
主人会良媒，置酒满玉壶。四座且勿饮，听我歌两途。
富家女易嫁，嫁早轻其夫。贫家女难嫁，嫁晚孝于姑。
闻君欲娶妇，娶妇意何如。

白居易的诗一向以好懂著称，据说连老太太都能懂，这首诗确实也明白如话，这里不多解释。大家看诗中也是说富家女有很多人攀亲，但是贫家女却无人问津。然而，富家女虽然早早地被人迎娶，但她一贯骄横，轻贱自己的老公乃至公婆等夫家人，而贫家女却会老老实实，恪守妇道，孝敬公婆。白居易最后说："闻君欲娶妇，娶妇意何如"——用现在的话说就是，听说你想找女朋友，那你会找什么样的对象呢？其实白居易这首诗，也只是看到了表象，富家女虽然霸道，但娶了富家女，攀上了朱第高门，以后仕途顺利，官运亨通，不知要少奋斗多少年。就像现在的男生，谁不愿意和家里有权有钱的女生结婚？富家女脾气大点，又算得什么，就算天天为她洗脚捶背也心甘情愿啊。所以白居易也是白呼吁，照样是富家女抢手，贫家女"滞销"。

所以，在旧时大量男人在四处征战中死亡的情况下，有的贫家女甚至一生都嫁不出去，杜甫有诗写这种情况：

卷221 15【负薪行】杜甫

夔州处女发半华，四十五十无夫家。
更遭丧乱嫁不售，一生抱恨堪咨嗟。
土风坐男使女立，应当门户女出入。
十犹八九负薪归，卖薪得钱应供给。
至老双鬟只垂颈，野花山叶银钗并。
筋力登危集市门，死生射利兼盐井。
面妆首饰杂啼痕，地褊衣寒困石根。
若道巫山女粗丑，何得此有昭君村。

从老杜诗中看，这些女子之所以"嫁不售"，除了战乱外，主要还是因为一个"穷"字。所以她们只能一辈子自己辛辛苦苦地打柴换钱，孤孤单单地过苦日子。

贫家女子，就算嫁到夫家，也经常受气，还有可能被男人随意休弃。许敬宗当时支持唐高宗废掉王皇后而立武则天，就在朝堂大讲："田舍翁多收了十斛麦，尚欲易妇"，可见在当时是非常普通的现象。所以张潮有诗道："婿贫如珠玉，婿富如尘埃，贫时不忘旧，富日多宠新。"这个女子说，夫婿贫穷时才会将我如珠玉一样珍视，而一旦富了就会弃我如尘土。如果可能的话，恐怕有不少女人宁可受穷，也不愿意让丈夫富贵后变心。然而，这却不是女子们所能左右的。还是有相当多的女人被无情地抛弃，李白有一首诗名为《寒女吟》，入木三分地揭示了这种丑恶现象：

昔君布衣时，与妾同辛苦。一拜五官郎，便索邯郸女。
妾欲辞君去，君心便相许。妾读蘼芜书，悲歌泪如雨。
忆昔嫁君时，曾无一夜乐。不是妾无堪，君家妇难作。
起来强歌舞，纵好君嫌恶。下堂辞君去，去后悔遮莫。

从诗中可以看到，这个男人"布衣"（贫贱）之时，尚能和妻子共甘苦，然而一旦当上了官，就想抛弃了结发之妻，另寻新欢。这人既然有了这样的心思，自然看自己的妻子时处处讨厌，妻子怎么做也能鸡蛋里挑出骨头来。而这个女子也挺有志气的，她愤愤地说："不是妾无堪，君家妇难作"，她主动离开了这个男人——"下堂辞君去，去后悔遮莫"。确实是位很有性格的盛唐女子。

旧时的女子如一时没有生育子女，那就更加给夫家以口实，因为没有生育，在旧时就属于"七出"之列，夫家是有权休掉妻子的。上面李白诗中"妾读蘼芜书"一句，或许只是借用古乐府《上山采蘼芜》一诗中的"将缣来比素，新人不如故"的典故，但也许还有另外一个意思，旧时相传蘼芜是一种香草，女子服食可以多生儿子。诗中的"寒女"也有可能是因为没有儿女而被休弃的。

《全唐诗》中有一首诗，是一名叫做慎氏的女子所做，她就因为无子被其夫严灌夫休走。临行时，慎氏泪下如雨，写了这样一首诗：

卷799 37【与夫诀】慎氏

当时心事已相关，雨散云改一饷间。
便是孤帆从此去，不堪重上望夫山。

是啊，"不堪重上望夫山"，那些远别的妻子们还可以登上望夫山来思念自己的丈夫，虽然不知道他什么时候才能回来，也不知道他能不能回来，但心中毕竟存着一丝希望，一种温暖。而慎氏作为被休出门的女人,连这个资格也没有,又情何以堪!好在,据说慎氏的老公良心未泯,看了她的诗后被感动了,当下十分惭悔,将她留了下来。然而,并不是人人都能如此幸运,张籍《离妇》一诗中,就讲了这样一个悲惨的女子:

卷383 14【离妇】张籍

十载来夫家,闺门无瑕疵。薄命不生子,古制有分离。
托身言同穴,今日事乖违。念君终弃捐,谁能强在兹。
堂上谢姑嫜,长跪请离辞。姑嫜见我往,将决复沉疑。
与我古时钗,留我嫁时衣。高堂拊我身,哭我于路陲。
昔日初为妇,当君贫贱时。昼夜常纺织,不得事蛾眉。
辛勤积黄金,济君寒与饥。洛阳买大宅,邯郸买侍儿。
夫婿乘龙马,出入有光仪。将为富家妇,永为子孙资。
谁谓出君门,一身上车归。有子未必荣,无子坐生悲。
为人莫作女,作女实难为。

从诗中我们可以看到,这个苦命的女子,因为一直没有生育儿子,结果被夫家休弃。诗中写,这个女子一开始嫁过来时,其夫还非常穷(昔日初为妇,当君贫贱时),该女子昼夜劳作,没有享过什么福。但现在夫家阔了,就买了大宅院,有了丫环仆人,而这个女人等来的却是被休掉!从"将为富家妇"一句看,究其原因,无子只是借口,实际上还是嫌她穷,嫌她门第低微罢了。假如她是豪门高第的富家小姐,自己生不出儿子,可以纳妾嘛,甚至就算是既不生儿子又不让纳妾,那些臭男人们也不敢得罪自己。

此外,身为贫家女,所嫁的夫君也往往就是一般的穷人。在唐代,这些人要服兵役、劳役,男人一走,女子身上的负担非常重。正像葛鸦儿所写的诗中说的那样：

卷801 30【怀良人】葛鸦儿

蓬鬓荆钗世所稀，布裙犹是嫁时衣。
胡麻好种无人种，正是归时不见归。

从诗中看，葛鸦儿应该是一位标准的贫女，她头发蓬乱，只能戴树棍做成的发钗，身上的衣裙还是当年出嫁时的旧衣服——看来自成婚后就没有做过新衣服。生活上穷困倒也罢了，葛鸦儿最大的希望就是让她的丈夫能陪在她的身边，和她一起种胡麻。民间传说，胡麻（即芝麻）这种东西，必须要夫妻俩一同来种，有道是："长老种脂麻——未见得。"就是说芝麻这东西一个人种它不长，老和尚种它当然不长，寡妇种也不长，必须要一男一女种才长得好。

当然这只是传说，但葛鸦儿这里借机来思念她的老公，我们也可想而知，连田里种什么这样的事都能联想到身在远方的夫君，可见是无时不在思念，无处不在思念。情切之状，溢于纸外。故而此诗也得了很多诗家的好评。沈德潜在《唐诗别裁集》卷二十中评此诗时说："以耕凿望夫之归，比'悔教夫婿觅封侯'，较切较正。"依我看，"较切较正"倒未必见得，不过"悔教夫婿觅封侯"乃是富家女的相思之情，这里却是贫家女的相思之苦。两者身份不同情境不同。不过，富家女是逼着（或者是鼓动）自己的老公去建功立业而造成夫妻别离的，多少有点咎由自取的意思，而葛鸦儿的老公却是被迫服役而离开，相比之下，葛鸦儿更值得我们同情。

贫女们一般都没有机会来读书习文，所以出自贫女们自己口中的诗句并不是很多，然而，也有这么一两位贫寒女子，她们兰心蕙性，所写的诗句也是卓尔不凡，丝毫不弱于那些豪门名媛们，甚至比有些须眉男子的手笔还要俊逸风流。下面我们看一个叫程长文的女子：

程长文

程长文的详细情况，后世人所知甚少。她的生平事迹连古人的笔记小说中也找不到一丝痕迹（也可能是江湖夜雨没有找到）。然而，从她自己留下来的三首诗中，我们可以感受到，程长文是一位虽家境贫寒，却才质高华，容貌娴雅的女子。

我对程长文的诗非常喜欢，觉得她的诗才丝毫不弱于李冶、薛涛，甚至较鱼玄机犹有胜之。我们先来看这首《春闺怨》：

卷799 54【春闺怨】程长文

绮陌香飘柳如线，时光瞬息如流电。
良人何处事功名，十载相思不相见。

此诗是程长文怀念远去的夫君而写的，从诗中看，她的夫君居然一去十年，就再也没有回来。也许是死了，也许是有了新人而抛弃了她，总之，程长文始终没有他的消息，没有他的下落。像这样的题材，本来也并不算新鲜独特，然而，程长文的这首诗读来，却是相当地出色。诗中起句先用"柳如线"暗喻扯不开理还乱的相思之情，开头尚比较平淡柔媚，然而第二句开始就笔锋陡转，犹如疾风山雨齐来，诗中形容时光过得之快用了"瞬息"、"电"这样的字样，显得格外触目惊心。轻轻一转眼，十年就没有了，她的青春时光就这样在等待中度过了十年！这首诗比较少见地押了仄声韵，读起来更显得低抑悲愤，如怨如叹。确实是一流的好诗。

程长文还有一首诗，名《铜雀台怨》，写得也是相当气势不凡：

卷799 53【铜雀台怨】程长文

君王去后行人绝，箫筝不响歌喉咽。雄剑无威光彩沈，
宝琴零落金星灭。玉阶寂寞坠秋露，月照当时歌舞处。
当时歌舞人不回，化为今日西陵灰。

钟惺在《名媛诗归》中曾评道："如此写事不必情伤，便已凄然泪下。"程长文身为一女子，诗句却如此清丽飘洒，神韵飞逸，像"雄剑无威光彩沈，宝琴零落金星灭"之类的句子就算是放在李太白的集中，也并不见逊色。程长文之才，别说是一般女子，就是那些曾高中金榜的读书人，也未必能胜过。

可怜的是，程长文独居清寒之所，却又才华出众，有天人之姿，于是就引来一个歹人的侵犯。这厮手持钢刀，偷偷潜入程长文的闺中，想加以强暴。程长文宁死不从，被这厮砍伤多处，但在她的拼死反抗下，这个歹人毕竟没有得逞。结果这个歹人大概和官府有勾结，居然恶人先告状，将程长文关进了大牢，真是天理何在！

在狱中，悲愤难抑的程长文写了这样一首长诗托狱卒转交给长官，诗是这样写的：

卷799 52【狱中书情上使君】程长文

妾家本住鄱阳曲，一片贞心比孤竹。当年二八盛容仪。
红笺草隶怡如飞。尽日闲窗刺绣坐，有时极浦采莲归。
谁道居贫守都邑，幽闺寂寞无人识。海燕朝归衾枕寒，
山花夜落阶墀湿。强暴之男何所为，手持白刃向帘帏。
一命任从刀下死，千金岂受暗中欺。我心匪石情难转，

志夺秋霜意不移。血溅罗衣终不恨，疮黏锦袖亦何辞。
县傺曾未知情绪，即便教人縶囹圄。朱唇滴沥独衔冤，
玉箸阑干叹非所。十月寒更堪思人，一闻击柝一伤神。
高髻不梳云已散，蛾眉罢扫月仍新。三尺严章难可越，
百年心事向谁说。但看洗雪出圜扉，始信白圭无玷缺。

也正是从这首诗中，我们才了解到程长文的一些情况，这也是有关程长文仅存的记载。从诗中可知，程长文是鄱阳人，当年容光照人，文采飞扬，草隶俱精。想来当时的生活还是比较宽裕的，然而后来家境发生变化，于是独自"居贫守都邑"。从前面"良人何处事功名，十载相思不相见"来看，大概就是因为其夫君一去不返而致。

然后程长文诉说了自己坚贞不屈，力拒强暴的过程，"我心匪石情难转"用的是《诗经·邶风·柏舟》一诗，《柏舟》中有段说："我心匪石，不可转也。我心匪席，不可卷也。威仪棣棣，不可选也。"意为：我的心不是石头，不可被人轻易转动；我的心不是草席，不可被人随意卷起；我的仪容庄重，举动高雅，不可以调戏。《诗经》中的典故，在我们今天或许有些人不熟，但在古时人人读《诗经》的情况下，是很熟悉的典故。程长文用此来表明自己凛然不可侵犯的高洁之志，向官长申明自己的冤屈。

可想而知，当这个官儿读到程长文的这首诗时，一定会惊诧于她的才情，正如钟惺《名媛诗归》卷十二中评的那样："引情叙事，不亢不激。每从愤烈处作排遣语，而慷慨自明，仍不伤温厚之气。如此事，如此诗，学问与性情兼至，尤不当以舍生取义目之矣。"是啊，如此事，如此诗，如此人，是如此的让人感叹不已！

程长文的这首诗是不是打动了官长，将她昭雪出狱，史书和任何资料中似无记载，江湖夜雨狂搜百度也无结果。于是江湖夜雨的一颗心悬在半空，始终不得着落。按说任何一个尚有一丝良心的官，看

到程长文的诗，都会为之感动，从而替她洗雪冤情的。然而人心险于山川，难于知天。假如遇到个收了歹人贿赂的赃官，程长文的诗写得再好，也不如歹人手中白花花的银子好。那程长文可就要含冤莫名，甚至会死于狱中了。

　　程长文无端引来一场牢狱之灾，可见贫家女子确实活得太不容易了。贫寒之人，到了官府，很少能有打赢官司的，像唐代诗僧王梵志就说："我有一方便，价值百匹练。相打长伏弱，至死不入县"，挨打受辱，就只有"伏弱"，说什么都不去县里告状，就是因为衙门口向南开，有理无钱莫进来，你根本就告不赢。

　　其实整个唐代应该有好多程长文这样的女子，她们品质高洁，坚贞不屈，比起那些骄奢淫逸的公主、贵妇们来要强得多，只可惜，她们的命运却是那样的不堪，难道清贫就是她们的罪过吗？

跋：

桃花乱落如红雨
洛阳城东桃李花，飞来飞去落谁家。
洛阳女儿惜颜色，行逢落花长叹息。
今年花落颜色改，明年花开复谁在。
已见松柏摧为薪，更闻桑田变成海。
古人无复洛城东，今人还对落花风。
年年岁岁花相似，岁岁年年人不同。
……

这首诗，我已忘记是何时初次见到。然而，正像传奇故事中的青衫书生遇到红楼佳人一样，只一眼，就终生难以忘记。我不止一遍在心里暗诵过这首诗,为之感叹,为之痴狂。我甚至怀疑,我一定在唐代生活过,只因和唐代的红颜有未了之缘,所以我的记忆中依旧残存着盛唐的碎片,依然会让我流出又悲又喜的泪水,也让我不时地想在时间的长河中溯流而上,再去看一眼那梦中的大唐。

大唐的红颜,似乎也只有在梦中才能见到。我曾梦到过"夜市桥边火,春风寺外船"的江南水畔,梦到过年年春色折柳伤别的灞陵,梦到过草风沙雨的渭河边,梦到过望江楼旁的竹林,也梦到过长安一片月下的紫殿玉阁。然而,我始终没有梦到过一个唐代的女子。

几个月来,我找遍了《全唐诗》,我终于发现,暗黄发脆的《全唐诗》书页里,有大唐红袖的镜里容、月下影、隔帘形。于是,闻解佩而踟蹰,听坠钗而惆忧,粉残脂剩,尽招青冢之魂;色艳香娇,愿结蓝桥之眷。

窗外不知不觉已绽放了今年春天的第一枝花,我终于写完了本书的最后一个字。今夜月华如水,春风沉醉。小酌几杯,枕着《全唐诗》入睡,我终于来到那巍峨壮丽直耸天穹的明堂之巅。碧天如水,夜云如纱,一位霓裳广带的女子从天而降,她翠眉蝉鬓,色如娇花,轻舒罗袖,盈盈而舞。她手弹箜篌,唱道:

> 琉璃钟,琥珀浓,小槽酒滴真珠红。烹龙炮凤玉脂泣,罗屏绣幕围香风。吹龙笛,击鼍鼓,皓齿歌,细腰舞。况是青春日将暮,桃花乱落如红雨……

就在此时,天边一阵急风吹来,她又飞上了碧霄。于是,我醒了,醒在公元 2007 年的春天。

窗外彩霞满天,依然在我耳边萦绕的是这一句:

桃花乱落如红雨。